Fischer TaschenBibliothek

›Momentum‹ ist nicht nur ein sehr persönliches Buch der Erinnerung, sondern zugleich eine einzigartige Anleitung, die entscheidenden Augenblicke unseres Lebens zu erkennen: Augenblicke von atmosphärischer Intensität stehen neben Entscheidungssituationen, Dialoge von großer Komik neben stillen Natur- und Kunstbetrachtungen, Kindheitsmomente neben Augenblicken der Liebe. Sind sie die Trittsteine im Lebenslauf? Sind sie das Glück?

Roger Willemsen, geboren 1955 in Bonn, gestorben 2016 in Wentorf bei Hamburg, arbeitete zunächst als Dozent, Übersetzer und Korrespondent aus London, ab 1991 auch als Moderator, Regisseur und Produzent fürs Fernsehen. Er erhielt zahlreiche Auszeichnungen, darunter den Bayerischen Fernsehpreis und den Adolf-Grimme-Preis in Gold, den Rinke- und den Julius-Campe-Preis, den Prix Pantheon-Sonderpreis, den Deutschen Hörbuchpreis und die Ehrengabe der Heinrich-Heine-Gesellschaft. Willemsen war Honorarprofessor für Literaturwissenschaft an der Humboldt-Universität in Berlin, Schirmherr des Afghanischen Frauenvereins und stand mit zahlreichen Soloprogrammen auf der Bühne. Zuletzt erschienen im S. Fischer Verlag seine Bestseller ›Der Knacks‹, ›Die Enden der Welt‹, ›Momentum‹ und ›Das Hohe Haus‹. Über sein umfangreiches Werk gibt Auskunft der Band ›Der leidenschaftliche Zeitgenosse‹, herausgegeben von Insa Wilke.

Weitere Informationen finden Sie auf www.fischerverlage.de

Roger Willemsen

Momentum

FISCHER TaschenBibliothek

MIX
Papier aus verantwortungsvollen Quellen
FSC® C083411
www.fsc.org

2. Auflage: März 2017

Erschienen bei FISCHER Taschenbuch
Frankfurt am Main, Mai 2014

Umschlagabbildung: Michael Kneffel / VISUM creative
Umschlaggestaltung: Heilmann / Hißmann, Hamburg
Gesamtherstellung: CPI book GmbH, Leck
Printed in Germany
ISBN 978-3-596-51318-5

Und die goldene Wolke blieb über Nacht.

Michail Lermontow

Erwachen im Werden. Während die Wimpern den ersten Lidschlag tun, die Trägheit des Auges kein Bild, ein Muster bloß produziert, während das alte »Es träumte mir« in ein »Ich träume« und das »Es denkt mich« in ein »Ich denke« übergeht, entsteht mit dem beginnenden Tag die erste Frage: Wo stieß mir dies Ich zu, das gerade denkt, als habe es nie gedacht? Was wollte das Bewusstsein, als es wurde?

Die junge Mutter schreit unter Presswehen. Die Amme schlägt über dem Schoß die Hände zusammen und frohlockt:

»Es ist ein Kind! Ein Kind!«

Nicht lang, und dieses Kind steht nachts im Schlafzimmer der Mutter und weint:

»Mein Gehirn hört nicht auf!«

Die Bewegungsform des Kindes, das war das Laufen mit herabgelassener Hose in so kurzen Schritten, wie es die Klammer des Hosenbundes eben zuließ. Ich muss mich wohl in dieser Aufmachung ständig von einem Fleck zum anderen bewegt haben. Deshalb ist die früheste und präziseste Vorstellung vom Laufen mit der Einschränkung des Laufens verbunden.

Ein winziger Hund mit den traurigen grauen Augen eines Trinkers, der immer hart am Rande der Tränen gebaut hat. Er besitzt das Profil einer Göre von Toulouse-Lautrec, stupsnasig und mit einer Strähne über der Stirn. Vor dem Haus werden Laub und Zweige verbrannt, der Geruch der Rauchwolke kommt süß und holzig herüber und mischt sich mit dem Geruch der frischgemahlenen Kaffeebohnen, die gerade noch in der Mühle knirschten. Der Hund dreht sich im Rauch wie zum Tanz.

Die junge italienische Mutter, die zweimal kurz hintereinander ihre rechte Brust herausholt und dem Kleinkind gegen das Gesicht schwappen lässt, als wolle sie es ersticken. Das Kind blökt. Die Mutter zieht eine Grimasse, als habe ihr Liebhaber, dieser nachgemachte Affe, sie zurückgewiesen.

Ein Erwachen: Ich komme in den Briefen meiner Mutter vor. Sie schreibt an meinen Onkel: Er ist in der Schule als Spanierin aufgetreten, er hilft im Garten, sein Lieblingsbuch heißt »Robert, der Schiffsjunge«. Meine Mutter liest mir einen Brief dieser Art wie zur Belohnung vor. Ich bin in diesen Zeilen der »gute Junge«, der ich für mich selbst nicht bin. Aber er interessiert mich. Gerne würde ich mehr von ihm erfahren. Hervorgebracht, wie ich nun bin, werde ich zur Figur in einer Familie von Figuren, ausgestattet mit einer Wirklichkeit, wie diese sie besitzen, wie »Robert«, wie »Freitag«, wie »Sigismund Rüstig«. Im Reich der Beschreibungen kann man Eigenschaften erwerben, die man für sich selbst nicht hat. Das Ich entsteht in einer Vermutung über dieses Ich. Sie fragt nicht, wer ich bin, eher, wer könnte ich sein?

Abends nehme ich deshalb meiner Schwester das Besteck aus der Hand, ziehe auch Essig und Öl heran und sage:

»Lass mich mal machen. Ich versteh was von Salat.«

Ein Schulweg voller Astern. Fräulein Kaskel mit ihrer feinen, durchscheinenden Haut und ihrem schwebenden Gang kommt auf dem Weg zur Schule durch die Felder. Sie hätte schön sein können, ohne ihre defensiv vorgetragene Religiosität, die sich anfühlte, als lebe sie ungesund mit dem Herrn. Ihr Unterrocksaum hat sich hinten gelöst und schaukelt, einer Gardine ähnlich, auf der Höhe ihrer Kniekehlen. So feixt die kleine undisziplinierte Erinnerung, lebendiger als alles, was Frau Kaskel mir je vom Herrn gesagt hat.

Schau, das übersprungene Leben, das mit dem schweifenden Blick bloß überflogene. Der Unterrock ist zu sehen, damit sich die kleinen Jungen mit den Ellenbogen in die Seiten boxen, die Knie zusammendrücken, um sich bloß nicht in die Hose zu machen vor Lachen. Die Kaskel!

An den Rändern von Aktionen spielen sich manchmal solche Szenen ab. Als habe das Leben keine Kraft, sich überall gleichermaßen zu konzentrieren! Frau Kaskel ist darin wie ein Schmetterling ohne Flügelschlag, einer, der auf den Bahnen eines nicht sichtbaren Auftriebs gleitet. So verschwimmt die Natur: das Schwirren der Libelle, die in der Luft steht, der Rand der Wolke, die Ausdehnung der Flechte, der trübe Schimmer des Spinngewebes, das Wegstreben der Wiesenfläche, der Glast, *the mist*, der Dunst, der Hauch, der zitternde Spitzensaum eines Unterrocks.

Der Geruch des Pfarrers ist der gleiche wie er von den klebrigen Zellophanfolien der Bände aus der öffentlichen Leihbücherei ausgeht. Dazu das angegraute Beffchen, das unfrische Hemd, die weißen Haare auf den Händen und diese trockene, selbstgewisse, ordentliche Art, von Gott zu reden! Sein Glaube wirkt wahrhaftig, weil der Mann so phantasielos ist. Manchmal steht er zwischen uns Kindern und schmarotzt ein paar Anekdoten, Halbsätze,

Pointen aus dem robusten Kinderleben. Sonst hat er bloß seine Heiligengeschichten.

Ganz anders der »Herr Vikar«, der in der Volksschule im schwarzen Talar zum Unterricht erscheint und einen rußigen, mystischen Namen trägt: Herr Goral. Seinen Talar dagegen trägt er wie ein Heiratsschwindler, und etwas an ihm, das spüren wir selbst als Kinder, wirkt verlebt, wie ein Bonvivant mit den Jahren verlebt wirkt. Wir haben keine Ahnung, was ein Vikar ist. Vermutlich eine Art Fachmann in Gottesfragen, näher dran am Schöpfer als ein Religionslehrer und in der kirchlichen Feldarbeit erprobt. Mit Herrn Goral tritt die Legende ins Leben, hat er doch wirklich als Missionar in Afrika gearbeitet. Davon erzählt er Geschichten, in denen die Neger nackt sind, singen und tanzen und große schwarze Töpfe mit riesigen Brocken Fleisch auf dem offenen Feuer erhitzen.

»Unglaublich!«, rufen wir Kinder.

»Das könnt ihr mir glauben!«, widerspricht Herr Goral. »Das müsst ihr mir glauben!«

Angesichts der vielfältigen Verwendung des Wortes »glauben« werden wir ein bisschen unsicher mit dem Wort.

Zu Hause lässt sich mein Vater alle Geschichten des Herrn Goral nacherzählen. Darüber lacht er, dass ihm die Adern an den Schläfen hervortreten. Anschließend werden wir ermahnt, keine der Geschichten dieses Vikars mehr für bare Münze zu nehmen, denn sie seien »samt und sonders erstunken und erlogen«.

Mit diesem Tag hat Herr Goral unwillentlich eine Mission erfüllt, er hat eine komplizenschaftliche Allianz zwischen Vater und Kindern geschlossen, wird uns doch zum ersten Mal erlaubt, die eigene Vernunft über die eines Erwachsenen zu stellen. Im Genuss dieses einzigartigen neuen Verhältnisses bringen wir immer weitere Geschichten von Herrn Goral heim, schmücken sie aber vor dem Vater immer weiter aus und fühlen uns bei der Darstellung seiner Lügengeschichten bald selbst nicht mehr der Wahrheit verpflichtet. Die Erzählungen seiner Lügengeschichten sind nun ebenfalls gelogen, und am Ende bekommt niemand so viele Lügen aufgetischt wie mein Vater.

Während sich die Lüge so als eine fruchtbare Muse erweist, reibt sich das Blattgold des »Glaubens« ab. Herrn Goral nicht zu glauben, aber an einen Gott zu glauben, der sein Dienstherr ist – diesen Widerspruch können wir unmöglich auflösen, deshalb triumphiert schließlich die lachende Rationalität in der Gestalt meines Vaters, der zur Figur der Aufklärung wird, wenn auch im Zustand der Verblendung.

Martha spürt auf dem Weg in die Kirche einen Stein im Schuh, bleibt aber nicht stehen, um ihn herauszunehmen, »weil doch unser Herr Jesus auch so furchtbar hat leiden müssen«. Nach der Messe ist der Schuh voll Blut, die Wunde reicht bis zum Knochen. Martha muss operiert werden. Im Krankenhausbett besteht sie darauf, dass ihre Augen auf ein Kruzifix blicken können. Ich klingle beim Herrn Pastor. Die hübsche Haushälterin, Fräulein Walburga, öffnet. (Sie wird Jahre später schwanger werden, den Vater des Kindes nicht nennen, die Bewohner des Dorfes werden darauf den Pastor und Fräulein Walburga aus der Gemeinde treiben, die beiden werden getrennt gehen, in verschiedene Richtungen, niemand wird glücklich dabei.) An diesem Nachmittag erhalte ich von Fräulein Walburga und Herrn Pastor einen hölzernen Christus, den ich auf zwei flachen Händen an Marthas Bett trage wie in einer Prozession. Die Füße Jesu inspizierend, stellt sie aber fest, dass sie vom Holzschnitzer unversehrt dargestellt wurden, und weist so den Herrn zurück.

Als Kind habe ich geglaubt, Fremdsprachen seien nichts anderes als die Vokalmusik der Erwachsenen, keine landläufigen Sprachen also, sondern eine Art Zeitvertreib für Leute, denen das Hervorbringen von Geräuschen zur Unterhaltung reicht. So hörte ich zu, wie sie zweistimmig, dreistimmig intonierten, manchmal auch lange solistisch, und Worte hervorbrachten, wie sie Irre erfinden: Derapti felisam, morbozzo, ferfaderissen.

Einmal überlasse ich mich ganz dem gutturalen Wechselgesang von zwei Afrikanern und einer Afrikanerin in einer Bonner Milchbar. Hin und her schwappt der Redefluss, als ein Mann an den Tisch tritt und den dreien kommentarlos einen freien Stuhl wegnimmt, diesem *Gesocks*. Die Afrikanerin empört sich in der auf und ab schaukelnden Melodie ihrer Sprache. Der Mann mit dem Stuhl zieht trotzdem ab. Die Frau intoniert eine Lage tiefer. Aus dem Orgeln ihrer afrikanischen Verwünschungen steigen zwei deutsche Vokabeln auf wie Fontänen. Sie nennt den Mann erst »Quadratsocke«, dann »Affenlaus«. So spuckte die Musik die Sprache aus.

Die letzte Handlung des wachen Tages im Kinderbett: im Liegen mit dem rechten Fuß das hochgerutschte linke Hosenbein des Schlafanzugs herabzuschieben, dann umgekehrt. Dabei rutscht die Hose am tätigen Bein wieder halb hoch. Korrektur. Zuletzt, wenn beide Enden der Hosenbeine auf Höhe der Knöchel liegen, folgt noch das Strecken der Beine mit einer Muskelspannung, die Botenstoffe ausschüttet und sie über das Einschlafen schickt.

»Verschon uns Gott mit Strafen.«

In der Volksschule spielt Herr Garbe manchmal das kleine Beethoven-Menuett Nr. 2 in G-Dur auf dem Flügel. Er sieht weinerlich aus, wenn er es spielt, und wir bezeugen Respekt – weniger dem Mann mit seinen komischen Empfindungen im Gesicht als vielmehr dem schwarzen Instrument mit den Klängen im Bauch. Obwohl der Flügel niemals abgeschlossen wird, wagt niemand, Hand an ihn zu legen, wenn Herr Garbe nicht im Raum ist. Mag sein, dass wir den Ernst des Lehrers nicht verstehen, der im Spielen immer weiter den Mund zur wunden Grimasse verzieht, wehrlos aber sind wir vor der Süße der Melancholie, die von der Melodie hochdampft.

Später, als wir das Menuett schon besser kennen, dürfen wir uns, während Herr Garbe spielt, an den Händen nehmen und im Kreis dazu schreiten. An einer bestimmten Stelle sollen wir uns loslassen, umdrehen und mit einem neuen Partner im Kreise weitergehen. Da weicht dann die Melancholie der Feierlichkeit eines höfischen Zeremoniells, das ich vor mir sehe wie auf einer hässlichen braun-grünen Tapisserie, und im Moment zwischen dem Lösen der einen Hand und dem Ergreifen der neuen empfinde ich, von Musik überschwelgt, das Glück, das mit dem Einbruch der Freiheit in die Ordnung verbunden ist und mit dem Erfassen einer anderen Hand.

Als Kind war ich schlampig, unfähig, die Dinge zusammenzuhalten, dabei unkorrigierbar selbst durch den Satz: »Du wirst in deinem Leben noch bittere Tränen vergießen über deine Unordnung.« Der Satz blieb stehen, der elterlichen Autorität wegen, und weil »mein Leben« darin vorkam, für das ich kein Gefühl hatte. Tatsächlich sammelte ich vieles, verlor aber auch vieles, eine Kaurimuschel, einen Kaninchenschädel, einen Hornlöffel, ein altes Puppenauge in einer Metallkapsel.

Einmal bekomme ich zum Geburtstag ein Paar gefütterter grauer Lederhandschuhe, die »exquisit« genannt werden und »eigentlich noch zu schade« für mich. Ich schlage im Wörterbuch das Wort »exquisit« nach und besitze von dem Tag an meinen ersten »erwachsenen Gegenstand«. Tage später habe ich die exquisiten Handschuhe fallen oder liegen gelassen, jedenfalls sind sie weg. Als ich den Verlust bemerke, renne ich wie besessen im Zimmer auf und ab, wühle in meinen Wollsachen im Schrank und flehe zu Gott. Ich laufe alle Wege ab, besuche jede Wohnung von Freunden, traue keinem, der bloß bedauernd den Kopf schüttelt, schaue lieber selbst nach.

Zuletzt gehe ich an einem Nachmittag in die Schule und frage die dicke Putzfrau, deren fremdartiger Name Rogatzki mich seltsam erregt, und die ganz allein jeden Nachmittag die Klassenzimmer putzt. Auf mein Bitten, ein Flehen mehr als ein Bitten, fahndet sie in einer Kiste mit verlorenen bunten Stoffsachen, lauter aufgegebenen, entehrten, vermissten Utensilien, die vermutlich auch schon betrauert worden sind. Aber meine Handschuhe finden sich nicht. Da setze ich mich draußen auf die Treppenstufen und weiß nicht mehr, wohin in der Welt. Aber ich sehe noch, wie Frau Rogatzki in der Tür erscheint und mir in ihrer speckigen Hand ein paar verwaschene grüne Wollhandschuhe zum Ersatz hinhält, und ich fühle noch, wie beim Anblick dieser abgetragenen, filzigen Wollhandschuhe die Tränen steigen.

In der Grundschule kommt einmal ein neues Mädchen in die Klasse. Es kommt mitten im Unterricht, als wir gerade das Lied »Die schöne Lilofee« lernen und eben angestimmt haben: »Es freit ein wilder Wassermann auf der Burg wohl über dem See«. Der Reim geht auf »Lilofee«.

Das Mädchen ist groß, hat den Teint einer Orientalin und hält ihr langes schwarzes Haar in der Faust, als müsse sie sich festhalten im Augenblick, da die umwerfenden Blicke der neuen Mitschüler sie treffen. Sie heißt Ottilie und wirkt wie eine Erwachsene mit ihrem fraulichen Wuchs, ihrem wehmütigen, wahrscheinlich unsicheren Lächeln. Sie setzt sich, wir lernen weiter das Lied von der schönen Lilofee, und ich stelle mir die Frau aus dem Lied so vor wie die in der Schulbank da vorn.

Später hat sie sich als einsam entpuppt. Wahrscheinlich war sie zu groß und zu dunkel, mit dem schwarzen, dicken Haar in der Faust einschüchternd und in ihrem schläfrigen Phlegma irgendwie bedrohlich. Noch dazu roch sie nach Harz oder schwerem Wein oder Suppe. War ich auch nicht befreundet mit ihr, dann doch vertraut genug, sie sogar zu Hause zu besuchen. Allerdings wartete ich vor dem Holztor zum Hof, bis sie mich holte, weil immer große Hunde vor ihrer Haustür streunten. Kaum sah ich sie an, wollte ich sie lächeln machen, zusehen, wie durch den Schleier ihrer Wehmut die Belustigung brach. Das war schön.

Einmal zieht sie mich an der Hand über eine Wiese, um mir am anderen Ende, gleich beim Zaun, ein Loch in der Erde zu zeigen, in dem sich ein Wespennest befindet. Erst fasst ihre Hand die meine nur im Affekt, dann mag sie sie nicht mehr lösen, des Schauers wegen. Zuletzt nähern wir uns auf Zehenspitzen dem Loch, das struppig umwuchert, schwarz und kreisrund in das Erdinnere führt, und aus dem die Wespen schweigsam heraustorkeln, um vereinzelt in die Sommerluft zu schwirren. Es kitzelt mich am Gaumen vor Entsetzen, und nachdem wir uns rückwärts schleichend wieder einige Schritte vom Loch entfernt haben, drehen wir uns um, laufen die ganze Strecke bis zum Hoftor atemlos zurück und lösen die Hände erst hier.

Wir wissen es noch nicht, werden aber bald wissen, dass in diesem Wespenloch die Unschuld der schönen, jungen Lilofee für immer verschwand.

Lieber Horst ich schreibe dir noch einen Brief in dem drinsteht dass du dich kaum sehen lässt und das ist doch keine Freundschaft oder nicht. Horst du gehst ja jetzt mit mir schon lange aber wir sehen uns kaum. Damit will ich nicht sagen dass ich Schluss mache nein ich gehe noch mit dir nur dass du dich nur sehen lässt wenn dein Freund keine Zeit hat mit dir zu gehen kommst du zu mir und fragst ob ich noch mit dir gehe so ist es doch oder nicht Horst das finde ich nicht gut von dir. Nun aber tüsch und zwei große dicke Schmatzche auf deinen Mund wie meistens.

Zum Karneval tritt eine stumpfe Mitschülerin in die Reihen der Maskierten, in eine trübe Folie geschweißt. Sie wird nicht gefragt, sagt aber:

»Ich gehe als Träne.«

Die Hübscheste der Klasse kommt in einem braungrünen, ölig enganliegenden Overall mit Kapuze. Sie wird umringt, mit Fragen bestürmt und ist erstaunt:

»Sagt bloß, ihr erkennt nicht, was ich bin!«

Nein wirklich, so etwas haben wir nie im Leben gesehen.

»Ich gehe doch als Alge.«

Die Alge habe ich nie wiedergesehen, aber als ich die Träne Jahre später treffe und sie mir erklärt, dass sie nicht Schauspielerin werde, denn da führe »der Weg nach oben doch nur durch die Betten der Produzenten«, sehe ich vor meinem inneren Auge ein

Bett, in dem die Träne liegt in ihrer Folie, eingeschweißt in den Geist einer Zeit, die das Wort »Sittenstrolch« noch kannte und den Weg in die Bürgerlichkeit mit Gemeinplätzen pflasterte.

Ein Mann hinter einem vergitterten Fenster auf seinem rosa bezogenen Bett. Im Spiegel sieht er zwischen alten Mahagoni-Möbeln sich selbst, durch das hohe Fenster treibendes Blau, treibendes Grau, ziehendes Licht. Tritt er ans Fenster, stockt die Bewegung im Haus gegenüber, wo kleine Mädchen zanken, größere vor Spiegeln stehen, Mütter Fußmatten ausklopfen und jeder als ein Passant vorbeikommende Blick sagt, dass sein eigener Blick nichts, dass er leer ist. Und das Mädchen gegenüber jauchzt, den glatzköpfigen Bären im Arm, und ist froh wie die Ballerina mitten in der Pirouette.

Die Wohnung liegt da wie lange verlassen. Das Licht fließt nur unwillig ab, jetzt, da es Nacht wird. Kein Zimmer war eingerichtet darauf, heute noch betreten zu werden. Diese Wohnung ist ein Dachboden, der die Requisiten der frühen Jahre beherbergt, eine Pfauenfeder, ein paar Papp-Orden, ein gälisches Kreuz aus Torf, eine Klarinette von einem Prager Flohmarkt. Es ist ein Raum voller Klaviermusik. Und dann das Hühnerfrikassee der Kindheit. Und jede einzelne Kaper. Die Wohnung ist eingerichtet, als sei sie bereit, verlassen zu werden für immer. In Gegenwart verwandelt, wird sie flüchtig. Der nicht persönliche Blick, der sie bald streifen wird, könnte all dies »Altwaren« nennen, »Verlassenschaften«. Im Augenblick aber ist die Wohnung noch so persönlich wie vor dem Aufbruch zu einer Reise oder wie beim Heimkehren. Sie besitzt eine Realität, die unfühlbar wurde, als sie vertraut war, und die vergessen werden musste, um jetzt endlich wieder wirklich werden zu können.

Im Frühsommer stirbt in seinem Bett der Onkel. Unter den Büschen im Garten rascheln die Hühnchen, und zwei, drei Frauen kommen auch ins Haus und weinen ein bisschen.

»Wenn ich ihn nicht gehabt hätte«, sagt die eine, »hätte ich ihn nicht gehabt und großes Leid erlitten.«

Dann weint sie wieder. Sie ist ihm ähnlich. Trotzdem verdirbt uns der Tote nicht den Sommer, die erste selbstgemachte Limonade, im Herbst das Pilzesuchen und das Schulfest. Der Sohn des Verstorbenen sagt:

»Ich möchte mich gerne mit ins Grab nehmen.«

»Hören Sie sich diesen Schmerz an!«, wehklagt die Nachbarin.

»Bisschen dicke«, antwortet die Tochter.

Aus der Finsternis tritt mir ein winziges Mädchen entgegen mit Augen, die unter einer Urban-Army-Mütze wie Leibesöffnungen klaffen. Auf seinen blauen Wollhandschuhen hält es ausgestreckt zwei unterschiedlich große Portionen Schnee.

»Eis?«, fragt die Winzige.

Das Wort schmilzt auf dem Weg zu mir. Ich kreise mit dem Finger über den beiden Handschuhen.

»Von dem da ein bisschen.«

Das Mädchen löst von dem Haufen eine Portion ab, legt sie mir in die Hand. Dankend trage ich sie behutsam davon. Als ich mich umwende, ist das Mädchen Jahre älter geworden und feuert den Rest des Schnees hohnlachend auf ein parkendes Auto. Ich tue das Gleiche. Als sich unsere Augen treffen, sehen die ihren tollkühn aus: Wer ist hier erwachsen?

Von allen kleinen Jungen, die man nach dem großen Sommer nach ihrer liebsten Ferienbeschäftigung fragt, geben die meisten an »Fernsehen und Computer«, viele auch »Fußballspielen«. Ein einziger aber sagt: »Maulwurfshügel-Zertrampeln«. Man sieht ihn da in Gummistiefeln über die Felder kommen, über die Wiesen, in einer Mission, die ihn über den Horizont hinaus in die Erdkrümmung trägt, ein literarischer Mensch, eine Künstlerfigur. Er hinterlässt dieses eine, in sich stehende Bild, hinterlässt seinen Schatten. Kann sein, dass es sich schon um der

Kindheit willen lohnt zu leben. Sollte selbst ihr Glück unfühlbar sein, kann es als Bild oder als Dämmerung später doch noch Erscheinung werden.

Als ich zum ersten Mal in voller Vergegenwärtigung vor dem Meer stand, ertrank ich im Augenschein. Was wird aus den Dingen, die sich im Spiegel des Meeres reflektieren? Sind sie nicht alle noch da, die gesunkenen Schiffe, die Silhouetten der Frachter, die Flaschen sogar, die auf den Wellen tanzten? Ist das Schillern der Wellen also eigentlich der Tanz der winzigen, in ihnen gespiegelten Bilder? Nie wieder war die Brandung wie damals, als sie in jeder Welle eine Bilderflut war.

Im Traum küsst mich Céline Dion, und ich wehre mich ganz fürchterlich. Davon wache ich auf. Es ist morgens um fünf. Als ein Geschlagener wanke ich in die Hotelküche, wo ein Mann sitzt mit zwei offenbar schlecht synchronisierten Glasaugen. Ich bitte ihn um eine Apfelsine, sie liegt neben ihm. Er sagt: »Ich muss an der Rezeption anrufen und fragen, wo die Apfelsinen sind.« Bin ich überhaupt erwacht?

Ich sitze nachts unter den Bäumen. Durch die belaubten Kronen scheint ein Stern, als liege er auf einem Blatt.

Wie sich die Zusammenhänge geändert haben: Als ich anfing, Sätze zu verstehen, war der Satz »Und sie lebten glücklich bis an ihr Ende« nicht des Glücks und nicht des Endes wegen groß, sondern es war das Klima, in das er strahlte, ein Satz, dem Leben zufloss wie einem Reservoir. Ich hatte Häuser mit Fensterläden gesehen, Blumenstöcke, die Liebe war voller Küsse auf frische Wangen und voller Landwirtschaft.

Inzwischen ist dieser Satz gekapert worden vom Bild des Glücks über der Halbfett-Margarine oder vom Geräuschdesign der zugeschlagenen Wagentür. Das alles soll Glück vermitteln, Dauer verheißen. Es ist, wie wenn die Frau in jener Krise, die man so nüchtern als »Partnerschaftskrise« bezeichnet, sagt: »Denk an die schönen Momente, die wir miteinander hatten.« Und der Mann blickt vor sich hin und kann sich nicht erinnern. Da waren Zeit, Strecke, Fläche, Raum, Wolkenkontinente und Klangabfall, doch wo sind die Momente?

Zum Ausgleich sah ich mir, wo immer ich konnte, die jungen Liebespaare an: Sie küssen sich wie an ein Sauerstoffgerät angeschlossen, umklammern sich wie den Balken auf hoher See. Es geht immer um alles, sie küssen an allem vorbei, auf das ganze Leben zu und werden diesen Kuss am Ende vielleicht doch vergessen, während er den Betrachtern erhalten bleibt.

Was man als ein Ideal empfindet, ist manchmal Ausdruck ohne Bewusstsein, und manchmal reicht ein Kinderfoto, dies festzuhalten. Da steht Béla Bartók mit seiner Schwester Elsa. Er fasst sie in seinen Arm ganz fest, so sehr braucht er sie. Ihre Hand dagegen hat sie auf seinem Oberschenkel gestelzt abgestellt wie die Füße eines Vogels, als kratze, als scharre sie in den Falten seiner Pumphose. Zwei große dunkle Augenpaare tauchen in den Blick des Betrachters. Das Tuch ist fein, das Schuhzeug gelackt. Die Kinder stieren in eine Zeit, ein Medium und einen Blick.

Das Foto verblaut an den Ecken, ein Riss läuft über die Gelatine, sie splittert. Während die Kinder immer noch unbeirrt, aber eingeschüchtert in die Zukunft schauen, platzt das Bild mit diesem Blick, platzt es von innen heraus.

Mutter zum Sohn: »Was isst du da?«

»Teilchen.«

»Das hast du doch sonst nie gegessen.«

»Schon.«

»Was hast du denn da für einen Kratzer?«

»Ich weiß nicht.«

»Das weißt du ganz genau.«

»Weiß ich wirklich nicht.«

»'türlich weißt du das, aber ich bin ja bloß deine Mutter. Da, steck den Stift ein, der geht nur verloren.«

»Später.«

»Nicht später, du vergisst ihn bloß wieder.«

»Mutter, bitte.«

»Hat die Tasche auch kein Loch?«

»Nein.«

»Lass mich lieber mal kucken.«

»Bitte, Mutter, ich bin nicht mehr sechs.«

»Jetzt tu bloß nicht so erwachsen. Und pass auf, du krümelst alles voll. Siehst du, ein Loch!«

Stundenlang. Lebenslänglich.

»Aber du hast es doch nicht da hineingelegt! Du bist doch gar nicht mehr ins Haus gegangen! Warum solltest du das denn tun? Du warst doch nicht noch mal an deinem Koffer! Aber das passt doch hinten und vorne nicht. Das ist so untypisch für dich. Oder hast du sie doch mitgenommen? So was machst du doch nicht.« Pause. »Ich kenn dich.« Indikativ.

Als Kinder spielten wir: »Du wärst nach Hause gekommen, und ich hätte im Bett gelegen, du hättest mich erst nicht gesehen, dann wärest du …« Konjunktiv.

Einmal nur ist in dem Dorf, so lange ich dort lebte, ein Verbrechen geschehen. Einmal nur hat der Polizist, den wir noch »Schutzmann« nannten, in einem Kriminalfall zu ermitteln, und er kopiert, was er aus dem Fernsehen kennt. Seine Uniform ist sein Ausweis. Sie erlaubt ihm jede Frage. Doch haben ihn die vielen Filme ein bisschen wirr gemacht. So läuft er denn herum wie Heinz Drache und baut sich schon auf der Straße zur Überlebensgröße auf: »Name des Vaters?« Er geht weiter. »Wo waren Sie gestern um 20 Uhr 30?« An der nächsten Ecke: »Woher haben Sie dieses Kleid bezogen?« Er drückt sich gewählter aus als sonst. Manche seiner Ergebnisse trägt er in ein Notizbuch ein. Ich bleibe ihm auf den Fersen. Wie eine Flipperkugel ist er, die vom Stromstoß der Antworten durch die Welt gepeitscht wird. Auch meine Mutter gibt Auskunft. Zwischendurch lobt er sie deshalb für ihre dichten Haare, und sie sagt den wunderlichen Satz:

»Ach, früher sind in meinem Haar die Kämme zerbrochen.«

Er schaut sie an, und auf dem Grund seiner Augen sind wie auf dem Meeresboden Flecken.

In der Schule: Ich bin fast halbwüchsig, die Lehrerin ist von einer offensiv zur Schau gestellten Leiblichkeit, die ich nicht bemerke, besitzt aber die große, fleischige Nase eines Kasperles, die ich gar nicht übersehen kann. Als Gesamterscheinung schüchtert sie mich ein. Einmal muss ich einen Schüler zeichnen, wie er dasitzt, auf seiner Bank. Ich will, dass sein Kopf auf den Armen liegt, zur Seite geneigt. Also lege ich erst meinen Kopf auf die Seite und fahre mit dem

Finger meine Halslinie nach, um sie von dort, aus dem Gefühl der Fingerspitzen, mit dem Bleistift auf das Papier zu übertragen. Die Lehrerin fängt meinen Blick auf, sieht mich unverwandt an und geradeaus. Ich zeichne die Halslinie, aber sie will nicht gelingen. Immer wieder radiere ich an dieser Linie herum, die Lehrerin tritt hinter mich, wirft einen warmen Körperschatten. Da fühle ich, während ich radiere und radiere, zum ersten Mal in meinem Leben eine geschlechtliche Erregung. Dann nimmt sie mir den Bleistift aus der Hand und zeichnet die Linie aus dem Handgelenk, indem sie mit dem Stift über das Papier streicht wie mit der Spitze einer Fasanenfeder. Als sie weitergeht, ihren Duft mit sich führend, will ich nichts als radieren, radieren, radieren.

Als in ein Telefonat zwischen Toto und mir infolge einer Fehlschaltung plötzlich eine fremde Frauenstimme einbricht, und wir beide rufen: »Hallo Schatz!«, erwidert die Frauenstimme: »Was heißt hier Schatz?«

Wenn wir früher, als die Erwachsenen noch von ihren »Entbehrungen« sprachen, die wir uns »nicht vorstellen« könnten, wenn wir in dieser Zeit, als die Frauen in der Werbung noch große Busen hatten, damit ihre Mütterlichkeit uns alle anstecke und tröste, wenn wir also zu der Zeit, als das Deutschland der Witzseiten noch voller Handwerker und Briefträger war, wenn wir da in eine Metzgerei eintraten, empfand ich dies als eine Fleischwerdung von allem. Auch die Verkäuferinnen, der Schlachter, die Kundinnen waren aus Salami und Cervelatwurst gepresst, mit Beinen wie Bierschinken und Nasen wie Nierchen, und alle waren nackt und demonstrierten ihre Innereien, schamlos durchblutete, schiere und schillernde Filetstücke.

Für die Imagination war der Weg vom Leib zum Fleisch etwa so weit wie der vom Aktbild zur Röntgenaufnahme. Während mein Blick über die indezente Auslage schweift wie der eines Mormonen über die Illustrierten am Kiosk, lässt sich meine Mutter die Wurst erklären. Bei einer, die ihr besonders empfohlen wird, fragt sie bei der Metzgersfrau nach:

»Essen Sie die auch selbst?«

»Bedaure, Gnädigste«, sagt diese, und meine Mutter wird augenblicklich ungnädig, »das ist Kundenwurst.«

Was Klassenbewusstsein ist, lernte ich zuerst am Fleisch.

Als ich alt genug war, ging ich ins Bordell und stellte fest, dass ich nicht alt genug war, denn ich war zu nichts gut. Die Frau, die ich wählte, stand nicht in der Tür und fasste mich auch nicht an, um mich ins Zimmer zu ziehen, sondern sie lag auf dem Bett, schaute Fernsehen und blickte bloß kurz auf, um zu fragen:

»Hast du Lust?«

»Lust« war nicht das richtige Wort.

Zuletzt liegen wir bloß so auf dem Bett, und sie sagt, ich solle mir »ihren Bären« mal ruhig angucken. Das Wort ist entsetzlich, am Bären selbst aber ist nicht viel zu sehen. Immerhin sind mir aus einem dicken Buch mit dem Titel »Die Ärztin im Hause« (»Prämiert auf der Internationalen Hygiene-Ausstellung Dresden 1911«) einige lateinische Namen für Körperzonen geläufig. »Mons Pubis«, sage ich und zeige darauf, »der Schamhügel.« Sie schüttet sich aus vor Lachen.

»Und, du kleiner Klugscheißer, kennst du noch mehr?«

Mir fällt aber bloß noch ein, dass man Brüste, die am Rücken angewachsen sind, wissenschaftlich als »retropositio mammae« bezeichnet. Sie bezweifelt, dass Brüste am Rücken anwachsen können.

Als meine Zeit um ist, sagt die Frau mit der pudrigen Aura und dem Künstlernamen Vanessa:

»Dass du beim nächsten Mal nicht ohne neue Vokabeln anrückst! Ich frag dich ab!«

Schon die Vorstellung eines »nächsten Mals« ist verschwörerisch und quasi privat. Also verbringe ich die folgenden Tage mit erregenden Vokabeln und bilde mir ein Verhältnis ein. Ach, Vanessa.

Was ich an Vokabeln für uns suche, soll etwas Exklusives, ganz auf sie und mich Zugeschnittenes sein. Am Ende entscheide ich mich zur Selbstbeschreibung für den Ausdruck »aura seminalis«. So nennt man »die Ausstrahlung der Keuschen«. Für Vanessa aber wähle ich »odor lupanaris«, »der Geruch der Wölfinnen«. So haben die alten Römer den Duft der Huren genannt. Sie hört es zufrieden.

»Dann komm her«, sagt sie und bewegt ihre Schulter, ihre Brüste, ihre Schenkel sogar meinen Riechküssen entgegen. Es kommt etwas Zerstäubtes über mich, etwas Gespenstisches, sehr Aufregendes, und ich schwelge in dieser Reise über ihre Blößen. Als meine Zeit um ist, muss ich versprechen wiederzukommen, mit neuen Wörtern. Sie stellt es dar wie eine Hausaufgabe, seufzt, zieht sich an und sagt dabei den rätselhaften Satz:

»Du hast Glück, du lernst langsam.«

Brotrinden mit Butter; das Kind kommt auf den Rücksitz; iss auf, sagt der mütterliche Mund; komm nach Hause, wenn die Lampen angehen; der Ruf geht über die Feldwege, über den Sportplatz. Der Schulweg steht voller Dahlien, Bartnelken, Zinnien; aus einem Rohr tropft Wasser in eine Tonne, in der, flauschig aufgequollen, ein Maulwurf schwimmt. Das Mädchen knöpft mein Hemd so weit auf, dass ihre kühle Hand hineingeht, gleitet über die Trommel des Bauches, unter dem Gürtel durch, abwärts. Ich werde das Gefühl später mit Hilfe eines Blechlöffels wiedererwecken, dabei ein Gesicht machen wie beim Laufen, später ein zerrissenes, dann ein eingestürztes Gesicht. Warum ist die Liebe so anstrengend?

Nur in kleinsten Einheiten versteht man das Verschwinden der eigenen Kindheit, erfasst man sie in den Bildern vom Saum der Ereignisse, als man darauf starrte, wie sich das Handeln vom eigenen Selbst entfremdete und ein leeres, unkonzentriertes Handeln dazwischentrat.

Mach los, ich habe jetzt keine Angst mehr davor, dass du dich schmiegst, erfährst, wie ich rieche, dass du nahe kommst, überhandnimmst. Ja, jetzt sehe ich das Mädchen, das ich »Frau« nenne, vor mir als ein Massiv künftigen Wissens: Der Abend wird verstreichen, ich werde erfahren, wie sich ihr Haar unter den Handteller legt, wie ihre Haut nachgibt, wie ihre Hand greift, welches Tempo ihr Begehren hat, wie ihr Atem riecht. Mindestens so sehr wie auf alle diese Dinge freue ich mich auf das Wissen.

Ein Behagen, das daraus entsteht, etwas nicht zu machen: eine Wohnung nicht zu beziehen, ein Bild nicht aufzuhängen. Man trennt sich von der Möglichkeit, dem bereits warm simulierten Leben, und findet sich im Transit, zögernd zwischen Nicht-Mehr und Noch-Nicht, das Eintreffen der Entscheidungen abwartend.

Verwandt das Glück, der Unbekannte zu sein, der etwas ist und tut, aber gleich anschließend spurlos und unauffindbar verschwindet. Seine Tat ist noch in der Welt, aber sie ist Wirkung ohne Verursacher. Etwas so Abgeschnittenes in die Welt zu schicken, sie alogisch zu machen, bewirkt, dass sich irgendwo Wohlgefallen wie ein Farbnebel ausbreitet.

Die Ereignisse werden uns knapp. Als Gegengift erfinden wir den »Tag der unbotmäßigen Handlungen« und sammeln die Gesichtsausdrücke. Ich gehe in eine Bäckerei und sage der Verkäuferin einen Satz aus dem Schreibmaschinenlehrbuch: »Viktor, bringe dieses Holz nach Xanten.« Dann verlasse ich die Bäckerei und weiß, dass ich im Leben der Bäckerin einen kleinen Nebel hinterlassen habe, eine Fassungslosigkeit. Vielleicht hat sich dieses Leben für einen Moment aus der stabilen Seitenlage bewegt und einen Effet empfangen. Ihr Gesicht ist so. Ich sage zu einem Mann, der seine Sonnenbrille hochgeschoben hat: »Sie haben auf Ihrem Kopf Ihre Brille liegen gelassen.« Er schaut verächtlich. Am Fuß der Rolltreppe: »Vorsicht, sie fährt falsch rum.« Ich bekomme den Vogel gezeigt. Zu einer Dame: »Sie haben heute zwei Frisuren auf dem Kopf.« Sie hatte schon vorher ein Das-geht-Sie-gar-nichts-an-Gesicht. Jetzt hat sie es von »stumpf« auf »scharf« gestellt. Zum Polizisten: »Ich bin heute, der ich morgen war.« Er ist nicht zuständig, wird mich aber im Auge behalten. Zu einem lachenden Geschäftsmann: »Heiter sieht anders aus.« Sein Lachen wird plötzlich von einem Fragezeichen überwölbt.

Der Ausbreitung der Verunsicherung sehe ich gerne zu. Sie tut den meisten Gesichtern gut. »Würden Sie mich kaufen?« Die Passantin hat keine Zeit. Abends stelle ich mich vor ein Theater und verlange vom Publikum ein Eintrittsgeld ins Leben. Abwinken. Ich sage zu einem Paar, das ich eindringlich beobachtet habe: »Dies sind nicht meine einzigen Augen, da täuschen Sie sich mal nicht«, zu einem Halbwüchsigen: »Du wirst wieder zu Samen werden«, zu einem Ehepaar: »Würden Sie sich bitte mal küssen?«. Sie tun es. »So, jetzt aber mal ran an den Speck!« Sie tun es lachend wieder und wieder und aus Überzeugung. Ende des Tages.

Irgendetwas, wahrscheinlich eine Verliebtheit, von der ich noch nicht weiß, lenkt mich schon seit dem Morgen ab. Aber wohin? Ich stochere im Schlaf herum, in der Musik. Nichts. Als ich vom Fenster aus die Straße beobachte, kommt die blonde Schreibwarenladenbesitzerin mit ihrem jungen Schäferhund vorbei. Ich gehe hinunter und sage: »Warum kommen nur Sie aus dem ganzen Viertel nie zu mir herauf? Ich bin doch auch nur ein Mensch.« Verabschiede mich rasch und lasse sie in einer Stimmung zurück, die für beide wie ein Versprechen ist. Zwei Monate später, als wir nebeneinander unter zwei Decken liegen, wachträume ich den Satz: Wenn man nachts unter zwei Decken schläft, ist man wie durch Nationen voneinander getrennt.

Auch die Paare haben ihre Altarbildtradition, erstarren im Gesten-Palaver, sprechen von »Anbetung«. Diese verherrlichte, aber glücklos begehrte Frau hat eine Wette verloren. Jetzt muss sie sich nur in ihrem Herrenoberhemd auf den Tisch stellen und sich vom Bett aus betrachten lassen. Unsicher begibt sie sich in Position. Ihre Augen, spöttisch verengt, funkeln abwärts, mustern den Betrachter, wie er mit seinem Blick an ihren Beinen aufwärts schwenkt, über die Scham, dem Bauch entgegen, zu den Beinen, in den Blick zurückkehrt. Sie hält die Bildwerdung länger aus als er die Bildbetrachtung. Zugleich wächst ihre Unerreichbarkeit ins Maßlose. Sie steht und lässt sich sehen, wohl wissend, dass sie im selben Augenblick zu etwas wird zwischen Ikone und Evergreen. Jetzt weiß sie plötzlich auch selbst, dass sie ihre Herrlichkeit besitzt, und stellt den rechten Fuß einen halben Meter weit aus, in einer dreist provozierenden Pose, in der der ganze Stolz auf ihre Leiblichkeit liegt, und lässt den Jungen da unten verkümmern. Der aber genießt gerade seine Schwäche.

Gerade habe ich eine neue Armbanduhr gekauft. Nun stehe ich am Datumsfenster und blicke in die Zeit, in der ich meine erste Uhr im Preisausschreiben eines Schuhfabrikanten gewann. Auch sie besaß ein Datumsfenster, das allerdings von einer Gardinenstange zertrümmert wurde beim Fechten im Kinderzimmer. Da hing der Tag heraus wie ein ausgelaufenes Auge und schielte nach dem Zifferblatt, während sich der Uhrmachermeister bekümmert darüber beugte und weiter zur Kundin sprach:

»Wie viele Familien hat die Liebe ruiniert!«

So einen Gedanken hatte ich noch nie gehört.

Heute hatte ich das Gefühl, der neue Tag kommt nicht in jede Gegend. Der alte steht immer noch zwischen den Häusern und lehnt an den Hügeln. Der neue Tag erblaut auf den Kleidern, die sich an den Zweigen der Weiden aufgehängt haben. Sie sind eben schwer genug, damit sich die Spitzen dieser Zweige in den Fluss senken und diesen zeichnen können. Ein Seismograph, der die leisesten Erdstöße registriert.

Einmal stand im Garten des Hauses gegenüber eine Frau mit sommersprossigem Gesicht, kurzen Locken und einem empörend sinnlichen Mund. Sie war nicht mehr ganz jung, aber allein, sie hängte die Wäsche auf und hatte ihr Lächeln ganz um ihren Mund versammelt, während sich die kalten Augen auf die nasse Jeans konzentrierten, die, mit dem Hosenboden zur Erde, an der Leine landete.

Diese Frau kommt und geht wohl zweimal pro Woche durch ein Gartentörchen. Habe ich Glück und sehe sie, kann ich einen Gruß hinüberrufen, den sie mit einem Lächeln beantwortet. Sie trägt ein Kopftuch und einen halblangen Mantel mit der Eleganz einer Wirtschaftswunder-Frau und untertreibt gern ihren Gruß.

Über Nacht bleibt sie in einem Zimmer weit oben. Sobald sie es betreten und das Licht eingeschaltet hat, tritt sie ans Fenster, reißt den Vorhang temperamentvoller zu, als ich es ihr zugetraut hätte, und einmal löscht sie das Licht zwar, hebt aber im Dunkeln trotzdem heimlich eine Vorhangspitze und blickt auf unsere Fassade. Beim nächsten Mal habe ich deutlich aus diesem Fenster Tanzmusik klingen hören, die aber aus einer anderen Welt kam, aus fremden Ländern, schwer verständlich, aber nachdrücklich rührselig wie Klezmer oder Fado.

Unter ihrem Fenster steht ein verschossener gelber Liegestuhl mit gebrochener Armlehne. Ich denke mir, dass es ihr Stuhl sein muss, finde ihn traurig und rührend, hat sie doch das Zeug zu einer Neureichen-Witwe, die nur entdeckt werden muss. Eines Tages möchte ich sie hier sitzen sehen. Eine solche Frau. Auf einem solchen Stuhl.

Einmal konnte ich sie in einem ebenerdigen

Zimmer eines ganz anderen Trakts des Gebäudes erkennen. Es war sehr spät, und ich habe noch genau das Bild ihrer Hand vor Augen, die durch eine angelehnte Tür nach dem Lichtschalter tastete. Aber ich erkannte ihre Hand und sie am blonden, sommersprossigen Arm und dem Schlafanzugärmel. Dann erlosch das Licht.

Früher vermutete ich sie hinter dem einen Fenster da oben. Inzwischen denke ich, dass sie überall erscheinen kann. Ich bin schon oft vor erleuchteten Fenstern auf und ab gegangen und habe hochgeblickt, Schlüsse gezogen und Konjunktive geblasen. Gestern sollen aus ihrem Zimmer Gläserklirren und eine Männerstimme gedrungen sein, und meinem Zeugen zufolge erschien ein Mann »in Adams Leder« am Fenster. Als ihr Gruß heute Morgen ein bisschen verächtlich ausfiel, mochte ich sogar das. Sie zuckte die Achseln mit dieser Attitüde, mit der auch Dschingis Khan sein Sengen und Morden verteidigt hätte: »So bin ich eben.« Ich könnte sagen: Ich liebe diese Frau für die Art, wie sie missverstanden wird. Aber nein, wahrscheinlich liebe ich mich selbst dafür.

Und manchmal entfaltet sich morgens die Idee, einen schönen Tag zu machen, nicht, um ihn zu verschleudern, eher, um ihn zu bekleiden wie man ein Amt bekleidet. Das ist die nie erschöpfte Liebe zum leeren Tag, wenn der Schnee nicht aufhört zu fallen, die Balkontür offen steht, und in den Schwaden der kalten Luft gehe ich vor sieben Uhr durch die Zeilen, und heute haben sogar, in den fallenden Schnee hinein, die Vögel gesungen, als sei ihre Freude, am Leben zu sein, in jedem Ton geläutert und rein.

Ein Feiertagsmorgen, Raureif auf den Autos, die Rasenflächen silbernadelsteif. Während ich das Kaffeewasser aufsetze, fällt mir in der gegenüberliegenden Hauswand der dicke Junge ins Auge, der, eingewickelt in eine Wolldecke aus dem Fenster hängend, den Bürgersteig mustert. Etwas vom kranken Kindchen oder vom einsamen Witwer hat sein Bild. Er ist so wohlig frei gestellt und unbeteiligt in den Rahmen gedrückt, doch ebenso ist er ganz Auge. Ja, sein angekränkelter Zustand ist der eines Zwischenreichs, aus dem er zurück- und vorausblickt, die Entfernungen messend. Und beides liegt gleich weit weg. Was bleibt, ist der leichte Schmerz nur, die wabernde Übermüdung, die von der Krankheit eingeräumte Verantwortungslosigkeit. Er ist auch der Knabe nicht mehr, dessen Foto sein junger Vater alle zwei Wochen erneuerte und herumzeigte mit den Worten: »Jetzt kommt er halt in das Alter, wo es besonders spannend ist …«

Weiß und schwammig ist er geworden, trägt die Krankheit wie einen Titel und blickt auf die Gerechten und Ungerechten: Unten lässt einer seinen Wagen an und fährt hupend davon. Eine Frau im violetten Bademantel räumt zwei Stockwerke tiefer Unrat auf den Balkon. Ein Mann eilt auf dem Bürgersteig vorüber, der Gegenwind hebt ihm die Tolle von der Halbglatze wie ein Rhabarberblatt. Alles beobachtet der Junge mit sichtbarer Teilnahme, verfolgt die Handlung seines Lebens. Alles kommt, als werde es von außerhalb seines Blickfeldes losgeschickt, um ihm zu erscheinen. Ich verfolge die Objekte seiner Teilnahme nicht, sondern bloß seine Teilnahme. Durch seine Augen suche ich die frühmorgendliche Straße. Als er mich entdeckt hat, erstarrt er, und das ab dem Augenblick, da wir, wie zwei Fliegenaugen, einander einmal eine Facette zugewandt haben und auf dem Feinschliff dieser Facette trüb wurden.

Dreimal habe ich im Leben eine Flaschenpost verschickt. Die erste warf ich in den Rhein. Drei Tage später erhielt ich eine Antwort aus Andernach. Der Hund eines Spaziergängers hatte sie gefunden. Dieser war im Schützenverein, liebte das Brauchtum seiner Heimat, und unsere Korrespondenz schlief zwei Briefe weiter ein, ohne dass es zu einer Begegnung gekommen wäre.

Die zweite warf ich ins Meer bei Kiel. Monate später schrieb mir ein kleines Mädchen aus Nordschweden. Sie schickte ein Passbild, auf dem sie ramponiert aussah. Gefunden hatte die Flasche ihre ältere Schwester, die aber kein Interesse am Schreiben hatte. So korrespondierte ich mit der Kleinen ein halbes Jahr. Dann hatten wir uns erschöpft.

Die dritte Flaschenpost verschluckte der Atlantik vor vielen Jahren.

Zu jeder Zeit habe ich mir andere Empfänger vorgestellt: eine Dame mit Veilchenaugen, einen Russen, der den Wodka »Vaterlandsweinchen« nennt, einen Kunstmaler mit hängender Wampe, eine Hip-Hop-Queen.

Einmal überquere ich die Straße einer Großstadt. Da stehen Mann und Frau zwischen zwei parkenden Autos, der Mann stumpf, die Frau agitiert. Nichts passierte, vielmehr war gerade etwas passiert. Sie schreit ihn an: »Nun tu doch was!« Und wieder: »Nun tu doch was!« Plötzlich sehe ich meine dritte Flaschenpost, wie sie von einer Hand aus den Wellen gefischt wird. Seit Jahren wartete ich darauf, im Leben einmal den Satz zu hören: »Nun tu doch was!« Jetzt ist er eingetroffen.

Die Zugschaffnerin ist eine sehr schöne Frau mit einem intelligenten Gesicht. Sitzreihe für Sitzreihe schüchtert sie mit ihrem Gesicht die Reisenden ein. Aber wenn sie lacht, was sie selten tut, wechselt ihr Gesicht den Ausdruck und wirkt, als habe sie gerade etwas Schmutziges gedacht oder wäre in Marmelade getunkt worden. Dann stehen auch ihre Zähne schief, und die Augen werden sehr klein. Sie beruhigt jeden, der sie lachen sieht, indem sie so enttäuschend lacht. In Japan werden Zahnärzte schon gebeten, Zähne schräg zu stellen, des Charmes wegen, den das Verwilderte verströmt.

»Können Sie jetzt nicht mal bitte dieses Kind beruhigen«, fragt der ältere Herr höflich, indem er die Frau zwei Sitzreihen weiter auf ihr schreiendes Baby hinweist. »Dieses Kind schreit ja wie am Spieß!« Die Schaffnerin tritt hinzu:

»Sie sagten ›am Spieß‹?«, fragt sie.

Plötzlich ist das Bild da. Das Kind ist so heiter mitten in diesem Bild, und die Schaffnerin lächelt auch mit ihrem verwilderten Mund.

Ricardas Gesicht im Lachen. Ein Gesicht, das sich irgendwo losgelassen hat, um im Ungewissen anzukommen, wie die Spinne, die sich am Faden herunterlässt und nicht weiß, wo sie landet. Ihre Zähne, als rufe das Lachen Schmerzen hervor, setzen sich auf die Unterlippe und beißen zu, die Brauen werden schmerzlich zusammengezogen, in den Mundwinkeln sammelt sich Speichel. Die ausgestreckt zupackende Hand greift sich einen Arm, irgendeinen Unterarm, wie um das Gleichgewicht im Lachen nicht zu verlieren, die andere Hand schwebt ziellos in der Luft, immer bereit, sich vor Zudringlichkeiten zu wehren, vom schrecklichen Schauer des Lachens übergossen. Ich kann mich nicht sattsehen an so viel Zügellosigkeit.

Während ich im Dunkel des frühen Morgens noch im Bett liege und auf die Straße hinauslausche, klingt plötzlich ganz isoliert ein haltloses Lachen hinauf und löst gleich ein Sehnen aus – wie früher das Hundegebell aus der Ferne, das Pfeifen der Eisenbahn, das Tuten der Schiffe, der Kuckuck, die Orgel, die Kirmesmusik. Man möchte aufbrechen, teilnehmen, in die Erzählung springen. Doch während das alles gleich vorbei ist und sich selbst verzehrt hat, indem es unauffindbar wird, setzt die nächste Befriedigung ein: das Unwiederbringliche geschehen und gehen zu lassen.

Am meisten mögen wir unsere lachenden Münder, die im See, zweihundert Meter vom Ufer, aufeinander zu schwimmen. Sie treffen sich beim nächsten Mal hinter der verschlossenen Tür des Bads, dann auf dem Stoppelfeld in der Nacht, als wir unter freiem Himmel ein Lager gebaut haben. Am Morgen steht dicht vor diesem Lager ein alter Bauer mit Sichel und Sense, die er dengelt, ohne uns anzusehen. Wir fliehen ins Wasser. Sie trocknet sich anschließend nie richtig ab, so dass auf dem hellblauen Kleidchen dunkle Flecken entstehen und der Duftstoff des Waschmittels sich mit dem Meersalz und dem Sonnenteint mischt.

Sie sieht mich bei den harmlosesten Sätzen auf das Äußerste gespannt an. Ein Jahr später wird sie in einer Telefonzelle stehen und weinen auf dem Satz: »Mir fehlt halt so manches.«

Die Frau an ihrem schönsten Tag, jenem, an dem sie vollkommen entfaltet ist und reiner Glanz in die Atmosphäre strömt. Da nimmt sie, weil sie nicht um sich weiß, eine Haarsträhne in die Hand und untersucht die Spitzen auf Spliss, legt die Schuhe mit den von schadhafter Echsenhaut ummantelten Absätzen auf die Sitzfläche gegenüber, lässt sich aber bei der Untersuchung ihrer Haarspitzen nicht stören und sagt, wie aus dem Strudel der Gedanken auftauchend:

»Was meinst du, können Gebete den Blutdruck senken?«

Morgen ist auch noch ein Tag.

Diese fahl erleuchtete Stunde, als ich mich damals mit Susanne im Zoologischen Museum verabredet hatte und sie nicht kam, nachdem sie einen der Wärter telefonisch beschworen hatte (»Seien Sie so lieb ...«), mich ausfindig zu machen und mir die Nachricht zu überbringen, was er nicht tat, denn er wusste ja nicht, dass sie immer alles bekam, was sie wollte, weil ihre Augen strahlend, ihr Teint bronzefarben, ihre Mähne dicht und alles in ihrer Miene großzügig und ganz beim Gegenüber war, wenn sie wollte. Und ich, der ich den Raum betreten hatte im Vorgefühl des Vergnügens, das es mir bereiten würde, ihn an ihrer Seite wieder zu verlassen, schlendere also zwischen den Monstrositäten, den toten Tieren und ausgestopften Gefühlen in den Vitrinen dahin, gehe insgeheim auf ein Lächeln zu, das sie mit Wucherzinsen erwidern wird, und ihre Abwesenheit im Saal ist nicht minder monströs, nicht minder Tier und ausgestopft.

Das Schönste an diesem Tag war ein doppeltes Niesen. Einen Nahtod später stehe ich im Wald und sehe zu, wie das Licht zwischen den Stämmen zu Boden rieselt, als ließe es jemand aus großen Händen durch die Laubkronen rinnen. Es ist Gold, es triumphiert als Licht ohne Träger, ohne Leib, es ist eine Idee.

»Ich war beim Schwimmen«, sage ich heimkehrend, »jetzt bin ich ganz erschöpft.«

Sie hat Prokofjew aufgelegt, ein wildes Tier von einem Stück. Um meinen Stuhl liegt goldmetalliges Konfetti. Ich weiß nicht, warum.

»Jetzt geh ich am helllichten Tag ins Bett«, sage ich.

»Weil es regnet?«, fragt sie.

»Nein, ich möchte krank sein, ohne krank zu sein.«

»Diese Musik hat ja gar keine Moral«, erwidert sie und entlässt mich in einen Halbwachzustand. Seinen Eingang flankieren alle diese Trümmer des Nichtverstehens.

Ein Fahrgast sagt einer hübschen Polin im Zug, sie solle gefälligst ihre nackten Füße nicht auf das Sitzpolster, sondern auf eine Zeitung legen. Er giftet mit dem ausgestreckten Finger ihre tadellosen Füße an. Sie fragt:

»Ja, sind denn alle verrückt?«

Der Schaffner, ein Glatzkopf mit der Ausstrahlung eines Skinheads, wird vom Fahrgast herbeizitiert. Er hört sich die Sache an.

»Das sind doch schöne Füße«, sagt er.

»Aber dreckig«, meint der Beschwerdeführer.

»Dreckig kann ich nicht sehen«, erwidert der Schaffner.

Der Kopf der Polin geht hin und her, sie beginnt schon, den Faden zu verlieren.

»Aber Sie müssen doch etwas tun«, ereifert sich der Fahrgast, eine Erregungsstufe höher.

»Wieso, stört Ihnen das?«, fragt der Schaffner.

»Stört Sie das!«

»Mich stört's nicht«, erwidert der Schaffner. »Aber Ihnen stört es ja offenbar.«

»Ich sag, man sagt richtig: Stört *Sie* das?«

»Also, mich stört es nicht.«

»Das kann nicht Ihr Ernst sein: Jeder kann seine Füße so legen? Das ist also genehmigt?«

»Genehmigt nicht, aber geduldet.«

»Genehmigt? Geduldet? Was geduldet ist, ist auch genehmigt!«

»Sie scheinen mir aber ein ziemlich schwieriger Zeitgenosse zu sein.«

»Ich?«

Der Fahrgast möchte morden. Die Füße der Polin reiben sich unterdessen aneinander, als wärmten sie sich über dem Feuer der Auseinandersetzung.

Geschäftsfrau zu Geschäftsfrau, vor einem Schaufenster stehend, unvermittelt:

»Ich bin froh, dass die Dinge Geld kosten.«

»Wieso?«

»Weil ich welches habe.«

Die Gedanken der anderen Frau legen eine Mittelstrecke zurück, dann nickt sie, doch der Cello-Ton ihres Gewissens gibt keine Ruhe, und sie fragt bang:

»Und wenn alles den Bach runtergeht?«

Die Erste zuckt die kostbar bemantelten Schultern.

»Haste schon 'ne Exit-Strategie?«, fragt die Zweite.

»Ich kann das alles nicht mehr ernst nehmen.«

»Genau, ich habe schon Mühe, mich selbst ernst zu nehmen.«

»Und ich erst!«, seufzt die Erste. »Und mich erst!«

In der Bar. Hinter der Theke die Alte mit dem schönen, vielsagenden, abgearbeiteten Gesicht. Vor der Theke eine schwere, dröhnend atmende Matrone fortgeschrittenen Alters im großgemusterten dunklen Kleid, flankiert vom schmalen Ehemann. Daneben eine winzige weiß Blondierte, rosig im leichten Sommerkleid, ein Schalksgesicht mit goldgerandeter Brille. Daneben ich, kolossal im Hemd. Die Alte hinter der Theke, zum ganzen Schankraum gewandt:

»Und meine Herrschaften, Ihre Meinung über das Wetter?«

Da sind wir Herrschaften also auf einmal zusammengebunden in unserer Entfernung. Sofort plappert jeder seine Meinung heraus, baut Plattitüden aus Satzbausteinen vor sich hin, »für die Jahreszeit«, »nach dem Jahrhundertsommer im letzten Jahr«. Der Gatte hebt sein Bierglas. Sein Gesicht beim Trinken, ohne Glas vorgestellt, hinterlässt den Eindruck großartiger Blödheit. Auch behandelt ihn seine Frau nicht wie einen Ehemann, sondern wie einen Stammkunden. Wir schnattern weiter, »und die Brandgefahr«, das »ganz schwierige Jahr für die Bauern«. Wir werden unterhalten, wir unterhalten, die Worte kommen als ein Schwarm. Da hebt auch die Wirtin ihr Bier und lacht so beglückt in ihr Glas, bis es innen beschlägt. »Ehe ich in das Zimmer kam«, sagte Kaspar Hauser, »bekam ich einen Augenblick ein unbewusstes Gefühl.«

Marie-France trägt dieses Sommerkleid, ach ja, dieses Sommerkleid aus der alten französischen Serie »Janine« um eine Hebamme, die mit dem Damenfahrrad über Land radeln und Säuglinge flügge machen muss. Mit Marie-France gehe ich durch eine Pappelallee. Die dicken Gitanes, die sie raucht, haben auf dem Zeige- und Mittelfinger ihrer Rechten zwei curryfarbene Flecken hinterlassen. Ihr Gesicht ist von all ihrer Freundlichkeit hübsch geworden. Dazu die Segelohren, die aus dem Gesicht ein Pantomimen-Gesicht machen, das im ungeschminkten Zustand sogar das eines Filous ist. Es gibt nach, wenn man lange genug hineinsieht.

Wir finden eine schmutzige Ziege an einen Baum gebunden mit einem faltigen, aber schon geschwollenen Euter. Marie-France hebt das Kleid der Janine und lässt sich in die Hocke. Schneeweiß sind ihre Knie. Unsere Hände treffen sich auf dem klebrigen prallen Borstenfell dieses Euters, von dem sich ihre Nikotinflecken nun noch deutlicher abheben.

Über vier Stunden braucht der Himmel, dann ist jede blaue Lücke geschlossen, zwei Stunden später hat er das weiß schimmernde Grau schwarz eingefärbt. Fertig. Jetzt, da der Abend in den Nachmittag bricht, wogt der Baum vor dem Fenster schwer auf und nieder, die Vögel schreien aufgeregt in den Hecken, und nur die Schwalben sieht man noch vor der Himmelsfront auf und nieder tauchen. Jetzt grollt der erste Donner, kurz wie eine unwillige Bewegung des Abschüttelns. Der Wind frischt auf, im Haus und auch gegenüber schlagen die Fenster. Der zweite Donner kopiert den ersten, der dritte aber zögert noch, ehe er rumpelnd und lallend verhallt. Als käme er über die Schwellen und Terrassen einer göttlichen Kehle, gurgelt jetzt der vierte erst empört, dann krachend über das Land, und schon sirrt ein feiner Regen gleißend durch die Blätter. Blitze glimmen in den Wolkenwänden wie die Fäulnis im Holz. Die Donnerschläge folgen einander nun rascher, verweilen länger. Die Vögel sieht und hört man nicht mehr, und auf der anderen Straßenseite schließt jemand die Fensterläden. Zum eigenen Fenster aber zieht die Frische bestäubter, feucht atmender Erde herein. Jetzt kreiseln, wie einzeln gezündet, die Donner aus hoher Höhe herab und krachen auf die Stadt, unförmige Klangtrümmer. Fort, dahin, wo man sie nicht sieht, zieht sie am Wolkenband der teilnahmslose Himmel. Der Regen schwillt jetzt an, schon glänzen alle Dachziegel, und silbern schaukeln die Tropfen an den Blattspitzen. Lange regt sich gar nichts nach dem einen schweren Schlag. Ein Zittern und Schimmern tanzt noch hier und da über die graue Fläche, und einzelne Vogelrufe fragen schon wieder hinaus. Unter den Bäumen im Hof hatte jemand heute Nachmittag Holz gehackt und gehämmert. Die Stämme und Scheite samt den Werkzeugen liegen matt glänzend im lauen Regen. Der Wind wiegt die Baumkronen darüber sachte. Irgendwohin ist der Sturm enteilt. Nur Atemzüge bewegen noch die Bäume. Ganz oben tritt ein silberner Wolkenstreif aus dem Grau. Schleierhaft sinkt der Regen immer noch, begleitet vom fernen, tonlosen Klagen. In das Wetter hinaus, schwarz, schräg und schnell wie Geschosse, fallen wieder mit vorgestreckten Köpfen die ersten Vögel, suchend.

Wenn wir in den Sommernächten hinausfahren zum Steinsee, dann liegt er meistens ganz still, und da wir ihn, den wir nie bei Tag gesehen haben, gut kennen, finden wir auch immer gleich den Steg im Schilf, auf dessen Planke wir nacht- und weintrunken, nebeneinander ausgestreckt, Sterne, See und Stille kosten. Ich lasse mich nackt ins Wasser, alles berührt mich, die laue Kälte, die Schwärze, die Wärme von innen bei jedem Armzug. Dann nass in die Kleider und ein dünnes Rinnsal Wein in die Kehle geschüttet!

Aus der Entfernung hört man gedämpfte Stimmen. Sie flüstern uns herbei, und wir finden auf diesem Steg zwei Jungen, drei Mädchen. Die Mädchen, forscher, wollen schwimmen, die Jungen zieren sich. Aber die eine, der sie doch auch gern imponieren würden, nestelt schon am oberen Knopf ihrer Bluse, und dann legt sie in einem raschen Entschluss alles ab, steht leuchtend weiß und bauchig auf dem Steg, und gleich gleiten drei Silberblätter nebeneinander über den Wasserspiegel.

Einer der Jungen kommt noch nach – als er aufgeschlossen hat, streift ihr unterdrücktes Schreien und

Jauchzen lauter über das Wasser. Sie fassen sich jetzt an, wollen Angstlust fühlen und kehren zum Steg zurück, dessen Pfähle sie im Wasser umklammern, während sie mit den Beinen strampeln, die sich in der dunklen Tiefe verlieren, und noch einmal stoßen sie sich ab und treiben hinaus wie die Blesshühner, während sich die Wipfel der Bäume in der mondlosen Nacht neigen … – die Handelnden für diesmal so glücklich wie die Betrachter.

Die Hochstimmung ist allein. Plötzlich steht sie im Körper wie die Atemluft. Dann ergreift sie Besitz: Tu was, wandere, marsch!, die Bewegung macht glücklich. Man hat unter den Nomaden keine weinenden Kinder gefunden. Nimm also dies Glas, seinen Rand an deine Lippe, sieh den klobigen Mann vor dem Fenster, der bei jedem Schritt selbstbewusst lächelt, als wäre er eine Blondine. Er lenkt seine Schritte, er ist das Ich dieser Bewegung, das reicht ihm zur Genugtuung. Sein schmuckes Ich hält all das zusammen, alle diese Organe und Funktionen, alle Ströme der Sekretion, des Metabolismus, der Energie. Er bewegt sich, er koordiniert seine Extremitäten. Er möchte sie am liebsten in einen Veitstanz führen, so stolz ist er, dieses Ich nicht nur zu haben und zu nennen, sondern zu sein. Alles berührt, alles trifft und mischt sich hier und läuft an einer Stelle zusammen. Er bringt sich, sein ganzes Selbst, immer hinter seine

Handlungen und Worte. Das ist dumm. Das ist heroisch. Das ist bruchfeste Daseinsbejahung.

Seit Tagen bin ich an der Westküste Irlands zu Fuß unterwegs, als mir ein Junge zuläuft. Auch er ein wenig verloren – »lost«, wie er selbst sagt –, trägt er seine Gefühle so stark vor, als spreche er zu seiner Gemeinde. Leidenschaftlich tritt er auf, gestikuliert entschieden. Wenn er aber seine Gedanken auf den Weg schickt, tut er es am liebsten aus einer Schwäche heraus. Also trinkt er, raucht er, und wenn dann die Gifte übernehmen, fasst er eine Idee, behauptet, dass sich nachts die Narben auf seinem Körper vermehren. Er weiß nicht, warum. Er sagt zum Beispiel:

»Ich bin ein aufblasbarer Mann mit einem aufblasbaren Geschlecht, das keinen Schmutz und keine Kinder macht.« Er behauptet abrupt, der schlafende Mensch sei kein soziales Wesen mehr. Vielmehr lege er im Schlaf jede gesellschaftliche Disposition ab.

»Aber in Thailand«, widerspreche ich matt, »da liegen sie in Garben und Trauben, die Schlafenden, und geben nicht nur Atem an die Atmosphäre ab, sondern auch schlafenden Geist.«

Er schaut mich unverstanden an. Bringt er seine Ideen nicht gleich zum Fliegen, fügt er sich weiteren Schaden zu und macht in Gedanken gleich wieder mobil. Wir teilen uns in dieses Kalkül, rauchen, trinken, kiffen viel, essen kaum.

Das geht so lange, bis wir, unterwegs zwischen Klosterruinen, in denen wir nachts unsere Zelte aufschlagen, uns nicht einmal mehr die zwei Kilometer auf den Beinen halten können, um uns ein Glas Milch zu beschaffen. Kaum aber stehen wir und setzen die Füße voreinander, freuen wir uns am Geschrei der Kinder, am Gähnen der Mädchen, die aus der Schule heimkehren, am Klopfen des Motors an einem Moped, am Geräusch des Lederballs über der abgewetzten Grasnarbe. Es liegen Jigs und Reels in der Luft, Hochzeitslieder und Wirtshausgrölen, es liegt sogar Dürer in den Gräsern, und die schmale Hand des Jungen taucht in die bodenbedeckte Bonbonniere, die ihren Deckel vor langer Zeit verloren hat, damit die Spinnenfinger des Jüngsten leichter in ihr fischen können. Jetzt ist es mein Begleiter, der in ihr fischt und den nächsten Monolog vorbereitet. Dazu trinkt er nicht, vielmehr schüttet er das Getränk in den Strom seines Einatmens. Die Aufgabe des Rausches ist es, den Kopf niederzukonkurrieren.

»Ist das herrlich«, ruft er aus, »ist das *brustvoll*!«

Dann folgt die Enthüllung. »Denn nun«, so schwärmt er in Premierenstimmung, »entwickele ich euch meine ›Theorie von den unterirdischen Pferden‹«, und »Ja«, rufe ich, »unbedingt, deine Theorie von den unterirdischen Pferden« und fühle mich gerade dem Vierjährigen genauso nah wie dem Vierzigjährigen.

In Connemara gerate ich auf meiner Strandwanderung immer tiefer in eine verlassene Bucht. Auf dem dunklen Sand welken die Quallen. Auch Seil-Enden liegen herum, Plankenstücke, Vogelfetzen, Tiergerippe, ein Plastiktrichter. Am häufigsten aber strandeten hier, gebläht wie Organismen, Handschuhe, Gummihandschuhe in allen Farben, mit herausgestülpten, geblähten Fingern, auch mal mit zerfetzten Handflächen, aber doch erkennbar Handschuhe, gut vierzig Paar, verteilt wie die Fragmente einer Sammlung mittelalterlicher Skulpturen. Sie gestikulieren, sie weisen noch Wege, teilen Empfindungen mit, befragen den Himmel. Sie bedeuten noch, und die Hände, an denen sie einmal saßen, stützen noch irgendwo einen Kopf.

Seit vier Tagen auf der Insel, seit zwei Tagen verliebt, in eine Frau weit weg.

In ein Restaurant getreten, plötzlich ist die Verliebtheit vorbei. Die Bedienung in zweideutige Reden verwickelt. Sie war Jurastudentin, wollte sich aber von den Professoren an der Uni nicht verderben lassen, stieg aus. Dies hier war erst nur ein Job, aber jetzt ist es mehr.

»Ich frage nicht mehr: Wer bin ich?«, sagt sie. »Es ist egal. Ich bin es ja täglich. Ich frage eher: Wo bin ich?«

»Und wo also?«

Dass ich so frage, behandelt sie wie das Symptom einer Erkrankung und sieht mich an, Vibrationsalarm in den Augen.

»Ich bin nicht mehr so leicht gegenwärtig.«

»Was fehlt Ihrem Leben?«

»Das kann ich so nicht sagen.«

Sie wischt sich die Haare aus dem Profil und entblößt einen kleinen, akkurat herausgesogenen Knutschfleck.

»Das Sündigen?«

Ein angefangener Blick.

»Hier will ich leben für immer.«

Gezahlt, den Mantel genommen, die Straße inhaliert. Die Verliebtheit ist zurück.

Bill erzählt vor allem Geschichten von seinem Sohn, offenbar ein Prachtkerl, der schon sechsjährig aus Angst vor dem Tod in den Wald gelaufen war. Dort fiel er in eine Grube, angeblich eine Hinterlassenschaft der IRA und ihrer Sprengstoffexperimente, und kam nicht mehr heraus. Die Polizei kreiste mit dem Hubschrauber über dem Gehölz, aber gefunden hatte ihn schließlich der Vater.

»Ich habe Mozart singen hören«, war das Erste, was der Junge nach seiner Rettung sagte, und der Vater hatte ihn mit einer Ohrfeige einem Leben wiedergegeben, das sich der Sohn zwanzigjährig dann selber nahm.

Ein paar Tage nach all dem Schwelgen in seinen Erinnerungen ist Bill am Telefon. Seine Stimme klingt tonlos vor Schwäche:

»Hilfe«, flüstert er, »ich komme nicht aus der Badewanne.«

Ich lasse mir vom Hausmeister den Schlüssel geben und hebe den alten einsamen Mann, nackt, weiß und dürr wie er ist, aus der Wanne. Der Seifenschaum sitzt ihm wie Eisblumen im schütteren Brusthaar. Der Boden rund um die Wanne schwimmt, das Wasser ist kalt, so lange hat er gekämpft und gezögert, das Telefon zu benutzen, das er wohl schon vorsorglich neben die Wanne gestellt hatte. So gut vorbereitet, wie er ist, muss er diese Schwäche schon lange mit sich herumtragen. Aber wir sagen beide kein Wort, während ich beginne, ihm brüsk – zum Schutz gegen alle Rührseligkeit, aber im Gedanken daran, wie er ehemals den Sohn aus der Grube gehoben hatte – die zitternde Brust zu frottieren.

Jenseits der Endhaltestelle der Buslinie, weit außerhalb Dublins, breitet sich der alte Friedhof über die Hügel wie ein Schlachtfeld. Er versammelt die Toten nicht nur, er stirbt mit ihnen. Tief hinein kann man laufen, tief hinabsteigen wie in Dantes Jenseits, findet die Steine gestürzt, von Efeu und Brombeerranken überwuchert, findet manche Grabstelle unzugänglich im Dickicht und manche Platte zerbrochen.

Auch klaffen Gräber offen in der orangenen Erde, ausgeweidet wie Kissen, aus denen dahingeblühte, von Vögeln verschleppte Blumen, verwehte Schleifen herausgefleddert wurden. Korpulente Saatkrähen wandern von Platte zu Platte, über Moose und Flechten. Die aufrechten Schriften werden von Runen und Symbolen flankiert, werden zu Versen in der Ordnung von Akrostichen arrangiert, beherrscht mal von nekrophiler Herzlichkeit, mal von trunkenem, passivem Pessimismus.

Immergrün blüht die Lyrik unter der Vegetation. Mittendrin könnte hier ein Mensch liegen, tagelang, und würde nicht gefunden. Kein Laut ringsum zwischen den sich wechselseitig anbetenden Statuen. Tote Profile, bemooste Steine, verwitterte Werte. Unter Daten und Zahlen, Versen und abgeblätterten Goldlettern ein Eifern und Suchen nach Ausdruck, ein Kollaps unter Pathos. Der Schmerz hat das Versmaß zerhauen, der Blick geht blind von all den Tränen in die Welt.

Eine verlebte Vettel kommt im dicken, abgetragenen Mantel samt Kopftuch über die Grabplatten daher, in der Faust einen Mimosenstrauß. Ein Bündel Verwelktes rupft sie aus einer rostigen Dose Kalbsleberpastete und erstarrt in der Bewegung: Drüben streiten zwei Eheleute mit unterdrückten Stimmen über dem Stein. Eine Erinnerung an das äußere Leben. Aber die Füße werden kalt, und Angst kann man haben vor der Kirche, Angst vor dem in den Erdleib getriebenen Stollen. Angst? Da seufzen die Bustüren von der Straße, der Geruch von Würsten weht auch heran, und auf der blinden rauen Steinplatte zwischen dem Efeu stehen wirklich die deutschen Zeilen: »Was dieser kleine Raum enthält / das war für mich die ganze Welt.«

Der Tag war schon mal da, doch er verschwindet wieder. Dunkler wird es, die Autos schalten ihre Scheinwerfer an. Es regnet nicht, aber lichtärmer schimmert die Straße.

»Mister«, sagt das kleine rothaarige, sommersprossige Mädchen, einem Prospekt über Irland entsprungen, und blickt mich an mit den Augen einer Absinth-Trinkerin:

»Ich singe mit der Großmutter das ganze ›Lieder aus dem Vaterland‹-Buch durch.«

»Alle Achtung.«

»Was bedeutet der Turm da hinten?«

»Ich weiß nicht.«

»Und der Engel?«

»Den brauche ich dir nicht zu erklären.«

»Stimmt auch, und wo finde ich jetzt die Baby-Gräber?«

Toter Igel auf einem freien Plätzchen inmitten einer hohen Heidelandschaft. Ich drehe ihn mit der Fußspitze um, sein Gesicht schreit mit weit geöffnetem Rachen und allen Zähnen, schreit gegen den Himmel wie vorher gegen die Erde. Dicke schwarze Käfer kriechen aus der Tiefe seines Rachens. Später fährt vor einer aufgegebenen Brauerei ein blondes Mädchen auf einem Fahrrad ohne Blick an mir vorbei, noch später ein Zug mit bemannten Fenstern, wie von Landsern besetzt, und aus dem Nichts ergreift mich ein absurdes, erleichterndes Anschwellen des Nicht-Wollens. Das bleibt. Der Tag zieht über die Erdkrümmung davon. Diese seltsame Wesenlosigkeit bleibt. Was sie unterbricht, ist der Moment, als am Abend die Bedienung den leeren Teller abräumt und sagt:

»Sie sind ein dankbarer Esser.«

Und ich schlendere über die Straßen zurück zum Friedhof mit einer Melodie auf den Lippen, und als sie bewusst wird, stammt sie aus der Volksschule, als wir krähten: »Lobet all das Handwerk, Groß und Klein, das Gott hat selber gesetzet ein, als er die Welt hat erschaffen …«

Sehe in einer dreckigen Seitenstraße dem Entladen eines Viehwagens zu. Die zottigen, schmutzgehärteten Schafe stolpern panisch die Rampe herab, müssen mit »Yup, yup, yup«-Rufen animiert werden. Rechts und links strahlt das Rot der Schlachterfenster, es liegt der Duft von frischem, blutnassem Fleisch in der Luft. Die Tiere wollen nicht herauskommen, brechen sich wie alternde Balletttänzer fast die Beine auf der schrägen Ebene, straucheln und torkeln. Ein Bediensteter im Kittel stochert seitlich zwischen den Stäben in dem Pelz-Fleisch-Knäuel so lange herum, bis das letzte Schaf durch den Gang getrieben ist, hinter dem Tor der Schlachterei verschwindet und in den Chor der Tragöden einstimmt. Der Bedienstete aber wendet sich wieder seinem Gesprächspartner zu und vollendet die Beschreibung dessen, was er zu Weihnachten alles kochen wird. Erst schmeckt er die Vokabeln ab, dann setzt das Gewissen ein, mit dem Satz:

»Ist schließlich nicht alle Jahre Weihnachten, nicht?«

Der Junge beobachtet die schöne Nachbarin, die Mutter schreit in den Hof: »Ich komme gleich da runter«; der Bruder kriegt vom Vater einen Schlag auf den Hinterkopf: »Lass gefälligst den Firlefanz«; der ältere Bruder sagt: »Ich will ich sein, und das bin ich auch«; die Kleine ruft: »Mama, ich tanze!«. Der eine Opa will zum dritten Mal am Tag ins Bordell, der andere war fünfzig Jahre lang Oberkellner in einem großen Hotel und erhebt sich heute noch bei jedem Gast, der in den Raum tritt. Lass sie kommen. Die Kurzwellenstimmung: Man verfolgt mit den Augen die weitschweifige Hypotaxe der Lebenslagen. Sie kommt an kein Ende. Chaotisches taucht auf, und in diesem Gestöber der Ausdrucksimpulse ist alles zugleich einzeln und allgemein, besonders und das Gleiche, und mitten darin entfaltet sich der Exzess des Gegenwärtigen. Warum so glücklich, fragt man nicht, aber man empfindet den Wunsch, diesen Trommelwirbel der Zeichen nicht verstummen zu hören.

Nach dem Theater kehren wir in ein lederpolstriges Künstlercafé ein, sitzen über Eck, trinken Bordeaux, werden uns einiger und einiger. Sie ist in ihrer Selbstbehauptung zart, und etwas sagt ›lieber nicht‹. Auf der Straße dünsten die nächtlichen Fassaden den Wein aus. Wir bleiben vor dem Aushang eines Kinos stehen. Ich ziehe sie vor der Scheibe an der steifen Taille heran. Während ich weiterspreche, fühle ich federleicht, wie sich ihre Hand auf meinem Hüftknochen absetzt. Das ist nur kurz, und doch: Als wir später, über unser Phlegma lächelnd, in zwei Richtungen desselben U-Bahn-Schachts auseinanderfahren, war das der Augenblick der Augenblicke, beschriftet mit: Wenig zu sagen, nichts zu tun.

Der Versuch, auf den eigenen Fußspuren zurück in die Situation zu laufen, die rings um mich andauernde Situation, die mir erlauben wird zu sagen: Ich war da. Die Augenblicke vollendeter Gegenwart.

Horche ich wartend in ein schlechtbesuchtes Restaurant hinein, so wird vielleicht nichts sein, nichts bis auf den Ober, der das Nationalgericht bringt im roten Tontopf. Auf den erhitzten Käse blickt er pietätvoll, als gebe er ihm das letzte Geleit. Dann ruft der Gast den Kellner »Chef!«, dann schüttelt die junge Frau mit dem Chemotherapie-Schädel unter der Wollmütze indigniert den Kopf und hat die Kraft, mit letzter Kraft noch zu verneinen – und schon ist Wirklichkeit.

Frank wird von seiner thailändischen Freundin verlassen. Es geschieht unvorbereitet, im Wagen, als sie in einer Garage gerade ihre Parkbucht gefunden haben. Sie habe den Eindruck, sagt Blossom, sie diene ihrer Mutter nicht genug, versündige sich an der Familie, der Wahrheit.

»Ich muss dich verlassen, Geliebter«, sagt sie, »aber ich liebe dich noch.« Steigt aus und geht mit klackernden Absätzen durch die Einfahrt der Tiefgarage aufwärts und davon. »Das ist für immer«, weiß Frank und macht ein Foto von der Betonwand, auf die sie blicken, während sich die Trennung vollzieht. Ich betrachte zuerst das Foto, dann lese ich die Nachricht, die die Wand in ein Denkmal verwandelt.

Eine rückwärtige Hauswand in der Stadt. Es wird Frühling. Aber die braunen Blüten, das Benzin, der

Vogelatem, die Mischung auf einer Basisnote von Luftzug! Als dann der Geruch von gebratenem Fisch durchschwebt, ist Großstadt, nein, ist endlich sogar Frühling. Halbstarkenzeit. Der Mann macht ein Gesicht wie zum Neujahrsmorgen und durchblättert dazu eine Illustrierte mit dem Titel »Innocent Pictures«. Doch der Weg zum Vergnügen ist mit dem eigenen Schatten gepflastert, und sein verdrucksstes Gesicht weckt die Frage: Welche Vorstellung hat die Katze vom Beutetier?

Abends sehe ich ihn wieder mit einer lustigen Nichtsnutzigen vor einem Kinoplakat: »Morbid Horror in Vivid Colour«. Er zeigt darauf und sagt:

»Da gehen wir hin.«

Eine Frau gibt mir auf der Straße in Oslo eine Zeitung. Ich sage: »Ich verstehe kein Norwegisch.« Sie erwidert: »Aber das Blatt ist über Jesus.«

Wir reisen blind und begriffslos, aneinandergeklammert und, wie man nicht umsonst sagt, »schrecklich verliebt«, auf der Rückbank eines Wagens, der uns beim Trampen aufgegabelt hatte. Wir reisen maßlos, kopfüber, brettern quer durch Luxemburg, durch Frankreich, hören »Thick as a Brick« und meinen den Süden, den fiktiven Süden, den ohne Länderkennung, den, der südlicher als Spanien ist und nördlicher als Marokko. Ich weiß noch, wie ich im halbhellen Frühmorgen von Avignon erwache, und in dem Zwielicht geht ein flammend rothaariger Junge, ein sommersprossiger, nein, sommerfleckiger, monströs hässlicher Halbwüchsiger, ein lichtscheues Element, gebeugt wie ein Alter und mit schwer hängender Unterlippe über den Zebrastreifen, und unser Fahrer sagt lakonisch, Wort für Wort:

»Tja, Mäusepaul, du alter Eierdieb, da musste ganz allein mit fertig werden!«

Von ihr blieb der Mandeltee, die Zabaione, der Kuchenteller, der staksende Lauf durch den Frühlingsregen, über Pfützen springend, der Kopf am Abend im Kissen: »Erzähl mir was!« Oder, wenn ich heimkehrte, in ihre sperrangelweit offene Mimik, und sie strahlte:

»Erzähl! Fang mit dem Klingeln an!«

Auch Bisswunden. Der Frohsinn einer elektronischen Orgel. Die Marginalie an einem Bibliotheksbuch, sauber von ihr dahingekritzelt: »Die Töte des Begreifes«. Ein anderes Buch hatte 223 bedruckte Seiten. Angestrichen aber hatte sie nur den Satz: »Der wichtigste katalanische Künstler war Isidre Nonell.«

Sie konnte auf der Oberfläche des Tages liegen wie eine Seerose. Ein anderer Vergleich fällt mir nicht ein.

»In meiner Gesellschaft kommen die Menschen auf Gedanken«, sagte sie.

Wenn sie abends ins Haus kommt, wünsche ich

mir ihre Wangen kühl von der Herbstluft, nicht muffig temperiert vom Autoinneren. Im Sommer wünsche ich sie mir staubig, gestreift vom Ausatmen der sonnenverbrannten Häuserwände. Am schönsten erscheint mir ihr Gesicht, wenn es vom Lachen geradezu verdorben wird, müssen doch sonst alle anderen auf das Lachen warten, um zu glänzen. Auch soll sie zwischendurch sagen: Ach nein, das will ich lieber nicht … Ich freue mich dann am Aufsteigen einer Grenze, in der sich ihre Persönlichkeit Fassung gibt. Wo sie bei sich ist, ist sie automatisch bei ihrer Unverträglichkeit mit der Welt, und ein Paar, selbst für einen Abend, lebt doch auch, um die Nicht-Zugehörigkeit zu seiner Zeit zu verfeinern. Mit Bedacht wähle ich die, die mir fehlen wird, und freue mich an der Ausbreitung unserer Genügsamkeit.

»Aber wenn du ein Geograph wärest«, sagt sie, »würde ich erwarten, dass du mir deinen neuen Globus widmest.«

Einmal stehe ich in einem seichten Fluss bei Orvieto, sie sieht mich vom Ufer aus an und ruft:

»Predige!«

Und wieder tue ich, wie mir geheißen, genau das, wie im Kinderbett, Satz für Satz suchend. Das Wasser zerrt an meinen Hosenbeinen, der Wind atmet flach, und so, mitten aus der Gegenwart, predige ich über Gott Dingsda, Gott Sowieso, Gott Wiegesacht und die vierzig Räuber, sage ich den künftigen Erinnerungen Willkommen, wate aus dem Gestade ans Ufer und küsse sie aus der Erzählung heraus mitten in die schwebenden Bilder, in den Krimskrams ihrer Träume und in ihr zufriedenes Lächeln hinein.

Luigina:

In der Tat, wie du weißt, ich bin im Allgemeinen unbefriedigt. Diese meine Ruhelosigkeit ist klar, weil ich meine Sitte nicht gefunden habe. Ich hasse mich, weißt du, unterdessen esse ich eine Praline. Ich suche zu leben, aber die Aufeinanderfolge der Ereignisse sagt mir, dass ich nicht imstande bin. Dagegen zeigt die Zeit die Zeichen des Alters: zwei leichte Falten im Winkelmund. Gestern, als ich ins Bett gegangen bin, war ich nervös so sehr, dass ich geweint habe, dann habe ich viel gedacht. Zum Beispiel das Ragout. Weißt du, ich hasse es, weil es mir immer traurige, graue und einsame Sonntage meiner Kindheit erinnert. Mit Sergio geht es gut. Gestern wollte er mich lassen. Weil ich einen Abend ohne ihn ausgegangen bin. Er war zu Hause geblieben, weil er, der seinen Papagei verloren hatte, sehr traurig war und keine Lust zum Tanzen hatte. Ich bin zum Tanzen gegangen. Am nächsten Tag war er sehr böse, weil ich, seiner Meinung nach, neben ihm bleiben musste. Aber ich, vielleicht zu zynisch, habe seine Probleme nicht verstanden. Der Papagei für mich nichts vertritt. Ich bin ein unvernünftiges Dasein.

Irgendwo dies Sanfte, das mit ihr einschläft, der kindliche Blick in das Kissen, die aus der halbbewussten Schläfrigkeit tauchende Gebärde des Decke-Raffens mit der Faust, während die Gedanken nach Traummotiven suchen. Und ich bin noch ganz wach, sehe ihren Unterarm entlang, werde nicht fertig mit dem Tag und kann dieses sanfte Phlegma nicht finden, mit dem sie dem Schlaf gibt, was des Schlafes ist, werde vielmehr marschieren, wenn ich mich hinlege, werde gelähmt weiterstürmen wollen und auf der Mitte der Anstrengung gefällt werden müssen, erreicht und überwältigt. Von ihrem Im-Schlaf-Versinken aber ist etwas schon in jedem wachen Blick, selbst in ihrem kühnen Lachen, selbst im Triumphieren über etwas Unnützes, das ich sage. Aber wenn in ihr Leben die Lyrik oder die Erschöpfung tritt, dann werden ihre Augen groß und sanftmütig vor der Kraft der Trägheit, und in der unvermittelten Auslieferung an dieses Immer-schon-da-Stehende lässt sie sich gehen und kapituliert. Sie hält den Schlaf im Arm wie eine Monstranz. Kann sie denn je ganz enthemmt geliebt haben, wenn doch immer noch er da ist, der Schlaf, der ihr selbst mitten im Wachen ein unaufgebrochenes, manchmal klösterliches Gesicht gibt?

Ich sage, während sie im Regen unter dem Dach einer Milchbar ein Mischgetränk mit Honig umrührt:

»Wir müssen alles offen halten.«

Sie erwidert: »Ja, die Wunden offen halten.«

Der Junge am Nebentisch fragt im gleichen Augenblick seine Honigmilch-Trinkerin:

»Liebst du mich?«

Und sie erwidert: »Mehr ja als nein.«

»Nicht mehr?«

»Mehr geht nicht«, sagt sie. »Mein Gewissen ist ein kleiner schwarzer Pastor, ganz hinten in meinem Kopf.«

Vier trinken, in Gedanken. Alles Gesagte passt in jedes Verhältnis. Ich schaue in die Augen der Frau an meinem Tisch. Manchmal umarmt sie mich für immer, manchmal nur für jetzt, manchmal im Zwischendurch. Heute aber ist sie in Wirklichkeit längst aufgebrochen, und zwar in dem Augenblick, als sich der Satz abspaltete, der an diesem oder am anderen Tisch fällt:

»Ich kann nicht mehr gut gleich sein.«

Während die Priester prozessieren, die Touristenführer ihre Monologe spinnen und ein Klageweib immerzu greint: »I poveri morti, i poveri morti«, ist auf der Kirchenbank eine abgearbeitete Frau im burgunderroten Mantel eingeschlafen. Alles lärmt um sie, aber diese vergessene Heilige ist einfach in den Schlummer entkommen. Ihr Gesicht sagt, dass sie aus Sorge den Schlaf gesucht hat. Es sagt auch, dass es die Sorge ist, die sie jetzt hochschrecken lässt.

Schließlich weiß das Gesicht ebenso, dass es beobachtet worden sein könnte. Deshalb legt die Frau im Reflex einen Finger an den Mund, lässt den Kopf in den Nacken fallen und blickt hinauf in die Kuppel, die goldene, und wirkt für Augenblicke töricht.

Doch gleich ist die Einfalt wieder abgeflossen, als sie im Angesicht dieser glänzenden, monochromen Wölbung wieder zu ihrer Sorge erwacht und nun schnell mit den Lidern schlägt, um die Tränen zu verhindern. Als sie sich gefasst hat, erhebt sie sich und schreitet nicht ohne Hast zu dem Mann, der unweit von mir eine Votivtafel fotografiert, und ich höre sie im Schwung der Bewegung flüstern:

»Gib mir eine Zigarettenlänge für den Himmel.«

Und schon schwebt sie in ihrem roten Mantel dem Ausgang zu, im Rollenfach der Madonna, Gebrochene und Gebenedeite unter den Weibern.

Das Innere der Dorfkirche dieses kleinen Fleckens in den sizilianischen Bergen ist weiträumiger, als es der Ort und selbst als es das Kirchenäußere vermuten lässt. Der Bau stülpt einen Raum über den Dörfler, den dieser nicht kennt und im weiten Umkreis auch nirgends finden wird. So ist der Ausnahmezustand des Glaubens an das außerordentliche Raumgefühl gebunden.

Man hält soeben die Vesperstunde ab, ohne Priester, aber im kollektiven Gebet. Hauchfein blau-braun schweben durch das Gewölbe die Weihrauchschwaden. Zwei Frauen in Schwarz liegen platt auf dem Boden vor einem Seitenaltar zum Angedenken eines lokalen Märtyrers, eines Geschlagenen, Erstochenen, Gesteinigten, Zerpflückten, Geflämmten, und leiern, die Lippen über dem Marmor, ihre Gebete so vor sich hin, dass es beim Darüberweghören klingt wie der Grundton des Dudelsacks oder ein Insektenschwarm. Dann aber erhebt sich über diesem Murmeln aus der Gruppe der Betenden eine Solistin in psalmodierender Selbstbeschuldigung, noch sündiger als die anderen, noch bußfertiger. Doch versickert ihre Stimme früh, eine andere übernimmt den Solo-Part und wieder eine andere. In ihrer Zerknirschung sind sie Schwestern. Ohne Partitur geht das, ohne dirigierende Hand. So genau haben sich die Reuigen auf die musikalische Konsonanz ihrer Gebete verständigt. Es erklingt die Polyphonie des Gewissens, mehrstimmig instrumentiert, während unter ihnen die Fingernägel der Märtyrer leise aus der Gruft herauswachsen.

Padua. Hier, an diesem lichtlosen Gebäude mit dem Stacheldraht über den Mauern, die schon ein Scherbenfries krönt, hier scheidet die Stadt, die heute eigentlich für Menschen in ihrem Wohlstand, für junge, reiche, für verliebte Leute zu existieren scheint, hier scheidet sie an diesem verborgenen, also unscheinbaren, wenn nicht hässlichen Ort die Debilen, Abweichenden, Gesplitterten aus, die laut mit sich reden in der Bahn, die auf der Straße verbissen in ihre Schwäche hineingestikulieren, dumm, gemessen an der Effektivität dieser Stadt, hilflos mit all ihrer jugendlichen, kindlichen Beharrungskraft, dem Pathos ihrer unbeantworteten Möglichkeiten und freien Wertigkeiten, und doch weit innerlicher, auch zartfühlender bewegt. Aus dieser Öffnung in der Mauer schlüpfen sie auf ihren Freigang, als strebten sie ihrer Vermehrung entgegen, und agieren gleich, wie in der chemischen Reaktion mit dem Element der Straße, verworren, wie in einem Reflex auf das Milieu der Vernunft, verworren, mit ihren rastlosen, entblößenden Blicken verworren. Und einer in der Gruppe hat gleich nach dem Heraustreten auf den Gehweg nichts Emsigeres zu tun, als vorne am Hosenschlitz ein langes Fädchen zu zwirbeln, und die Verwilderte an seiner Seite bellt tatsächlich den Himmel an mit dem immer neu phrasierten:

»Heute ist der Tag, auf den wir zuleben, seit es Tage gibt!«

Das Erschrecken im Anblick der Schönheit von Venedig. Selbst beim ersten Anblick überwiegt die Erinnerung – woran, an welche eingeborene Idee einer Stadt? An welches Bild von einer Stadt? Ich erwarte Maria am Bahnsteig. Sie kommt, tritt mit ihrem kleinen Koffer aus der Halle, sieht, was vor ihr liegt, stöhnt »Ach du lieber Gott!« und weicht, während sich ihre erschreckt geweiteten Augen mit Tränen füllen, in den Bahnhof zurück, wo sie sich hilflos der Allerwelts-Cafeteria mit ihren roten Plastikstühlen zuwendet. Aus der Sicherheit des unattraktiven Raums heraus belauert sie dann durch die kondensmilchfarbene Gardine die Silhouette der Stadt, der sie nicht gewachsen war, den Canaletto, von dessen Firnis sie abgewiesen wurde, und sagt:

»Jetzt muss ich mich erst mal vorbereiten.«

Sie ist einen Tag lang über das Gelände der Biennale gezogen, von Pavillon zu Pavillon, Land für Land. In Russland stand sie im Schlafsaal des Gulags, in Ägypten vor der wogenden Masse der Demonstranten, in Bangladesch in dem Häuschen der erniedrigten Frauen, in England kroch sie gebückt durch die Düsterkeit eines dumpfigen Bauwerks voll Arbeitsgerät und Dreck, in China passierte sie die rostigen Kanister im Ölgeruch einer fiktiven Industrieanlage. Am Abend, nachdem sie noch kurz bei den Computermonitoren Taiwans und der Stecksystem-Skulptur Irlands vorbeigeschaut hatte, dreht sie mir den Kopf zu, dem Gedanken mehr als dem Gefühl folgend, und fragt:

»Wo war die Liebe?«

Da ist sie.

Ein Mann mit Kuppelbauch führt auf einem Wägelchen einen ganzen Baum aus Windrädern in den slowenischen Nationalfarben spazieren. Von Zeit zu Zeit bleibt er stehen und bewundert selbst die Schönheit seiner Geräte – niemand sonst tut es. Drum herum toben die Kinder, die sich erst kitzeln, dann Ladendiebstähle organisieren, und auf der Höhe des Parks widerspricht der Leichtsinn einer Hammondorgel den herausdringenden, schlecht sortierten Vogelstimmen.

Eine schöne Mutter mit einer zehrenden Liebe zur Liebe, wie man ihren Zügen ansieht, eine Hungernde, unter Mangelerscheinungen Darbende also, betrachtet die Ballettprobe immer interessierter, verliert aber ihre Kinder aus den Augen, als der Transvestit auftritt, der baumlange, verderbte Transvestit mit der kandiert wirkenden Haut. Sie fotografiert ihn mehrfach, wobei ihre Hände zittern. Als er es sieht, packt sie die Pocketkamera in die Tasche wie einen Schminkspiegel und angelt sich das Buch mit der freien Hand, schlägt auf und entblößt den rückwärtigen Text: »Nicht die raue Natur Alaskas, sondern die Vorurteile der Mitmenschen bringen die junge Lehrerin Anne Hobbs in große Gefahr.«

Manche Menschen sehen nicht aus, als seien sie im Liebesakt entstanden, andere gehen immer so verzückt durch die Welt, als hätten sie seine Freude nie ganz hinter sich gelassen.

Eine Frau der ersten Art sagt: »Wenn du ein hässliches Haus in deiner Straße hast, dann ist es besser, du wohnst drin. Dann musst du nicht darauf blicken. Deshalb bin ich lieber ich und habe mich nicht zur Freundin.«

Da also bleiben die eigenen Fingerabdrücke auf dem Glas. Man blickt durch sie hindurch in den Raum, jemand trägt eine kalte Zigarette im Mundwinkel, ein Filmbild zitierend, geht um den Tisch herum, an dem er essen wird, geht wieder herum, nimmt den Schal vom Hals, schlüpft aus dem Mantel, zieht den Pullover herunter, legt das Besteck zurecht, bereitet sich auf die Lektüre der Speisekarte vor. Der großmütige Wirt, der eilig Telefonierende, der langsam aufstehende Gast, ein Herr mit silbergrauen Haaren, seine Begleiterin mit rotbronzenen, ihre Hose aus Goldlatex, das metallische Paar: Willkommen, es ist acht Uhr, welcher Krieg wird gerade geführt, wer stirbt, wer kommt in die Zeitung? Der Schrecken: dabei und nicht dabei zu sein. Das Dabeisein aber übernimmt in dem Augenblick, da die Autorität am Nebentisch wieder in die Erzählung eintritt mit dem Satz:

»Und dann kam der nächste Tag.«

Charlotte ruft nachts an. Ich tauche aus dem tiefen Schlaf, weiß nicht, wo ich bin, was verlangt wird, aber mein Mund sagt ins Erwachen hinein:

»Ach, Lotte, du bist es! Wie alt bist du?«

Zwischen Mülleimer und Waschmaschine fällt die verbrauchte Zeitung mit dem Gesicht auf die Schlagzeile von gestern: der Sturz eines jungen Mannes aus dem Fenster eines Kinopalastes »Scala« auf den armenischen Bauern, dem man auf dem Operationstisch eine Niere gestohlen hat. Ich stecke mir in der Einsamkeit der Küche die zweite Hälfte der Banane vom Vortag in den Mund und kehre in das Wohnzimmer zurück, wo sich der Fisch im Glas inzwischen einmal vollständig um die eigene Achse gedreht hat. Dass die Menschen oft nur ein einziges Mal in die Zeitung kommen, und zwar als Opfer! Da stehe ich in dieser fremden Wohnung und starre durch das Fenster in die Aussicht, die auch keine ist.

Eine alte, sehr dicke, sehr nackte Frau erscheint am Fenster gegenüber, das Tonnengewölbe ihres Bauches reibend. Da tritt von hinten ein vollständig bekleideter Mann an sie heran und streichelt ihre Schulter. Es wird ein Striegeln draus. Sie öffnet einen Fensterflügel, Orgelmusik erklingt, barocke Chöre setzen ein, dann schreit sie wirklich in die Schlucht der Gasse: »Aujourd'hui! Aujourd'hui!«

Im alten »Scala«-Kino in der Pentonville Road, Nähe King's Cross Station, besuche ich oft die Double- und Triple-Features, esse in den Pausen im Vorraum Karottenkuchen und streite mich mit einem ehemaligen Offizier der indischen Armee, der hier sein Leben als Pensionär absitzt und die richtigen Filme aus den falschen Gründen besucht. Doch er sagt auch Sätze wie:

»Manchmal gehe ich ins Kino. Aber wenn ich eine gute und ruhige Imagination habe, dann schließe ich die Augen und sehe nicht hin.«

Eine unserer Auseinandersetzungen gipfelt in meiner Frage, ob er sein Leben als handlungsarm empfinde.

»Handlung, Handlung!«, schimpft er gleich los. Die Handlung sei ja auch im Film oft nur eine Ablenkung. Man könne sich ja gern fragen, ob sie logisch oder glaubwürdig oder plausibel sei, das Eigentliche sei sie jedenfalls nicht.

»Das Eigentliche, das ist der Fluss der Wahrnehmung. In ihm treiben die kleinen Sensationen, die sich einbohren, ein Detail aus der Einrichtung der Junggesellenbude, das Design eines BHs, ein Ausdruck genauso wie ein Messerstich, das spuckende Ventil in einer Industrieanlage, der Ruderschlag, ein Graffito, eine Uniform im Schrank, eine wiederkehrende Melodie, alles, was den Charakter eines Ereignisses bestimmt!«

Der Film, meint er, werde zu einer dichteren Ordnung der Ereignisse, während schon die Arbeit, die Zeitung, der Verkehr ringsum für die wenigsten noch Ereignis sei. Ereignisse aber trügen sich oft in völlig windstillen, handlungsfernen Momenten zu, es seien Konstellationen, mehr nicht.

Dann besuche er also im Kino nicht die Leinwand, sondern das Filmtheater, diesen Vorraum, die Bar, die Toiletten, die Zuschauertribüne.

»Und ob! Wir wollen doch nicht so tun, als ob das Kino selbst kein Schauplatz wäre! Hier kommen ein paar Einsame hin mit ihrem Menschenhunger, den kann man ihnen nämlich nicht absprechen … die gehen nicht hin, weil sie alles haben, sondern weil ihnen was fehlt. In ›The L-shaped Room‹ ist mir das unlängst passiert … Der Abspann läuft noch, da springt ein Mann hinter die Absperrung vor der Leinwand und ruft ins Publikum: ›Hört mal gerade zu, ich muss mal eben sagen … so ähnlich … ich finde es ganz herrlich, mit euch diesen Film eben gesehen zu haben, mit euch allen gemeinsam, es ist so herrlich, wir sollten alle viel mehr miteinander unternehmen, gemeinsam, ich bin jetzt darauf gekommen …‹ Immer so weiter, er war wie erweckt, wollte, dass wir zusammenbleiben, irgendeine AG, Ferienkurse, Feste, Demonstrationen besuchen … In der kurzen Zeit hatte er sich all das schon fertig ausgedacht. Zuerst, als es noch so richtig peinlich war, haben alle fasziniert hingestarrt, ihm von den Lippen gelesen, wahrscheinlich wollten sie, dass er sich verheddert oder anfängt zu schreien und seine Mutter zu verfluchen oder so was. Schließlich hat dann keiner mehr zugehört, weil immer dasselbe kam. Trotzdem wusste niemand, was man nun mit ihm machen soll. Ich glaube, keiner hat gedacht, er ist gestört, nur hat sich auch keiner getraut, ihn beim Wort zu nehmen. Ein Schritt weiter nämlich, man stelle sich das vor ... eine Antwort ... wenn einer ›Ja‹ gesagt hätte, ›du hast recht, Bruder‹, das wäre vielleicht der Ausbruch einer Orgie geworden oder die Geburtsstunde einer Sekte ... So war es nur einen Augenblick peinlich, und warum? Weil sie alle für einen Augenblick mit einem Bein in der Zustimmung standen und um ein Haar ›Ja‹ gesagt hätten. Aus Sehnsucht ›Ja‹, aus Menschenhunger.«

»Und dann?«

»Nichts. Irgendwann ist er wieder über die Absperrung geklettert, hat sich vorne an der Bar ein Bier bestellt und bloß so vor sich hin gesehen, ganz unscheinbar. Gesagt hat keiner was. Es wollte niemand mit ihm sprechen. Und er selbst ist auch nicht noch mal darauf zurückgekommen. So ist er also allein geblieben. Mehr allein als vorher.«

Nachdem der alte indische Offizier eine Weile langstielig vor sich hin gesehen hat, beißt er in seinen Karottenkuchen. In der Sehnsucht, habe ich mal gelesen, verbraucht das Gehirn mehr Kalorien.

Einer steht im Kino auf, das Vorprogramm läuft noch, dreht sich zum Saal, breitet auch wirklich die Arme aus und ruft:

»Die Welt der Bilder, der inszenierten Realität, ist voller Arrangements, die Erleuchtungen verheißen, lauter Momente der unvergesslichen, tief eindringenden Plötzlichkeit und Dichte, aber hier schließen sie sich zusammen zur Familie der belanglosen Effekte. Die Erscheinungen liegen also in den Zwischenräumen und Übergangszonen …«

»Halt die Schnauze«, ruft eine Frauenstimme von hinten, »ich will die Werbung sehen.«

»Danke, Schwester, auch das wollte ich erleben. Welch ein erhabener Damenhut!«

Trete ich aus dem Kino auf die nächtliche Straße, Ausschau haltend nach irgendetwas Erleuchtetem oder Verdecktem, wie den Flashlights über den Markisen eines Clubs, dem rotierenden Leuchtsignal eines stehenden Krankenwagens oder den unscheinbaren Beschaffungskriminellen im Hausflur, suche ich nach einer zusammengeballten Bewegung unter Leuten im Bannkreis der Schaulustigen, finde aber nichts als schlendernde Heimkehrer, im Gehen süffelnde Bahnbeamte mit der Amtsbrosche am Revers, Kebab-Esser, maßvoll bezechte Rentner auf ihrem Weg ins Nest – und fühle mich aus einem Paradies vertrieben.

Dort nämlich ist immer alles voller herzzerreißender Tempowechsel, wenn sich der ungeübte Verbrecher in einem überraschenden Moment des Zeit-Habens gleich vor der Tat noch eine Zigarette anzündet und mit derselben schrecklichen Geduld die Waffe handhabt, oder wenn man, in einem plötzlichen Ausblenden des Tons, das Stückwerk der Ausdrucksbewegungen, das Immer-neu-Ansetzen der Gefühle mit einem Mal pantomimisch begreift oder zusieht, wie die Opfer unter der noch nicht eingetroffenen Faust zu Boden gehen oder auf die Kugel warten, die sich im Stahlgehäuse der Waffe schon auf den tödlichen Flug vorbereitet, während noch rhetorisch abgerechnet wird. Trete ich aus solchen Filmen, in denen es auf gut Amerikanisch roh und moralisch verlässlich schlicht zugeht, auf die Straße, dann macht mir die Großstadt Lust zu schlurfen, durch die U-Bahn-Schächte mit der kalten Unanfechtbarkeit der Bilderhelden zu streifen und das eigene Gesicht in den Eckspiegeln heroisch versteinert zu finden, am besten ungleich allem außerhalb der Welt des Kinos, fadenscheiniger nur, suchtkrank, gefallen.

»Pickpockets« wurde in Schwarzweiß gedreht. Die Vorgänge können niemanden überraschen, der Rodion Raskolnikow kennt, aber seine Philosophie ist inzwischen auf den Hund gekommen, zu einem Digest zusammengestrichen worden. Der Held fährt viel durch den Untergrund, er geht zum Pferderennen, sitzt mit seinen Freunden im Bistro und unterhält sich, sagt aber nicht viel. Zum Schluss sitzt er wieder, aber im Gefängnis, und die Freundin seines Freundes ist jetzt seine Freundin. Richtig, zwischendurch stirbt seine Mutter, und einmal verreist er für längere Zeit.

An dem Schauspieler gibt es nicht viel zu sehen. Er ist anwesend abwesend. Abgesehen von seinen Händen nimmt man seinen Körper kaum wahr, auch verzieht er im ganzen Film keine Miene und kommt mit demselben Gesicht durchs Ziel. Einmal wirft er vor Zorn ein Buch auf den Boden. Aber er sieht dabei nicht anders aus, als wenn er der Frau eine Art Bekenntnis vorträgt. Da ist kein Unterschied zu erkennen, und das ist sehr kunstvoll, so reglos zu sein.

Ich bleibe wie die anderen sitzen, im Sog des Situativen, bis das bescheidene Verleiheremblem mit Jahreszahl und dem Hinweis auf den Schutz des Urheberrechts an der oberen Kante der Leinwand verschwunden ist. Gedämpftes Jackenfassen, Tütenpacken, Knöpfen, alles mit müden Bewegungen, ernstem Mienenspiel, dann geducktes Entweichen in den kalten Luftzug der frühen Abendstunden.

Ein Bild des Jammers, die ratlos in den angebrochenen Abend davongehenden Kinobesucher. Erst als ich, im Gang der Bahn stehend, einem Knaben zusehe, der durch Ritzarbeiten den Türaufkleber verbessert – von »obstructing the doors causes delay and can be dangerous« zu »obstruct the doors cause delay and be dangerous« –, und erst als ich dann die Zuschauer mustere, die alle kein Wort hervorbringen, aber nicht einverstanden sind, begreife ich, was sich dem dokumentarischen Blick vermittelt: Zuneigung ohne Grund, vermischt mit Bedauern, Abwehr im Anblick des falschen Mitleids, das man mit Augen fassen kann. Großer Film, »Pickpockets«!

Ein Schwarzer mit Zöpfen unter der Wollmütze verkauft im Gehen Schirme. Es regnet nicht. Aus den Hausfluren stinkt es nach kaltem Tabak und Pisse. Irgendwo muss jemand angefangen haben, ein Kind zu verhauen. Das Geschrei setzt ohne Schrecken ein, arbeitet sich aber allmählich ein Crescendo hoch. In der Ecke stehen zwei Punks und küssen sich altmodisch. Ein pantomimisches Anfressen ohne viel Licht, Luft und Geschmack ist das. Küssen: Der Herr hat mir einen Pelz versprochen, warm ist sein Wort.

Und wenn man sie dann hinter sich lässt, im Morgengrauen heimkehrt, berauscht, nachdem man mit den anderen auf einer Parkwiese zuletzt nur noch lagerte und palaverte, wird daraus im Zurückblicken etwas wie eine Wiederentdeckung des Menschen. Alle wollten an diesem Abend erlöst werden oder wenigstens einen Blick auf die Erlösung werfen, Worte sollten reichen, Versprechen. Und sie alle bitten eigentlich unausgesprochen um einen Bruch mit der Lebensordnung, in der sie sich befinden, bitten um eine Idee vom guten Leben. Sie ist immateriell, liegt irgendwo zwischen dem Sehnen, dem Traum von einem Plan, einer Vorstellung der Umsetzung, in unbewussten Augenblicken der Freude, in einem Ankommen ohne zu verschwinden, in der Selbstüberbietung.

So fühlt es sich an, wenn man den allmählich von innen erblassenden Himmel in sich aufgenommen hat, ehe man aufgebrochen ist und in der Morgendämmerung den Abschiedsruf des Freundes zu oft wiederholt, damit es hin und her schallt, bevor man zu Hause den Schlüssel leise ins Schloss führt und die Garderobe einatmet und die Nacht und den Stimmklang und die Morgenkühle noch um sich fühlt, mit der Empfindung, dieses unfertige Lebensalter gerade ganz und gar ausgekostet zu haben.

Früher waren schmerzhafte Krankheiten, angedrohte Gewalt und nasse Küsse mein Inbegriff des Wirklichen gewesen. Erst das Kino öffnete mir die Augen für die Senken dazwischen, für das tägliche Ableben. Heute bricht das mit quietschenden Reifen über den Bordstein setzende Auto dem Ideal Bahn: Es werde Schrecken! Was für ein hochdosiertes Ideal, das sich im direkten Angriff auf das Leben ausdrückt! Der auf die Straße sabbernde Bettler, sage ich mir im missglückten Versuch, meinen Empfindungen Logik und Stringenz zu geben, ist mein Held, er gibt dem Auge zu fressen; der Punk, der Rocker, der betrunkene Schläger, alle, die ihre Präsenz ausdehnen, sind gute Menschen, weil sie in ihrer handgreiflichen Sprache wirkliche Begegnungen anbieten.

Wohlgemerkt bin ich selbst, als ich in der Nacht abkürzungshalber unter einer Fußgängerbrücke durchlaufe, in die mit hohem Tempo platzierte Faust eines dort wartenden Trinkers gelaufen und augenblicklich, ohne geringste Gegenwehr, zu Boden gegangen, wirklich berührt vor allem von der körnigen Oberfläche des Asphalts an meinem Jochbein, und abgesehen davon erstaunt von der Prägnanz des Erlebnisses, das mich mit unbestimmten Schmerzen und gefilzten Taschen, aber hellwach, liegen ließ. Ich wurde bestohlen. Ich fühlte das Verlorene nicht, nur das Verlieren.

In einen Straßenwinkel quetscht sich das »Café Camelot«, ein Duftfang aus Katzenpisse, Verwesung und Salatsauce. Was hier auf den Tisch kommt, wirkt frisch und grün, die Aroma-Glocke darüber aber müffelt mit Kompostnoten, mit Hautgout.

Obwohl ich in einen optisch überfrachteten Raum mit sperrangelweit offenen Fenstern blicke, sind es die Geräusche, die mir die Sicht nehmen: vor sich hin seierndes Gedudel, Musik für blockierte Ohren, das Wagenrattern, Quietschen von Stoßdämpfern, das Schimpfen, eine Pause. Und mitten darin die aus dem Geräuschemeer zu bergenden Funde: das Nachziehen der Schuhe bei Halbwüchsigen, ein einzelner Schlag der Flagge im Wind, die zwei Schläge der Turmuhr für »halb«.

Der erste ganze Satz, dem ich folge, stammt von dem Mann, der mit einer jungen Frau vor dem Fenster steht, die warme Garnierung auf meinem Teller betrachtet und sagt:

»Wir haben so viele Wahrheiten, dass wir uns dauernd neue sagen können.«

Ja. Die Liebe im Leben ist immer eine andere. Die Liebe im Pop singt gerade: »I love you more than ever.«

Das Mädchen in dem unfreundlichen Restaurant ist ein Schwellenwesen. Es trägt das hellblaue Kleidchen noch wie ein Kind. Doch im Augenblick, da es der Verantwortung für die kleine Schwester gerecht wird, wird das Mädchen eine junge Frau und hat die Kindheit gleich hinter sich. Sie sieht sogar nach den Zähnen der Kleinen, kaum ist das Essen vorbei, legt das Besteck für sie zusammen, erklärt ihr den Aufsteller auf dem Tisch, der den Federweißen ankündigt. Als ich ihr ein paar Postkartenansichten herüberreiche, folgt sie ernsthaft meiner Rede. Einmal geht ihr rehbrauner Blick in meinem sogar fast zu einem Lächeln auf, aber dann tritt die Serviererin dazwischen und fragt harsch:

»Und Sie wünschen weiter?«

Und wir blicken beide auf und wünschen weiter.

Auf dem Markt streckt sich ein Fisch aus der Kiste, tot, aber im Tod so besorgt, als erblickte er mit seinen hervorquellenden Augen etwas, das noch unendlich besorgniserregender ist als sein eigenes Ableben. Es ist in zehn Tagen das erste Wesen, das ich so besorgt gesehen habe, besorgter als ein Fußballtrainer. Sein Gesichtsausdruck ist so, dass man ihm unmöglich unrecht geben könnte. Evident ist er, vom Unglück selbst gemalt und beglaubigt.

Am nächsten kommen diesem Gesicht die Mienen der kleinen Jungen, die heute nachdenklicher sind als die der Erwachsenen. Vielleicht haben sich diese Gesichter in ihrem Knabenalter noch nicht oft genug für die Leichtigkeit entscheiden können, leben noch vor der Lässigkeit. Jedenfalls dringt der flüssige Stoff jugendlicher Traurigkeit selbst durch die heitere Atmosphäre. Manche Jungen sehe ich so mit verträumten Gesichtern einer spielerisch betriebenen Tätigkeit nachgehen. Sie lachen schnell, diese Gesichter, aber ebenso schnell fallen sie zurück. Die erwachsenen Männer dagegen haben diese sportliche, ungerührte, gewandte Leichtigkeit, in der nichts drängend Fragendes, nichts Unausweichliches aufkommen will. Sie sind am weitesten entfernt von dem Fisch.

Eine Musik setzt ein, eine Epoche gibt ihr Fluidum ab. Ist dies der Operettengeist der 1880er Jahre, gespeist vom Atem einer Straße in Wien, besetzt mit Tüllröcken? Tatsächlich, diese Musik hat keine Zukunft, sie ist reine Gegenwart und Versprechen: Jetzt noch ein Frühling.

Die Musik wird – so pragmatisch sich auch das Leben um sie herum organisiert – zum Ausdruck des Unvernünftigen. Sie ballt stimulierte, doch verschossene Gefühle. Der Konzertbesucher, der den Allegro-Satz mit einem einzigen Blick geradeaus verbracht hat, legt im Adagio umständlich seinen Arm um die Schultern der Frau an seiner Seite, dankbar dafür, dass sie blond ist. Sie sagt:

»Als ich dir zusah, wie du die Musik hörtest, wusste ich, was ich an dir für mich verloren habe.«

Und er erwidert: »Es ist auch mein Verlust.«

Eine Frau, der man ansehen kann, dass sie ihr Leben lang leise gesprochen hat. Ihre Gliedmaßen sind dünn und ihre Knochen Geflügelknochen. In der Nacht erwache ich im Gefühl, dass dieses Gesicht weh tun würde, wenn es fehlte. Also stehe ich auf. Da sitzt sie in der Halle des Hotels in einem Sessel, die schlanken Beine über die Armlehne geworfen, den braunen Körper in ein Frotteetuch geschlagen, auf dem eine Dollarnote abgebildet ist. Die rafft sie zusammen, so dass ich sehen kann, wie nackt sie darunter ist, und ich erinnere mich an einen Satz, den ich bei Patricia Highsmith las, und sage: »Hier war ein Whisky nötig.« Ihre Lachfältchen entstehen in dieser Nacht, in diesem Sessel, in diesem Augenblick. Sie sollten bleiben, alles andere ging.

Auf der U-Bahn-Rolltreppe: Ein Pärchen raucht. Aber nur kurz, da schallt eine Stimme aus dem Lautsprecher: »Machen Sie sofort die Zigarette aus!« Schon kommt man durch die Tunnel, hetzt durch die Katakomben, den beiden hinterher. Aber sie bleiben, erstarren, küssen sich vehement. Zwei Beamte stehen erst ratlos um sie herum, tippen ihnen dann auf die Schultern, wagen kaum, sie zu stören. Mitten im Kuss ist Ruhe. Anschließend bezahlen sie ihre Strafe.

Die Frau mit den abschüssigen Lippen kommt und geht am liebsten ohne die geringsten Anzeichen, dass sie es wieder tun könnte. Ohne Verlangen welcher Art auch immer. Sie kommt, redet stundenlang, manchmal sogar mit Antipathie, liegt aber schließlich doch auf dem Teppich und lässt sich küssen, ja, dreht ihren Hals in jeden Kuss hinein mit der Hingabe einer Verlorenen. Manchmal setzt sie sich auf und erbricht ihre Küsse. Dann lässt sie sich durch den grobmaschigen Pullover die Brust küssen, die darunter erwacht. Kaum dringt der Atem aus dem Kuss durch den Stoff, wandert ihr Hinterkopf auf dem Teppich hin und her, und die kalten Augen verrohen in einem Verlangen, das jetzt auch über die Lippen kommt. Sie zieht die Luft hörbar ein, sie zittert. Sie wird gehen und tagelang nichts hören lassen, vielleicht gar nicht mehr kommen, und mühsam, wie zu einem ersten Mal, wieder überredet werden müssen.

Erst nach Monaten sagt sie, sie wolle mich besser kennenlernen. Ich öffne meinen Medizinalienschrank. Sie findet nichts dabei, liest stumm die Aufschriften auf den Fläschchen und setzt wieder alles auf Anfang:

»Liebe kann ich mir gar nicht vorstellen mit zwei solchen wie uns.«

Das gravitätische Schreiten der Kirchenorgel. Ein Blatt torkelt über die Straße. Beim Näherkommen altert die Frau in der Straßenmitte. Es ist vollkommen: Da schwanken die ungezügelten Rüpelsöhne der Bauern über die unbefestigten Straßen, die Felder strotzen vor Fruchtbarkeit, dazwischen nur einzelne Höfe, als die Ausläufer der feudalen Zeit, in der die Bauern noch um sich schlugen und sich das Proletariat ein Klassenbewusstsein leistete. Ein Fremder ist auch im Bild und fotografiert die Sonne im Hochformat.

Im Zug: Da ist, trotz der herbstlichen Temperaturen draußen, eine Sonnenbräune im Gesicht der Mittvierzigerin, ein Goldglanz, der noch intensiver werden will, wenn sie lacht. Das tut sie freigebig, aber nicht aus läppischen Gründen. Sie spricht von vier Tagen Schweigen, von der »Reise nach innen«, lehrt Qi Gong, war am Meer und fährt leichten Herzens heim. Sie mit ihrer gesunden Haut, ihren Sommersprossen, den Fältchen auf dem First ihres Nasenrückens. Die Sonne scheint auf die grünen Wiesen. Da lehnt sie ihren Kopf beiseite, als legte sie ihn in die Wiesen, und schläft ein.

Ich schaue ihre Fußgelenke an mit den Mückenstichen, führe den Blick über das energische Knie aufwärts, die breiten Oberschenkel entlang, die auf dem roten Polster mit der Bewegung des Waggons schaukeln. Ich schaue diese Oberschenkel wohl versonnen an, weil ich an Ricarda denke, als sie auf der Tribüne über der Schul-Sportarena saß und mit mir auf die Trainierenden herabsah. Von den Oberschenkeln der Frau gegenüber blicke ich auf, in ihren gerade aus dem Schlaf heraus geöffneten Blick. Sie schaut mir direkt in die Augen, duldend. Als meine Verlegenheit verflogen ist, blicke ich wieder abwärts auf ihre Riemchensandalen, den zerfransten Saum ihrer Jeans, und sie senkt ihre Lider zurück in den Schlaf.

Der Mabini Strip im nächtlichen Manila will an diesem Abend schön sein, schön wie die Sünde. Ein Mädchen in einem blauschwarzen, auf der Höhe der Oberschenkel abgeschnittenen Sarong, berührt mich am Arm und flüstert:

»I saw you in my dreams last night.«

Auf ihrem breiten Nasenrücken stehen kostbare Schweißperlchen. Ich trete zurück, mustere sie von den Augen bis zum Bauchnabel und hätte ihr fast die Linke auf die Schulter gelegt. Nicht so, Prolet!, liest sich ihr Gesicht, und nicht mit der Linken! Wie eine Boxerin pendelt sie mich aus und zieht sich ins Halbdunkel der Bar zurück.

Ich gehe weiter. Der kleine Junge mit dem Holzkasten voller Zigarettenschachteln, aus denen er seine Glimmstengel auch einzeln verkauft, spricht mich an mit dem Satz:

»Ich bin elf Jahre alt. Ein Junge in meinem Alter sollte um Mitternacht im Bett sein. Ich bin nicht mal um zwei im Bett.«

Er heißt Edward, nennt sich aber Michael, weil doch sein älterer Bruder Michael vor zwei Jahren bei einem Motorradunfall ums Leben kam. Dieser Bruder war sein Vorbild vom Tag seines Todes an. Sein Name soll leben! An seinen Zigaretten verdient der Junge in einer guten Nacht zwei Euro.

Nun treffen wir uns also jede Nacht auf dem Mabini Strip und gehen zusammen essen. Manchmal bringt Michael seinen Freund Louis mit, auch ein Straßenkind. Immer haben sie ihre Fragen und tauschen sie gegen die meinen. Ich lerne die Nacht von Manila durch Kinderaugen kennen, die keine Kinderaugen mehr sind. Meistens sitzen wir in einem offenen Straßenrestaurant auf einer Bank, die Jungen mir gegenüber. Sie bestellen Pili-Pili, einen Gemüsematsch mit Erdnusssoße, und sie bestellen ihn für mich gleich mit, samt einer Flasche San-Miguel-Bier, und ich bin viel zu naiv, die Blicke der Einheimischen zu deuten, die mich manchmal so vorwurfsvoll treffen.

Einmal tritt eine alte Bettlerin an den Tisch, sie ist auch heute nicht die Erste. Aber Michael erzählt gerade eine Geschichte von einem tagaktiven Gecko. Ich hebe die Hand, die Bettlerin abwehrend, um seinen Erzählfluss nicht zu unterbrechen, der gerade der Pointe entgegenströmt. Die Alte zieht weiter. Michael schließt seine Geschichte ab, sie endet mit dem Tod des Geckos. Als er fertig ist, entschuldigt er sich, nimmt eine Münze aus seinem Kasten und läuft hinter der Alten her.

»Sie hat es wirklich nötig«, sagt er, an den Tisch zurückgekehrt. In der Erinnerung ist meine erhobene, abwehrende Hand gegenüber dem Gewinsel der Bettlerin nicht mehr auf den Tisch zurückgekehrt.

Lichter laufen durch den Mimosenhain. Es liegen Kissen im Garten. Öllampen flackern im Glas. Eine Chinesin erzählt, sie rettete zwei Kätzchen aus einer überfahrenen Katzenmutter, holte sie ihr aus dem Bauch, bevor dieser erschlaffte und buchstäblich den Geist aufgab. Jetzt hat die Chinesin zwei Kätzchen ohne Namen und eben ein Buch gekauft mit dem Titel »Wie finde ich einen Kätzchen-Namen?«. Sie behauptet, ihre Kätzchen seien bewohnt, getrieben, »in-hi-bi-ted«, verstehen Sie? Die zweite Chinesin würde der Frage gern weiter nachgehen.

Der Gastgeber dieses Gelages, ein Amerikaner vom Typus des welken Sünders, hat aber sein eigenes Thema und setzt in seiner Geschichte übergangslos dort an, wo andere vielleicht ausblenden würden: »So, I came home, fucked my wife twice ...« Die beiden Chinesinnen haben die schweren Köpfe in ihre kleinen braunen Fäuste gestemmt und nicken: Nur zu, auch das ist die Liebe.

Mir fällt aber plötzlich dieser Mörder in einem Roman von Zola ein, ein Lustmörder, der seine Tat gesteht, auch die Details nicht ausspart, sich aber schämt, zuzugeben, dass er einmal den Strumpf einer Frau küsste. Die rohe Begierde ist auch in der Rede des Amerikaners schamloser als die zarte Empfindung. Die Chinesinnen versuchen unterdessen, »Kitty« als den idealen Kätzchennamen ins Spiel zu bringen.

Gleich hinter der chinesischen Grenze, an der Mündung des Perlflusses, beginnt Portugal und mit ihm das Wunderland. Denn in Macao, der ältesten europäischen Niederlassung im Fernen Osten, trat man 1680 aus China heraus, unter das Protektorat der Portugiesen und also wieder in den Schatten barocker Kathedralen und Basiliken, strenger katholischer Mädchen-Lehranstalten und der Paläste christlicher Wohltätigkeit.

Das ist das Klima für Gomorrha! Denn der Besucherstrom fließt weniger in die Kirchen als in die schwimmenden Casinos, das »Macao Palace«, das »Riverboat Casino«, das »Lisboa« und all die anderen mehrstöckigen Vergnügungsstätten mit ihren chinesischen Slotmachines, ihren Tischen für Fan-Tan, Daisiu und Keno oder für Roulette, Blackjack oder Boule.

Die Spieler kommen mit Zeitungen über dem Kopf durch den Regen gerannt. Sie tragen Straßenkleidung, tauchen in das grüne Streulicht der Deckenlampen im Schiffsbauch, nehmen als Gaffer teil an der Zeremonie des Kartenaufdeckens und spucken erst mal aus, dann noch mal, auf die Planken. Dazu sortieren sie ihr Geld in der gewölbten Handfläche, picken es aus der Weste, ertauchen es im Hosensack oder pfeffern es gleich aus der Faust auf den Spieltisch.

Als Croupiers arbeiten meist junge Mädchen mit

einem Teint so weiß wie Mehl. Die Karten rinnen ihnen durch die Hände, während die unbewegten Gesichter über die Tische dahingehen mit schläfriger Konzentration. Manchmal stoßen die Finger herab, greifen in den Roulettekessel, korrigieren, sortieren aus. Die Gesichter sind immer noch unbewegt, die Blicke treffen keinen Blick, bloß den Tisch, die Karten, den Tisch, die Karten. Für die Mädchen ist dies ein menschenleeres Spiel. Dass sie aber leben, nicht nur funktionieren, erkennt man, wenn sie von Zeit zu Zeit unter dem Tisch an ihren Sachen nesteln, Döschen mit Eukalyptuspaste öffnen und sich Balsam unter die Nüstern schmieren, dann niesen, dann noch mal nachfetten. Zuletzt atmen sie tief durch, stellen ihren Blick wieder scharf und herrschen.

Draußen auf den Pontons über dem Fluss sitzen die der Spielsucht Verfallenen und haben diesen Fanatismus im Blick, beim Gedanken an die Chips, die noch irgendwo in den Arterien des Spielbetriebes zirkulieren, doch für sie verloren sind. Es liegt die schwere Schwüle der Brackwasserluft über dem Ponton. Als ich aber meinen letzten Jeton an die Nase führe, hat er das Aroma einer Szene angenommen und duftet ganz leicht und frisch nach den Händen der Croupier-Mädchen und ihrer Eukalyptussalbe, deren Film sie auf der Oberfläche des Plastikstücks zurückgelassen haben.

Die ersten Schritte in die Tiefe des tropischen Regenwaldes, sie fühlen sich an wie das Eindringen in eine Kathedrale, wo sich die Staubteilchen vom Boden heben und auf dem Licht in die Höhe schweben und wo ein Klang sich löst und in das Gewölbe steigt, hinauf in das Licht über der Vierung des Blätterdachs, wo sich wie zum ersten Mal der Raum dem Geräusch eines Schrittes öffnet.

Der Dreijährige setzt sich auf den Schoß der Mutter, schnappt sich ihre Brust aus dem Hemd, sitzt, nach rechts saugend, nach links äugend da, arbeitet, süffelt. Seine Schnute kaut die Mutterbrust, die Augen insistieren auf der Betrachtung eines Gesichts nebenan, die Mutter spricht unbeirrt zu ihrer Nachbarin. Zwei Fahnen flattern sehr hoch in einen Himmel voller Vögel. Auch auf den Fahnen sind Vögel dargestellt.

Manche Männer tragen an diesem Abend ihren Sarong. Sie gehen dahin unter dem metallischen Räsonieren des Muezzins, der aus der Chromstahl-Zwiebel der Kuppel lamentiert. Vorbei schreiten, in Aubergine-Farbe gehüllt, auch die Grüppchen der Mädchen, vorbei knattert auch ein Motorrad. Die Frau, die hinten seitlich auf dem Sozius sitzt, ruft etwas in die leeren Straßen.

Mutter und Kind auf der Bank schlenkern gemeinsam mit den Füßen. So anstrengend es ist, eine Brust auszusaugen, so anstrengend ist es, sie ausgesaugt zu bekommen. Die ersten Lichter gehen an. Der Xerox Copy Service strahlt blau gleißend. Nebenan wird das Feuer angesetzt für die Satays aus Vogel- und aus Hundefleisch.

Das Kind hat jetzt von der Mutter abgelassen. Der Ausschnitt lappt links herunter und gibt die ausgelaugte Brust bis zur Spitze frei. Eine Frau mit zwei Bananenstauden in den Händen kommt vorbei. Der Mann vom Xerox-Laden geht ihr entgegen, sie stehen allein in der Mitte der Straße, während aus dem Fotokopierer im Laden blaue Blitze schlagen. Der Mann sagt der Frau etwas. Sie beißt sich in Gedanken auf die Unterlippe, ehe sich – ja! – ihr Lächeln breitmacht.

In diesem Sog des Augenblicks ist alles Sog. Der Anschlag auf dem Klavier: reine Gegenwart wie das Zucken im Auge des Geckos, die Kopfwendung der Bäuerin nach dem Geräusch von draußen, das Auffliegen der Hand, die ein Insekt abwehrt, doch ablässt. Einmal teilt man dir mit, dass der Erdball im All schwebt, dass ein Blinder nichts sieht. Ein andermal wird es persönlich erfahrbar. Eines Tages wird man den Duft der Haut eines anderen inhalieren, wird wissen, wie Asche schmeckt, wird angesteckt von einer Tonfolge, einem Luftzug unter Stoffen: lauter Momente des gespannten Interesses, Momente, in denen man an die Tatsache des eigenen Lebens bewusstlos gefesselt ist? Es ist eher so, wie wenn man in einem Spiel den Ball treffen muss und in diesem Augenblick ohne Liebeskummer, ohne Krankheit und ohne Zukunftsangst ist. Man ist vielleicht in diesem Moment von allen Lebenszusammenhängen berührt, kann aber in ihnen, solange sie dauern, nicht untergehen.

Am Horizont die zerfetzten Fächerblätter der Palmen, ein trübsinniger Himmel, die Landschaft in Moll. Auch kleine Blütensträucher stehen ausgefranst wie gebrauchte Zahnbürsten. Das Fahrrad wird nicht abgestellt, sondern platt in den Sand gelegt. Man sucht die Landschaft, in die man läuft. Man will keinen Gebrauch von ihr machen, während man wie benebelt einen ganzen Tag lang denselben Ausschnitt ansieht, ein paar Schritte tut, aber nie weit genug, um den Horizont zu verschieben, während die Vögel nicht aufhören mit ihrem Gesang, der keiner ist, sondern eher klingt wie das Klackern der Würfel in einem Lederbecher. Andere Vögel imitieren Industriegeräusche, das Quietschen ungeölter Türen, Warnsignale elektronischer Anlagen, Klingeltöne, die nicht klingeln, sondern schnarren, grollen, murren. Jemand trägt etwas Vergessenes aus einem Laden hinter mir her auf die sonnige Straße. Wie viele Bücher würde es füllen, wollte man alle Vorgänge im Kopf eines Menschen aus einer einzigen Stunde notieren! Und der Baumstamm steht wie ein rissiger Korken, und vom Gepiesel an seiner Flanke löst sich ein Junge und sagt zu einem anderen, der sich auch noch den Hosenstall richtet, etwas Gemeines. Und ein Schatten löst sich aus der Kindheit, es ist die Silhouette des Gemeinen, des Bösen, der da droht: »Willst 'n Dötsch mit der Moffakette?«

Als ich im Dschungel von Borneo nach langem Reisen den Ort erreiche, den mir die beiden Bootsleute auf dem Plan gezeigt hatten, ein Krakel bloß, eine Einzeichnung, da kann ich vom Wasser aus kaum mehr als ein paar Hütten erkennen. Der Geruch von Petroleumlampen ist in der Luft, und die Motorsägen singen.

Wir legen an, der Maschinist hängt mir mein Gepäck über die Schulter, und ein indonesischer Junge auf dem Steg fühlt sich gleich für mich verantwortlich. Er entwindet mir meine Tasche und will wissen: »Wohin?« Ich nenne den Namen eines Gästehauses. Der Junge aber sackt mit dem Gepäck am Straßenrand zusammen, hebt den Zeigefinger zu einer Scheibenwischerbewegung vor dem Gesicht und sagt »tidak«: Nicht! Nein! Auf keinen Fall! Seine Begründung ist heftig und unverständlich, er unterstreicht sie mit abwehrenden Händen.

Wir haben das kleine Indonesisch-Deutsch-Wörterbuch zwischen uns, das nicht viel taugt, nicht auf den meisten der über neuntausend Inseln des Landes, wo es eigene Sprachen und Dialekte gibt, und auch sonst nicht, hat es doch zu beiden Sprachen ein unsicheres Verhältnis. Der Junge nennt das Gästehaus beim Namen und zeigt im Wörterbuch auf »terkutuk«. Ich lese die Übersetzung: »verflucht« und nicke.

Der Junge zeigt auf das deutsche Wort »die Rüste«. Was kann er meinen, da doch gerade weder Tag noch Nacht zur Rüste gehen? Er legt seinen Kopf auf die gefalteten Hände, fasst sich um den Leib. Ich soll bei ihm schlafen. Er gibt mir die Hand, zeigt auf das Wort, das gleichermaßen »liebkosen« und »abwischen« heißt. Ich zeige auf »Neckerei«.

Er zeigt »Beruf«. Ich zeige »Schriftsteller«. Er zeigt auf »die Denkkraft«, den »Freimut«, den »Federkampf«. Ich bestätige alles. Er fragt, ob ich … das Wort fehlt … ob ich in Deutschland, er zeigt im Wörterbuch auf das Wort, also ob ich in Deutschland einen »Strahl« habe? Ich weiß nicht. Einen Strahl? Wir sehen uns an, stumm, ernst und ratlos. Aus dem Gesichtsausdruck ergibt sich nichts. Ich wische mit einer Geste die imaginäre Tafel zwischen uns wieder sauber, zeige auf ihn, blättere zurück zu »Beruf«. Er antwortet ohne Zögern und zeigt auf »Fortpflanzung«.

Da also sitzen wir, tief ernst, der eine hat einen »Strahl«, der andere ist von Beruf ein »Fortpflanzer«.

Ja, bei diesem möchte ich schlafen. Hinter ihm mache ich mich auf den gemeinsamen Weg in den tropischen Regenwald, sehe ihn nicht nur in den Busch, sehe ihn vielmehr seiner Wege gehen, und das heißt auch, ins Dickicht der Sprache.

Ich liege am Boden. Der Wald ist tropisch, es regnet. Er entfaltet seinen Namen. In der Natur ein Rauschen, Atmen, Brechen, Reißen, Reiben, Klopfen, Splittern, Tröpfeln, Scharren, eine große Konversation. Alles antwortet. Der Klangteppich des Urwalds ist wirklich ein solcher, er kennt nur eine sparsame Verwendung von Solostimmen. Ich flüstere die Namen der Orang-Utans aus dem Camp wie ein Gedicht:

Supinah, Pola, Bagong, Dart und Brucia.

Siswajo, Princess, Siswi und Davida.

Das Mädchen aber, das von den Affen mehr weiß als von der eigenen Familie, heißt nach seiner Heimat: Bukitravi, und will, dass bis zu seinem Lebensende niemals auch nur ein einziges Foto von ihm gemacht werde. So, sagt sie schon heute, will sie sterben, als eine, die nur in der Erinnerung fortlebt, nicht auf Papier. Ich kann den Blick nicht von ihr wenden. Ihr Medium ist flüchtig und in der Tat nicht fotografierbar, es heißt »Charme«.

Nachts baden die Frauen immer an derselben Bucht des Flusses. Die Männer fahren allenfalls mit dem

Motorrad vorbei und erkennen manchmal ein Profil, auch mal die Silhouette einer Alten. Es tanzt das Licht des Scheinwerfers, so wie das Motorrad über den holprigen Weg kommt, immer nur ganz kurz auf etwas Weiblichem. Wenn man weiterfährt, liegt auch ein dunkles stehendes Gewässer unter der Brücke, überwölbt vom Nachthimmel. Nackte Frauen tauchen darin unter, spülen sich ab, winden sich im Mondschatten, und aus dem Gestade ragt ein einzelner solcher Leib wie der Körper eines abgebrochenen Cellos und rührt sich nicht, ein nackter, nasser Götze.

Ich freunde mich mit einer indonesischen Frau am Rande des Regenwalds an, wo die Bananenblätter beim Vorbeigehen die Gesichter streifen. Zu Hause würde ich mit ihr ins Kino gehen, hier sitze ich mit ihr am Bach im Sand, werfe Steinchen hinein, freue mich unserer gemeinsamen Entscheidung, von der Landschaft keinen Gebrauch zu machen, rede dabei beharrlich und halb abwesend vor mich hin. Zwischendurch kommt ein Händler und spielt uns etwas auf einer handgeschnitzten Flöte. Dabei sehen wir uns scheu an. Dann kaufe ich ihr die Flöte. Dann wirft sie sie ins Wasser, weil sie meint, das Lied solle darin bleiben und ins Meer treiben.

»Das sind ja Sachen«, sage ich, weil ich das noch nie gesagt habe.

Die Nacht senkt sich über ein Lager am Dschungelrand. Unten am Steg schreien die Waschenden. Jemand pfeift. Das Morsealphabet der Vogelrufe setzt ein. Der Generator springt an. Die Gebüsche verdichten sich, wo Gestrauch war, liegt jetzt diese breiige Dunkelheit, mit schweren Lasuren übermalt. Die Transparenz dieser Finsternis macht fühlbar: Noch ist nicht Nacht. Noch ist die Zeit des Verlierens, des Abstraktwerdens. Die Lebensräume schieben sich zusammen, in ihnen flammen die Interieurs auf, Baracken-Innenräume, ein kleiner Lichtquader Hütte, schmale Verkehrswege wie die Adernverläufe unter der Haut.

Der Schrei der spielenden Kinder in der Ferne ist nicht lauter als das Nahen der Mücke am Ohr. Die Letzten unten am Fluss schlagen die Wäsche auf den Steg, schäumen sie mit Kernseife ein, agieren wie ein Maler, der die Leinwand grundiert, dann bürsten sie sie, begleitet von ihrem Redestrom, zum Kichern und Gnickern des Wassers an den Pfosten. Noch springt ein Junge, auf dem Scheitelpunkt seiner Flugbahn in eine bizarre Pose fallend, vom Steg ins schwarze Wasser, taucht schweigend auf und macht für die Mädchen am Ufer das Krokodil nach, wie es sich durch das Brackwasser schlängelt. Sie werfen mit der Bürste nach ihm. Er angelt sie sich, rückt sie nicht mehr raus, die Mädchen schicken Steinchen hinterher, er taucht. Eins gibt das andere. Es ist die

Kindheit fremder Menschen, in der ich sitze. Ich blicke in die Erzählung, die in fünfzig Jahren irgendwo angestimmt wird und aus der ich längst entlassen sein werde: »... und wir badeten abends im Fluss.«

Eine Alte hockt über einem Straßengraben. Über ihrem Gesäßknochen spannt sich die Haut so dünn und faltenlos, als habe sich der Hintern im Lauf der Jahre von innen aufgezehrt. Ihre Linke arbeitet mit den Fingerspitzen in der Tiefe ihres Darmausgangs. Ihre Züge spiegeln sich im Wasser unter ihr, bis die Zeichnung verflattert ist. Sie zittert, kommt zur Ruhe, wendet, ganz Mater dolorosa, die Augen himmelwärts. Aus ihrem Schoß steigen Heiligenscheine auf.

Geziegelte Mauern zu beiden Seiten der Straße. Dahinter unter Bäumen verborgene Häuser, dazwischen steinerne Grotesken: Affen, Frösche, denen man in kleinen Denkmälern huldigte, von grünschuppigen Flechten bedeckt, von Moosen und Wildkräutern überwuchert. Der Fremde im Inneren eines der Häuser, im Salon, lacht unablässig, obwohl er traurige Sachen sagt. Er tut es aus dem einzigen Grund, um in seiner Freundlichkeit keinen Augenblick nachzugeben:

»Lache, wer kann, weine, wer muss!«

Er lacht, Jacqueline lächelt nur, aber ihr Lächeln ist gerade viel älter als sie selbst.

Als ich auf dem Bug des Bootes lagere, den jungen Orang-Utan im Schoß, da hat er es gern, wenn er seinen Hinterkopf in meinen Handteller legen kann. Geht das nicht, so legt er sich selbst die lange Hand in den Nacken und blickt in den Himmel wie ein Sommerfrischler auf einem Bild von Renoir. Sein Genital liegt seitlich auf seinem Schenkel, ganz selbstbewusst stellt er es aus. Als sich eine Stechmücke daraufsetzt, nehme ich ein Stöckchen, um sie zu vertreiben. Dabei berühre ich das Genital des Affen ganz leicht. In seinen Augen rastet etwas ein, es ist wie ein Stehenbleiben im Interesse. Dann schüttelt er die Berührung ab und setzt sich auf, als kehre er seufzend zurück zum Ernst des Lebens.

Ich wandere über die im Sonnenbrand aufgesprungene Lehmhaut der Erde. Manche der Mädchen haben zum Schutz das Hemd halb über den Kopf gezogen und schauen müde in die immergleiche Wohlstandsphysiognomie des Fremden, der ihnen durch den Staub entgegenkommt. Am Abend vor dem Vollmond ziehen die Frauen mit Körben auf dem Kopf durch den Hohlweg. Heute bekommen die Statuen Klebereis auf Bananenblättern und frisches Obst, aus den Reisfeldern klickert ein kleiner Wasserlauf, eine Alte trägt bemalte Holzfrösche im Korb vorbei. Jemand wäscht sich, es ist Montag. Die Palmen biegen sich im Wind, ein Hund, ein Huhn, ein Radio, ein Schlurfen von Schritten. Die Nacht breitet ihre Intimsphäre aus.

Auf der Anhöhe über dem Bachbett erscheint am nächsten Tag ein Krieger. Mann oder Knabe, jedenfalls bunt und golden aufgemacht wie in der Nussknackersuite, agiert er mit ausladenden Handbewegungen, mal mit pointierten, scharfen, mal mit fahrigen Verbiegungen des Körpers, die Augen aufgerissen ohne Lidschlag. Es ist nicht die Tugend der Tapferkeit, die er verkörpert, es ist die Panik, die in Devotion übergeht. Er tanzt, als habe er den Mund voll, kokettiert mit seiner Schwäche, jetzt paralysiert vor Entsetzen, verzweifelt um Teilhabe am Unsichtbaren werbend, schließlich in der Hockstellung, in der Luft sitzend, doch immer noch tanzend. Durch seine Maske hindurch kann ich ihm in sein Auge sehen, in diesen schmalen schleimigen Schlitz, in dem unstet seine winzige Pupille auf und ab wandert.

Wenn sie lacht, schließt sie sekundenlang die Augen und öffnet den Mund zu einem hässlichen schrägstehenden Krater. Wenn man ihr jetzt den Ton abdrehte, müsste man denken, sie zetert. Ihr Lachen enthält etwas Lächerliches. Einmal erklärt sie den Kindern des Dschungels, dass die Größe und das Geschlecht des Klatschenden das Geräusch des Klatschens nicht beeinflusst. Sie hat denselben Kopf in den Dschungel mitgenommen, mit dem sie in Idaho an ihrem Beruf und an den Männern scheiterte.

Aber hier trägt sie eine paramilitärische Camouflagehose und spricht von der Rettung eines Waldes, den sie wohl insgeheim auf die gleiche Weise aufgegeben hat wie sich selbst. Auf einem alten Foto ist sie sprühend, eine junge Frau auf einem Steg, mit einem Zopf und einem Lachen, das Geiseln nehmen will. Heute Abend wurde in dem Camp der Holzarbeiter eine kleine Bühne aufgerichtet, und jemand legt eine Musikkassette ein mit der Aufschrift »Romantique Golden Classics« und der Beschreibung: »Features the special approaches to life expressed through music in orchestral colour and harmonious combination of melodies«.

Das ist ihre Musik, und prompt muss sie als Erste die Bühne entern, wenn auch allein. Denn als der Mambo erklingt, will sie die Hände an den zu langen Armen bewegen wie Flimmerhärchen. Das tut sie, vom Licht gut beschienen. »Beschissen«, sagt einer, »lächerlich« ein anderer. Ihr Tanzen ist so unangenehm anzusehen, weil sie entschieden Schritte tut, aber nach ein paar wenigen nicht mehr weiß, wie es weitergehen soll. Diese ins Nichts geworfene Anstrengung wirkt so grotesk wie stumpfsinnig. Sie umarmt das Ideal eines Tanzes, das Idol eines Mannes, der hier stehen und sie ergänzen müsste, und der schon deshalb nicht denkbar ist, weil ihr Tanz ist, wie er ist, und weil er so weit weg von ihrem Körper wogt. Sie erhöht die Dosis, gestikuliert mit dem Schoß, sie lächelt vom Schambein an aufwärts, sie möchte hier Hure sein, die Mimik des Begehrens aufrechterhalten in einer Kühnheit, die ihr nicht steht, geadelt von einer Öffentlichkeit, die ihr lieber fernbleibt und die ein wenig auseinanderweicht, als sie die drei Stufen von der Bühne wieder heruntertaumelt. Doch lacht sie einfach weiter ihr überdehntes Lachen, lacht es so unbeantwortet, wie man es nur mit einem neuen Tanz wegwischen kann.

»Kennen Sie das denn nicht?«, frage ich den Schlohweißen mit der Baseballkappe, als wir uns müde in der Wartehalle eines Flughafens auf benachbarten Stühlen finden und synchron aus dem Halbschlaf hochgeschreckt sind. »Sie liegen im Halbschlaf auf dem Bett in einem Zimmer. Eine Tür knallt, und in Ihrer Vorstellung treten Sie durch sie hindurch, und durch die nächste mögliche, vielleicht eine aus der Erinnerung, treten in einen Raum der Kindheit, des Rauschs, des Traums, einen, in dem Sie liebten, einen, in den Sie für eine Tracht Prügel geführt wurden, ein Arzt-, ein Prüfungszimmer, Räume folgen auf Räume, dann knallt wieder eine Tür, Sie treten durch die letzte und gelangen wieder in genau den Raum, in dem Sie sich gerade befinden. Also in diesen hier.«

Der Alte ist beim Zuhören diesem Ritual gefolgt:

Sechsmal mit der Zahnleiste auf den Kaugummi hacken, einmal seufzen.

»Ehrlich gesagt«, sagt er ehrlich, »hab ich keinen Schimmer, wovon Sie reden.«

Ging barfuß in den Garten und sah mir die Kohlweißlinge an, die im Formationsflug aus der Kindheit heranrauschten und über die Skabiosen hereinbrachen. Die Gegenwart, das ist die entzogene Zeit. Dauernd lebt man auf diese Gegenwart zu, den Augenblick, in dem sich die äußere Zeit irgendwie unscharf mit dem persönlichen Erleben deckt. Und dann ist es im Hotelgarten: Während der Mann telefoniert, fällt die Wange der Frau auf seinen Unterarm, er kost sie abwesend, sie streckt sich, ihre Hände recken sich in die Krone des hohen lila Rhododendron, dessen müde Blüten gleich auf sie niederregnen. So sind sie für sich und mich.

Mit Schrader war es immer anders, weil er wunderlich war. Einmal treffe ich ihn in der Stadt, und er sagt: »Unterbrich mich nicht, ich schreibe an einer Postkarte.« Ein andermal gehe ich mit ihm durch eine Winterlandschaft. Da legt er sich auf dem Rücken ins Feld und sagt: »Ewiger Schnee, ewiger Schlaf.«

Heute sitzt Schrader auf einem verrotteten Bauernhof und trinkt alle Flaschen Bier in einem Kasten aus. Sein Freund ist Jupp, mit dem er jeden Morgen früh in das Gehölz steigt, um Bäume zu schlagen. Jupp ist ein Alkoholiker, aber er hat Schrader seinen letzten, einen ledernen Mantel geschenkt. An jedem zweiten Tag muss Schrader die Abwässer, die durch die Gitter der Abflusslöcher in die Stube quellen, mit dem Schlauch wegspritzen.

Eine Etage über ihm wohnt Norma mit der ehemals dreifach gebrochenen Nase. Sie war zwei Jahre lang Schraders Freundin und Geliebte, sie hat ihm im Bett »alles beigebracht«, sagt er. Er wird sie noch lieben, wenn sie alt und fleckig ist. Nun, da er alles kann, hat sie ihn aus der oberen Wohnung vertrieben und liebt dort einen anderen Mann, den Schrader »Forkel« nennt. Sie liebt ihn ausdauernd und lang, sie schreit und krakeelt, während sie es tut. Schrader sitzt unten, den Schlauch in den wehrlosen Händen, würde so gerne alles noch einmal lernen, dann lässt er den Schlauch fallen und schlägt sich mit beiden Händen gegen die Schläfen, wie ein Kind, das dem Schwein beim Schlachten die Ohren zuhält.

Mit der Rauchenden, die sich in der Sommerhitze in einen hinteren Hotelhof zurückzieht, dringt aus der eisig kunstgekühlten Halle die Luft ins Freie. So häufig, wie sie kommt und geht, ist es ein Ein- und Ausatmen, und dieses Schaukeln zwischen den Luftströmungen allein bringt Bewegung in das Brüten der mittäglichen Stadt.

Wir haben den hinteren Teil dieses Hofes besetzt wie ein fremder Stamm. Auf den Sitzen und Lehnen der benachbarten Stühle lagern unsere abgelegten Kleider, ein Sammelsurium stilistischer Absichten. Während alle beginnen, über die Mode zu spotten, die sie mal trugen, und während sie das so behandeln, als sei ihnen damals der Durchbruch zum guten Geschmack, dem heutigen also, nicht gelungen, stellt sich die Frau mit der Scherenschnitt-Silhouette hin und findet, alles sei gleich weit weg bis zum Geschmack, den man gar nicht einen »guten« oder »schlechten« nennen könne.

Die Rauchende, auf die gerade niemand achtet, trägt ein Sweatshirt, bedruckt mit dem Porträt von Monica Bellucci. Es hat einen Halsausschnitt, so groß, dass er immer wieder über eine Schulter rutscht und diese freigibt, rund und glatt wie sie ist. Wenn sie den Blick auf ihrer Schulter spürt, zieht die Frau den Ausschnitt hoch, warum? Da sie außerdem große Brüste hat, wölbt sich der Mund von Bellucci, dass es aussieht, als komme sie vom Zahnarzt. Kaum ist die Zigarette zu Ende geraucht, stellt sich die Frau vor ein verspiegeltes Seitenfenster, zieht eine Nagelschere heraus und schneidet sich freihändig den Pony. Die schwarzen Haarspitzen fallen auch auf Monica, die jetzt verbeult, schraffiert und beschmutzt in die Welt starrt.

»Ein Sträfling«, erzählt jemand im Fluss einer Erzählung, der ich nicht gefolgt bin, »wird nach zehn Jahren Haft entlassen. Man fragt ihn: Was ist deine größte Sensation, was überrascht dich am meisten?«

Die Frau in dem formlosen Sweatshirt fegt sich geistesabwesend das Schnitthaar von den Brüsten. Dann nimmt sie Monica ganz etepetete noch Haar für Haar aus dem Gesicht, ist aber dabei ganz beim Gespräch.

»Und der entlassene Sträfling erwidert: Die Silhouette der Frau.«

Sie sitzt nackt an meinem Schreibtisch, die hochsitzenden Brüste schwer, den Rücken gebeugt, die Schulter eine schimmernde Kuppel, die sehr schmale linke Schreibhand in den Stift fließend, der das Papier so langsam streift. Sie schreibt ungelenk. Als Kind hatte man ihr das Linksschreiben abgewöhnt. Sie schrieb schlecht und unwillig mit rechts, sah es deshalb als Schritt in die Mündigkeit, es später wieder mit links zu praktizieren. Doch schön kann sie es mit keiner ihrer Hände.

Ihre Silhouette, die einer erwachsenen Frau in ihrem Glanz, ist in der Anschauung allein schon eine Freude, und auch jenseits der bloßen Betrachtung will ich fühlen, was diesen Körper beherrscht, was ihn gebraucht und was ihn missbraucht, die Krankheit, die ihn blass und wehrlos machen könnte, seinen Muskelkater, seine Menstruationsbeschwerden, sein Gähnen, seinen Krampf in der Lust, sein Bewusstsein für diese Einheit Frau. Sie aber hebt im selben Augenblick den Kopf und sagt mit schläfrigen Augen:

»Nun schau dir den scheußlichen Körper an, aus dem dies Gekrakel kommt.«

Im Wartesaal eines kleinen italienischen Dorfbahnhofs, in dem eine freistehende Heizung mit fünf Rippen für das Minimum an Wärme sorgt, das einer auch braucht, wenn er in Gedanken schon abgereist ist, hängt zwischen Fahrplänen und Tariftabellen, Diakonie-Verlautbarungen und Aufforderungen zum Blutspenden die braun-weiße Reproduktion eines Tizian-Bildausschnitts, ein Plakat, das für eine Ausstellung im Jahre 1976 wirbt. So wird der halb fordernde, halb forschende Blick des Jünglings mit dem Blumenkranz um den Kopf zu einem Impuls für die Dörfler, die von hier aus ihre Reisen antreten. Dieser Blick wird später immer die Stimmung assoziieren, die mit dem Aufbrechen verbunden war, und das nur, weil das Plakat nicht reiste, seinen Zweck überlebte und blieb. So blickt man schließlich auch selbst nicht in den Blick des Jünglings, sondern in den der Reisenden, die in ihm verweilten seit 1976. Er trifft die junge Frau mit den spiegelglatt rasierten Schienbeinen, trifft den halbgaren Freund an ihrer Seite. »Guck mal«, sagt der, und sie wendet sich dem Tizian zu mit dem Gesicht einer Maischolle, »der sieht aus wie von der Plasmakanone getroffen.« Da reden gerade drei Jahrhunderte durcheinander.

In diesem norditalienischen Zug bin ich offenbar der Einzige, der bleibt. Hausfrauen, Marktfrauen, Büroangestellte, Arbeiter und Bäuerinnen kommen und gehen durcheinander, entfalten für kurze Zeit ihr Milieu im Waggon und sind ein paar Stationen später wieder auf und davon. Ihre Atmosphäre aber reist noch ein wenig mit. Wie glücklich schätze ich mich, sie alle kommen und gehen lassen zu dürfen, zu sehen, wie sich die Täler auf die Anhöhen vorbereiten und die Anhöhen auf die Matten und wie die Hochebenen in die Senken fallen mit den Sumpfdotterblumen unten am Flüsschen.

Die Arbeiter machen letzte, abgetakelte Scherze, bevor die Arbeit beginnt. Wenn sie aus dem Fenster blicken, beobachten sie nicht, sondern schauen sich selbst an, in der Spiegelung der Scheibe vor dem Nebel, der gerade über dem Bach aufsteigt. Ich dagegen schließe die Augen nur in den Tunneln, darf immer sitzen bleiben wie ein Kind und den Erwachsenen draußen nachsehen, wenn sie in den Arbeitstag schlendern.

Auf einer kleinen Station ist der Bahnhofsvorsteher von außen an das Fenster eines Häuschens dicht bei den Gleisen getreten. Gleich auf der Fensterbank, von der Sonne beschienen, steht ein Vogelbauer vor der wehenden Gardine, ein Stieglitz darin und ein Kanarienvogel, die unter dem Blick des Beamten von Schaukel zu Schaukel hüpfen und flöten. Als sich die Gardine öffnet und ein Greis erscheint, sagen sich die beiden Männer, dass dies ein schöner Tag sei und dass die Vögel das auch wüssten und dass, mit Blick nach dem Himmel, auch die Temperaturen für die Jahreszeit … Im Anfahren des Zuges schwinden die Stimmen der Männer zuerst, dann die der Vögel, entgleitend bleibt das Bild intakt und in ihm der Wunsch, festzuhalten am leeren Tag.

Beim Überqueren der Straße im Frühling. Es ist ein anderer Duft in diesem Atemhauch, der durch die Häuserschluchten geht. Das Blumen-Bukett übernimmt, Zitrusnoten kommen, woher? Und einmal riecht es mitten in der Großstadt nach einer Kuh. Und jetzt nach der Gummierung britischer Briefumschläge, die ihrerseits nach dem Körperpuder der Damen von Ascot riechen, nach High Tea und Clotted Cream, nach Thymian … so geht es immer weiter. Und mitten in der Freude am wiedergefundenen Duft erhebt sich die Freude am wiedergefundenen Satz:

»C'est ne pas toi, que me force, c'est la vie.«

Die Radiostimmen sind so laut und impulsiv wie die Plakate eindeutig, die Schamlosigkeit, die gute Laune, die Selbstgewissheit der Rede, alles ist so effektvoll, und Schauwerte bestimmen das öffentliche Leben. Doch andererseits küsst die junge Frau mit der Rallye-Brille ihren geduldigen Jungen inbrünstig. Sie fertigt ihren Kuss wie eine Bastelarbeit, setzt ab, hält seinen Kopf in beiden Händen, mustert ihn, als müsse er sich unter dem Kuss verändert haben, setzt den Kuss fort. Er ist eben nicht fertig. Aber er vollendet sich leise. Jetzt betrachtet sie ihr Werk ein zweites Mal und das mit Genugtuung bei dem Gedanken: Ich hab dich in mich verliebt und mich in einem Kuss verewigt.

Man spricht es nicht aus, aber die Ermüdung des Menschen am Menschen bildet das Panorama, vor dem diese Szene spielt. Die Mitwirkenden in der abendlichen Gesellschaft auf der Straße blicken erschöpft aneinander vorbei. Sie wollen nichts mehr voneinander und versprechen sich nichts davon, sich anzusehen. Sie waren schon überall. Um wo anzukommen? Ein Krakel ist eine Malerei, ein Geräusch ist eine Musik, ein Donnern von Effekten ist ein Film – und ich, sagen sie, und weiter?

Die jungen Frauen mit den Initialen der Designer auf den Brillenbügeln, die Greisinnen, die in den Luftraum über dem Kinderwagen begütigend sprechen, dabei ist das Enkelchen längst eingeschlafen … Die Großväter, die die tobenden Jungen ermahnen: »Vorsicht, ich bin nicht mehr in dem Alter.« Wir gehen durch den abgelegten Panzer der vergangenen Stadt und ihrer Versprechen. Der Winterhimmel setzt Pastell zu. Träger von Tüten und Frisuren ziehen vorbei, Gesichter mit Anliegen schneiden durch die Menge. Manche gehen und sind doch immer Fragmente ihrer Clique, andere dagegen kommen solitär, immer vereinzelt, Einsamkeit ausatmend.

Eine junge Frau trägt einen Hut nach dem Vorbild der Bienenkorb-Frisur von Dusty Springfield, sieht aber aus wie ein Salzstreuer. Eine Mutter erklärt ihrem behindert lallenden Sohn, was eine Buchhandlung ist. Er reagiert wie ein Lesetrunkener und möchte durch das Fenster in die Auslage steigen.

Wir durchqueren Bilder. Die Zeitung ist voll von einer Sängerin mit Oberschenkeln, aber ohne Stimme. In dem Bei-sich-Sein der Stadt sind die Kinderwagen, die Radios, die Lichtwechsel auf den Fassaden das Milieu. Im Bauch der Stadt sind noch die Antiquare, die kleinen Schuppen mit Lederwaren, die Delikatessenläden und Brautmodengeschäfte – lauter Verbindungswege in die Vergangenheit, also in das Massiv dessen, was einmal das Werden dieser Stadt war, das sich nie ganz entfaltete und dennoch das Nicht-Überwundene ist.

Ich sitze, nichts kann mich kümmern. Die frühen Abendstunden reihen sich ratlos. Bis hierhin habe ich mich gebracht. Worte kommen kaum. Ich liebe etwas. Als bedürfte es einer Generation Schlaf. Der rauschende Sonntagslärm ist nicht der von kürzlich. Sinnlos sein. Miene machen. Fragen: Von Jetzt nach Wann?

Man sieht sich ein Fresko an, die Farbe im Gewölbe ist ein schmutziges Veronese-Blau, in das der Staub Einlass gefunden hat. Man geht durch die Stadt, man hat diese Stadt immer gesiezt. Man entlässt das Fresko in sein Vergessen, aber das Blau der Decke wölbt sich noch immer im eigenen Himmel.

Die kunsthistorische Bibliothek in der Via Giuseppe Giusti von Florenz ist in einem Stadtpalais untergebracht. Ein Garten mit Palmen und Zitrusfrüchten umfängt die Villa auf ihrer Rückseite. Schaut man aus den Bibliotheksräumen mit ihren Stichen und den dunklen Lederrücken der Folianten hinaus in den Tag, bleibt der Blick in den Bäumen hängen, die so alt sein könnten wie die Renaissance. Hier las ich tagelang am »Traktat über die Malerei« von Leon Battista Alberti. Der war ein Renaissancemensch, wie es keinen zweiten gab, sprang mit geschlossenen Füßen über einen Pferderücken, warf eine Silbermünze so hoch in die Kuppel des Doms von Florenz, dass sie dort oben klingelnd anschlug – so wie dieses Bild in meiner Erinnerung.

Von Alberti las ich auch den Satz: »Nulla si truova insieme nato e perfetto.« (Nichts ist zugleich im Entstehen begriffen und schon vollkommen.) Der italienische Text wird mein Ohrwurm. Ich sage ihn mir vor im Bus auf dem Weg in die Stadt, auf dem Bürgersteig, beim Aufräumen des Zimmers, im Zug, er ist der Refrain zu allen anderen Sätzen und doch eines Tages verdunstet.

Viele Jahre später, bei meinem letzten Umzug, fällt aus einem alten Buch ein blaues Löschpapier, auf dem ich mit einer unfertigen, immer neu variierenden Schreibschrift, stupide, Wort für Wort, wie eine Strafarbeit aus düsteren Schulzeiten die ganze Seite vollgeschrieben habe mit dem Satz: »Nulla si truova insieme nato e perfetto.« Inmitten der Umzugskisten glimmt eine italienische Nachmittagssonne, alles ist geblieben, und ich sehe den Mann wieder mit geschlossenen Füßen über den Pferderücken springen und den Staub auf den Blättern der Palmen im Garten, und die Goldmünze klingelt noch einmal in der Kuppelwölbung des Déjà-vu.

Der alte Mönch Don Gabriello fragt mich, welches mein Lieblingsparfüm von denen aus seiner Fläschchen-Sammlung sei und ob ich an Gott glaube. Dann setzen wir uns an den Tisch, essen fasriges Fleisch, und ich sage »Homme« und »Nein«.

Am nächsten Abend bin ich in die geräumige Küche getreten, wo Wurst und Käse und Wein schon aufgestellt sind, damit die abendlichen Gäste, wenn sie von den Feldern kommen, etwas haben, um ihre Wechselreden darüber auszubreiten. Schwer erhebt sich von seinem geflochtenen Stuhl Don Gabriello, sein Gesicht will heute nicht lustig werden wie sonst.

»Altersflausen«, sagt er, Mönch, der er seit seinem 19. Geburtstag und heute, jenseits der siebzig, immer noch ist, und der, seit er zwanzig ist, weiß, dass es nicht Gottes Wunsch sein kann, einen pubertierenden Knaben mit Askese zu strafen. So wird die Pubertät nie ganz überwunden. Auf einmal erscheint vor unserem inneren Auge das Leben, das andere, das der Bauernjunge Gabriello ohne Kloster hätte führen können, und während ihm wirklich gerade die alten Augen tränen, zitiert er rasch ein paar Verse von Leopardi, nennt sie »so einfach und doch unsterblich« und schließt bekümmert an:

»Wie viel schwieriger bin ich doch zu verstehen, ich krauser alter Mann.«

Wir reden die ganze Nacht. Irgendwann stelle ich mich ans offene Fenster. In die vom Wein betäubten Lungen dringt der Morgen. Den schwach erleuchteten Küchenraum durchströmt die Luft dieses frühen Sommers, in den die Leute schon aufgebrochen sind, auf dem Weg in die Felder, sie wogt geradezu hinein, diese frisch-morgendliche Sommerluft, in der nun der alte Mönch in meinem Rücken über seine Jugend heftig zu weinen begonnen hat.

Allein an einem Tischchen in einem jener kalkweißen, aus hohen Leuchten erhellten Räume. Vor dürftigem Essen sitze ich, über dem noch der Atem einer unappetitlichen Küche schwebt. Anwesend sind: ein rotgesichtiger Padrone, der mit einer am Besenstiel befestigten Metallzwinge eine »wirklich, wirklich gute Flasche Rotwein« vom obersten Regalbrett auf das rot-weiß karierte Tischtuch bugsiert; eine stets lachende Frau, Nudel, Leber, Früchte schlingend; daneben eine Alte, die unter schwarz-struppigen Augenbrauen fürchterliche Blicke in ein noch nicht völlig zerfetztes Stück Hähnchenbrust wirft. Sie trägt eine Brosche, die auch ein verordnetes Kennzeichen sein kann: an einer Sicherheitsnadel ein farbloses Plastikhausrelief, in dessen innerer Öffnung ein Metallglöckchen baumelt, wie ein Kennzeichen von Wahnsinnigen, und hat sie nicht Haar und Kopftuch so komisch mit einer zweiten Sicherheitsnadel zusammengesteckt? Sie angelt sich den Padrone mit langem Arm, so wie er sich die Flasche Rotwein angelte:

»Du weißt, was das heißt«, sagt sie laut, »ich hab heute den roten Schlüpper an, den roten!«

Diese Szenen, die so leicht ins Vergessen treiben. Die weinseligen Nächte, die mundtoten Morgen danach. Wir saßen vor einer Villa unter Bäumen und sprachen schnell und leise. Plötzlich kam ein Sturm auf. So stark, wie ich seit Jahren keinen erlebt hatte, riss er die Flaschen vom Tisch und knickte ein Bäumchen. Der Himmel flackerte erst, dann wurde er geflutet vom Gewitter.

Spät gehen wir ins Haus, setzen uns an ein Tischchen im gelben Stehlampenschein. Die Müden legen schon die Köpfe auf die Arme, bis wir nur noch zu dritt die Rede hin und her führen. Zuletzt begleitet mich Mauro ein Stück durch den strömenden Regen, grüßt rasch und läuft unvermittelt auf der nassen Straße zurück. Im Hohlweg, in den von beiden Seiten die Brombeerranken über die Mauern fallen, riecht es nach feuchter Erde, Gras und dampfendem Hühnermist. Ein einziges Glitzern und Funkeln in den Zweigen, alle Kleider pitschnass, und ich gehe und gehe immer weiter, nur um nichts an der perfekten Situation zu verändern.

Sie ist angereist. Für die Dauer der halben Tage, die ich arbeite, treibt sie sich in der Stadt herum, erzählt am Abend in farblosen Sätzen von den Cafés und den Museen, den Parks und den Kirchen. Und dass sie auf mich gewartet hat wie eine Seemannsbraut, sagt sie. Heute aber setzt sie sich mit ihren blonden Beinen auf die schwarze steinerne Brüstung am Arno und gesteht ihre Angst vor dem Hotel, der Fremdheit, den verletzenden Blicken aller, vor dem fortgesetzten Alleinsein, den Räumen, die nein sagen zu ihr – durch all dies geht sie und sieht nichts als die Blicke, die sie treffen und die sie nicht wahrhaben wollen, nicht hier, nicht jetzt. Zuletzt wendet sie mir ihren Kopf zu und fragt:

»Findest du mich sehr verändert?«

Ich erschrecke, denn jetzt fällt mir auf, wie wenig eine Veränderung ihrerseits jemals unser Verhältnis hätte ändern können. Und »nein«, nicke ich, und spreche von der Jahreszeit des Werdens, auch im Leben und vom Wachsen.

»Lass«, sagt sie, blass wie ein Buschwindröschen, »der Frühling wirkt nicht bei mir.«

Dieser alte italienische Bauer thront, als müsse er einen alten italienischen Bauern verkörpern, am Kopfende seines langen, rissigen Refektoriumstisches und hält sich noch immer an die Natur, die Familie, die Zyklen des Lebens. Er ist ein glücklicher Mann, setzt er doch seine Intelligenz ein, um seine Dummheit zu erhalten, wenn nicht zu vertiefen, und wenn er einen Fluss malen will, dann wählt er den Buntstift, den er schon als Kind für die Farbe des Wassers wählte.

»Klug sein«, posaunt er, »das könnte ich auch, ich

überlasse es den Schwachköpfen. Mir reicht es völlig, am Ende meiner Tage von Zeit zu Zeit einmal eine Art Einsicht gehabt zu haben.«

Dann beugt er sich mit Kinderaugen über eine Kiste mit Fotos aus Illustrierten.

»Warte mal, ich hab doch noch eine Aufnahme von Sophie Marceau mit Gänsehaut. Hier. Schön, nicht?«

Tatsächlich. Sophie Marceau auf einem Bootssteg. Sie schaut mürrisch. Ihre Haut fröstelt dem Blick entgegen, als wüsste sie: Sie sitzt in der äußersten Ecke, in die sich das Begehren dieses Mannes zurückgezogen hat.

Ach, Großstadt. Der Trompeter unter den Arkaden, das Trommelfeuer der Radiostimmen, der Hupen. Dachgärten, aus denen sich die Satellitenschüsseln blähen, die greinenden, nölenden Stimmen der debattierenden Rentner, die Clique rund um den Kiosk, die Stehtische, die sozialen Entzündungsherde. Mitreißend, die Schamlosigkeit der guten Laune, die Selbstgewissheit der Rede, der Überzeugungen, die von keiner Transzendenz angekränkelte Diesseitigkeit! Wie all das vibriert, wie es schwingt mit der Zartheit der Beziehungen, wie es dahingleitet in der Strömung zwischen den Unterwasserklippen. Sieh mal, das Glück im souveränen Zeitvertreib, die Güte als der Versuch, die anthropozentrische Schwerkraft auszuschalten, das Flutlicht in den Augen der Bedürftigen!

Gegen Mittag gehe ich wieder hinunter zum Po, Lungo Po. Aus einem Radio quengelt ein Saxophon so träge wie der Fluss und so frei von Intention. Es ist zwanzig nach elf, und es herrscht eine Stimmung ohne alles. Der Kuli, mit dem ich seit Wochen geschrieben habe, fällt mir jetzt mitten im Nichtgeschehen ins Wasser. Ich folge, vermutlich »fassungslos«, dem Blinken des Silberleibs, sehe die ausgestreckte Mine eine letzte ungerade Linie in das trübe Wasser zeichnen. Das geschieht im Rücken des Garibaldi-Denkmals, wie ich mit einem hilfesuchenden Blick zurück, am Schnitt seiner Kopfbedeckung, am wallenden Haar erkenne, während mir gleichzeitig einfällt, dass ja Italo Svevo sein Schreiben als »Unterwassermalerei« bezeichnet hat. Die Wege zur Schrift sind von überall kurz.

Im Filmmuseum von Turin, einer Kathedrale für die bewegten Bilder, gibt es einen unscheinbaren Seitenaltar mit zwei Pin-up-Fotos von Marilyn Monroe, hingestreckt auf roter Seide, überdehnt wie in Ekstase. Darunter steht auf einem Torso das legendäre schwarze Spitzen-Bustier, das sie in Filmen anlegte, im Bewusstsein, den Gaffern den Kopf zu verdrehen. Hier aber, im Halblicht der Vitrine, ist dies ein grau und abgetragen wirkendes Korsett mit Großmutter-Ausstrahlung. Zwischen den Körbchen, die sich ehemals um die nackte Haut gelegt haben, baumelt ein ausgefranstes Schleifchen, mit zwei losen Fädchen am Saum, grau auch dies und trostlos »second hand«. Trotzdem steht die brütende Schwarzhaarige mit der schläfrigen Ava-Gardner-Sinnlichkeit vor dem Ensemble und beißt sich die Nägel ab vor Spannung, kehrt sogar von der Ninotschka-Vitrine nebenan noch einmal zurück und starrt das Textil abermals an, die Reliquie, die auf eine Weise profan ist, wie es nur Devotionalien sein können, und allmählich fühlt man sich ein in die Leibwäsche der Betrachterin.

Dieses Degenerieren am Gleichzeitigen! Morgens freue ich mich an den frischen antiquarischen Farben in Jean d'Ormessons »Wie es Gott gefällt«. Mittags laufe ich mit Coltrane im Ohr am Flussufer entlang. Nachmittags kaufe ich ein englisches Magazin, weil Gillian Anderson darauf abgebildet ist, drücke im Bett die Knie durch und bleibe so. D'Ormesson, Coltrane und Agent Scully lassen mich in Ruhe, am Ende bin ich ja selbst noch da. Ich führe mein Leben nicht. Es führt mich wie ein Blindenhund.

Abends kommt Clara an, lenkt ihre Schritte in die Stadt, bebt, balanciert, muss sich setzen. Dann tut sie langsam, Schritt für Schritt, ihren Gang in die Stadt, spricht über diese, als spreche die Stadt über sich selbst, mit einem Blick, als mustere sie sich im Spiegel und gefiele sich so gut wie Wedekinds Lulu:

»Manchmal möchte ich ein Mann sein – mein Mann.«

Dann sind wir in unser blassblaues Hotelzimmer gegangen und haben uns hinter zugezogenen Vorhängen auf dem Bett geküsst, ohne erhebliches Glück. Das ist da, als wir nebeneinander auf dem Rücken liegen, die Decke ansehen und sie, als ich frage, woran sie gerade denke, freundlich erwidert: »An dein Passfoto.«

Die Eritreerinnen am Bahnhof in Rom wirken, gewickelt in weiße Laken, wie Pestheilige, die aus den Ruinen kommen. Manchmal werfen sie sich platt auf die Wiese, schlagen mit ihren Handflächen aufs Gras und glauben offenbar, die Erde berühren zu müssen. Im Schatten unter den Bäumen sammeln sich auch die Transvestiten, die immer freundlichen, die sich umarmen und küssen zur Begrüßung. Was die Haut nicht alles umspannt, verpackt, schützt. Sie zu berühren, gilt als bedenklich. Kaum verweilt die Hand zu lange oder bewegt sich falsch, drückt zu oder lässt nicht los, ist eine Verbindung da, eine Verpflichtung, vielleicht sogar ein Verbot gebrochen.

Doch manchmal stolzieren die Transvestiten hinüber zu den Eritreerinnen, in aller Unschuld, wie im familiären Zusammenhang der Randständigen, die sich verstehen. Ja, und sie berühren sogar diese Unberührbaren. Einmal sehe ich die Fingerspitzen eines Transvestiten mit den lackierten Nägeln abgelegt auf so einem eritreischen Unterarm, aus dessen Braun die Tätowierung tritt wie aus der Wassertiefe schillernd.

Unten am Tiber kann man Liebespaare beobachten. Man kann aber auch ein abgebrochenes Brückenstück hoch über dem eigenen Kopf betrachten mit allen seinen Pilastern und in Marmor gearbeiteten Fabeltieren oder ein paar Heroinspritzen mit der Fußspitze ins Wasser schnippen oder zusehen, wie ein halbverwester Hund mit geblähtem Bauch durch die Kloake schwappt. Ferner liegen die Villen, aus denen lachende Frauenstimmen dringen, ferner liegen Klerus und Kunstgeschichte. Der Glückliche in der gelben Hose treibt ein giggelndes Mädchen am Ufer unter die Büsche und kommt auf der anderen Seite nicht mehr hinaus. Dazu zirpt aus der Kirche gegenüber ein Cembalo-Konzert von Scarlatti. So klingt Heimwehmusik, aus dem spanischen, dem portugiesischen Exil hierher geschickt, voller Sehnsucht nach etwas, das anders ist als dies hier, und doch: Gib mir die Hand, lass uns stehen bleiben und die innere Geschwindigkeit des Flusses annehmen.

Ich folge einem befremdlichen Paar durch den Petersdom: Der Ältere ist ein Deutscher mit Studienrat-Ausstrahlung, vollbärtig, bebrillt und in lädiertem Englisch den Kirchenraum erläuternd. Der Jüngere ist offenbar ein Amerikaner, jung, Kaugummi kauend und desinteressiert. Beide verkörpern auf ihre Weise ein Stereotyp. Der Deutsche hat seinen Kopf dauernd erhoben und redet mit Entschiedenheit in die Höhe des Kirchenschiffs; der Amerikaner hat den Kopf dauernd gesenkt und lässt alles über sich ergehen. In der Rhetorik des Deutschen macht sich eine gewisse Gereiztheit breit, die sich, als er vor den Fußabdruck des heiligen Petrus im Stein gelangt, endgültig Bahn bricht. Da nämlich packt er den entgeisterten Amerikaner an beiden Armen, zwingt ihn vor die Fußspur und keift:

»Das ist kein Amerikaner, das ist ein europäischer Weiser, der hier eine Vision gehabt hat. Fass das an, fass sofort die Vision an!«

Worauf der Amerikaner erschreckt zurückstrebt und weder die Vision anfassen noch den Deutschen ansehen möchte. Überhaupt will er dem Ort wie dem Mann nicht mehr nahe kommen, weicht bis zum Weihwasserbecken zurück und drückt sich nur noch wie ein Schnürsenkelverkäufer am Eingang zum Seitenschiff herum. In diesem Augenblick jedenfalls hat die Vision ihre Wirkung nicht verfehlt, und der erste deutsche Tourist, der danach aus dem

Licht der Außenwelt in das Dämmern der Kathedrale tritt, summt auch wirklich: »Ach, du lieber Augustin, alles ist hin.«

Ich kippe zwei der vielen, gegen die Tischkanten gelehnten Stühle um. Auf dem einen kommen Jacke und Plastiktüte zu liegen. Auf den anderen setze ich mich mit Blick auf Straße und Meer, esse eine halbkalte Lasagne, trinke Rotwein aus einem ungespülten Glas. Gleich hinter dem äußersten Rand der Markise beginnt die Straße, auf der die Autos pausenlos fahren. Dann ein schmaler Bürgersteig. Dann ein Wall unbehauener Steine, auf denen manchmal halbnackte Leiber auftauchen, die über die Straße daherkommen, weil man sich doch hier auf unserer Seite kalte Limonade kaufen kann. Dahinter das große Meer fast unbewegt in der Sonne. Bisweilen gleiten am Horizont winzige Boote vorüber, deren müde manövrierende Segel wirken wie auf Messers Schneide balancierende Tänzer. Zu alledem plärrt aus dem Radio ein italienisches Lied mit dem Refrain »mi scappa la pipi, papa«, und die zusammengeklappten, müßigen Sonnenschirme blättern im warmen Wind träge eine Falte um wie die Seite eines Romans.

Er hängt lange über der Menükarte, bestellt sich einen Risotto. Sein Blick geht durch den Speisewagen und verwandelt, was er sieht, in Interesselosigkeit. Die Reisenden können diesen Blick gut aufsuchen, um in ihm voller Behagen gegenstandslos zu werden, nichtig in so viel Phlegma. Weil ihn die Gesichter der Mitreisenden und die Landschaft nicht persönlich beantworten, wendet er sich wieder der Speisekarte zu. Man kennt sich schon.

Der Risotto tritt ein. Es ist ein bleicher Matsch auf einem weißen Teller.

»Den hatte ich mir auch anders vorgestellt«, sagt der Mann zu seiner Begleiterin. Sie hebt ihr Gesicht zu seinem, findet den Reis erst in seiner Mimik, dann blickt sie auch auf den Teller. Sie liest weiter, er isst weiter.

Als er fertig ist, steht sie auf, nimmt überraschend sein Gesicht in beide Hände, küsst ihn, löst sich, forscht in seinem Gesicht, küsst ihn erneut, was er geschehen lässt, sucht seine Züge ab und sagt:

»Dich hatte ich mir auch anders vorgestellt!«

Eines Tages, ich vermute sogar, nach Jahren, hört er auf, Genuss dabei zu empfinden, die duftenden Wangen seiner Frau zu küssen. Er wechselt, küsst jetzt die Stirn, die Haare, er verliert auch daran die Lust. Die gesamte küssbare und nach wie vor duftende Ausdehnung seiner Frau hört auf, ihn zu binden. Er sieht weg, er küsst woandershin, dann gar nicht mehr. Er bestaunt sie wie ein Bauwerk. Sie findet, ihr Verhältnis habe sich verdiesseitigt, vergänglicht. Sie findet, man müsse die Liebe wie ein Theaterstück bauen, als die allmähliche Aufdeckung der Intrige. Sie findet dies, am Herd stehend. In der Hand hält sie ein Kotelett. Sie sagt:

»Kaum zu fassen, wie die Zeit verschwunden ist, die Zeit des Koteletts. Die dabei waren, fehlen. Die heute da sind, sind keine Nahestehenden. Das Kotelett ist es.«

Manche Männer tragen an ihren Kleidern die Spuren der nicht überwundenen Kindheit: der Gemütliche wählt den Blazer mit Hirschhornknöpfen, der Glatzkopf den Kragen mit weiß-blauen Matrosenstreifen, der Halbstarke das Uhrarmband mit Comicfiguren, der Vorgesetzte die Motivkrawatte. Sie tragen dies als ein Indiz für ihre Tugend, »sich nicht so ernst zu nehmen«, und ein bisschen Mentalität von dieser Art klingt auch nach in der Wahl ihrer Frauen, Leibspeisen und Berufe. Und manchmal pusten sie beim Essen auf die Gabel wie die Kinder. Wenn sie Senioren sind, wird man sie anschreien im Altersheim, als hörten sie schlecht, und man wird übertrieben verlangsamt und kindisch mit ihnen sein, so würdelos geht man hier nun mal um mit den Alten der Alten Welt. Es ist, als hätten sie sich früh darauf vorbereitet.

Da sitzt ein Geschäftsmann im Flugzeug und erledigt seine Weihnachtspost. Mit Kinderschrift schreibt er auf rotem Papier, klebt goldene Sterne darauf und macht dazu eine Bübchen-Schnute. Als Unterlage verwendet er das »Handelsblatt«, die humoristische Krawatte fällt immer wieder auf das Papier, die Lippen bleiben trotzig geschürzt wie die des Schuljungen beim Basteln einer Martinslaterne. Für die Dauer der Arbeit ist dies Gesicht schön in der Abwesenheit, ohne Schauder, ohne Traum, ohne Erleuchtung. Auf dem Flughafen wird er in der Menge untergehen. Es gibt immer diejenigen, die das Volk sind, und diejenigen, die sich unter das Volk mischen.

Ein Mann an der Seite seiner Frau, die eine rundliche Kichertaube ist, sagt immer nur und immer wieder:

»Möpschen, sei lieb zu mir!«

Ringsum in Displays verlorene Kommunikationskranke, die die Welt in ein Büro verwandeln. Ein Mann telefoniert im Zug mit Brasilien. Dabei baut er Brasilien in seine Rede so unbeholfen ein, damit wir verstehen: Es ist Brasilien. Die Frau am Fenster hört ihm mit schielenden Ohren zu. Steht auf, kommt wieder. Und wieder. Eine Verdauung jagt die nächste. Der robuste Nervöse blickt abfällig nach den armen Jugendlichen auf dem Bahnsteig. Sie können nur noch die Tabus brechen, die ihnen ihre Eltern übriggelassen haben. Der Telefonierer sagt:

»Die Sache ist die: Wo Einfluss ist, sollte er ausgeübt werden. Wir haben zwei Drittel Leistungsträger.« Er lauscht der knappen Antwort und sagt: »Was da drüben an Leuten rumläuft, kannst du ja nicht gerade als ›second level‹ bezeichnen.«

Und lächelt ein Herrenlächeln.

In der Ferne gleitet der Schattenriss einer alten Ansiedlung vorbei. Es sind die Mauern, in denen der Mann, seine Epoche, sein Mobiltelefon vorbereitet wurden. Sie hatten keine Vorstellung von ihm, und er hat keine von ihnen. Der Zug brettert durch ein Niemandsland. Aber auch der Mann mit dem Telefon hat eine Heimat, die er sich unangefochten wünscht.

Die Servicekraft tritt an den Tisch und fragt den Verbraucher: »Was essen Sie?«

»Ich würde mich auf einen Gang fokussieren.«

»Wir servieren nur Menüs ab zwei Gängen.«

»Ach, das hatte ich noch gar nicht konfiguriert.«

Der Mann am Nachbartisch beugt sich herüber und flüstert mir zu:

»Dass wir sprachlich verarmt sind, das sieht man an so 'ne Typen.«

Ein Mädchen mit fetten Händen, fallenden Mundwinkeln, Augen, die das Gegenüber festhalten wie eine Ware, unmittelbar vor dem Kaufentscheid: »Eigentlich wär ich ganz gern schwanger gewesen. Das hätte mir so ein bisschen Problematik gegeben, was ich jetzt mache und so …«

Unterhaltung zweier alter Männer am Nebentisch:

»Und was machen Sie am Wochenende?«

»Ja, was heißt, was machen Sie am Wochenende?«

»Sie müssen doch was machen.«

»Ja, was heißt, Sie müssen doch was machen? Was muss ich denn machen?«

»Also, ich kenne eine Frau, die betrachtet am Wochenende ihr Zinn.«

»Ich hab kein Zinn.«

»Ich meine ja bloß so, symbolisch.«

»Ja, was heißt hier symbolisch? Meine Frau fehlt halt, die erzählte immer so Geschichten.«

Ich sitze im Taxi, die Fahrt ist lang, der ukrainische Fahrer redselig. Ich bitte:

»Würden Sie mich hier wohl einfach eine Weile dämmern lassen? Ich bin so müde.«

Der Mann dreht das Radio ab, sagt »ich schweige« und schweigt. Nach einer halben Stunde erhebt er aus dem Nichts seine Stimme wie eine Orgel:

»Jätzt erzäähle iiich Wiiitz!«

Der Witz beginnt mit »kommt Blondiiine zu Blondiiine«, ist nicht nach meinem Geschmack, doch freut mich die Entscheidung des Mannes für einen Witz, ja, selbst für diesen Witz, für die Beklommenheit vor der Pointe, die aussieht wie die Scheu vor dem Kuss. Was danach kommt, breitet sich aus als die verallgemeinernde Kraft der Freude, und ich kurbele die Scheibe runter und rufe im Vorbeifahren den Passanten zu:

»Den müssen Sie hören … Jätzt erzäähle iiich Wiiitz.«

Da ist ein Behagen nach dem Händeschütteln, dem Anstoßen der Gläser, während wir uns in die Augen sehen. Wir reden auf der Straße nicht laut mit uns selbst. Wir dämpfen in Kirchen und in der Nähe von Toten unsere Stimmen. Wir blicken in der Trauer zu Boden. Wir achten den Unterschied von »Du« und »Sie«. Wir ignorieren im Gespräch die Gebrechen und Verwachsungen des Gegenübers. Wir verheimlichen unsere primären Geschlechtsmerkmale während der Arbeit. Wir empfinden den Sonnenschein als gutes Wetter. Abends heimgekehrt. Alles richtig gemacht. Dieser Friede.

Du lässt mich allein. Keine Briefe kommen. Deine Anrufe sind selten vielsagend, und sie enden nicht glücklich. Kaum habe ich aufgelegt, bleibt eine nächtliche Landschaft, in der dann und wann ein Hund anschlägt, ein Hund mit Namen »This is a rebel song« oder »Goshen«. So klingt solidarische

Musik, die mit der Trommel hinter der Marching Band hergeht und die Liebe als Marsch anlegt.

Darüber schlafe ich ein. Im Traum liebe ich Ursula Andress in einem Einbaum. Zu beiden Seiten schwimmen die Elendsbauten eines südamerikanischen Dschungels vorbei. Zwischen den Hütten hat sich eine johlende Menge von Zuschauern versammelt, die uns anfeuert. Aber mir ist auf Ursula alles Gesicht und Becken und Beine. Zwischendurch führt sie immer wieder geschäftliche Unterredungen am Telefon, macht aber weiter. Deshalb nehme ich trotzig ein Buch heraus und lese demonstrativ. Aus den Buchseiten aber quellen immer mehr Köpfe von Leuten, die rufen: Gut gemacht! Weiter so! Nicht nachlassen! Ich muss das Buch zuklappen und öffne die Augen im selben Augenblick.

Ein Kind kommt ins Zimmer und sagt: »Da sind ja ganze Wälder im Altpapier.«

Wir sitzen an einem Tisch beim Essen, Greta, Patrick, Til und ich. Patrick legt das Foto einer auf dem Rücken liegenden Frau vor, die ich nie nackt sah. Der obere Bildrand setzt unterhalb ihrer Brüste an. Sie muss das Foto selbst gemacht haben. Der Blick ist subjektiv, führt an ihrem Bauch abwärts, hinab bis zum Becken, in dessen Mitte ihre Hand liegt und die Scham verdeckt, hinter der sich die schmalen Oberschenkel erheben. Haut und Licht. Der Teint der Zeit. Die Frau hat zu Patrick gesagt, er dürfe alles küssen, was er sieht. Er hat das Foto betrachtet, zurückgeschoben und entsagt. Da hat sie ihm das Foto geschenkt.

Greta lässt sich das Foto noch einmal zeigen:

»Wie hältst du deine Abstinenz nur aus?«, fragt sie.

»Ich bereite etwas vor«, antwortet er und geht zum Klo.

»Ich glaube, der will sich umbringen«, flüstert Greta. »Ihr werdet sehen, der nimmt sich das Leben.«

»Genauer gesagt, den Rest davon«, erwidert Til.

Patrick kehrt zurück als homo suspectus. Kaum sitzt er, lächelt er vor sich hin, stochert wieder in seinem Essen und sagt:

»Glücklich ist, wer verfrisst, was nicht zu versaufen ist.«

Aber wir sehen ihn wohl bloß beunruhigt an, deshalb ergänzt er noch:

»Also gut: Ich werd Vater.«

Angeblich ist da, unmittelbar bevor der Epileptiker seinen Anfall erleidet, eine letzte Klarheit: ein aufgestoßenes Fenster, ein Feld voller Kolkraben, sitzende Tänzer. Manchmal sind das die Momente eines Tages, der im Kollaps endet.

Von heute bleiben vier: Ein fettes Kind mit unsympathischem, übellaunigem Gesicht und furchtbaren Narben auf den Armen nimmt mir jeden Gegenstand ab und hält ihn ins Licht.

Nach viertelstündigem Schweigen sagt der Taxifahrer unvermittelt:

»Ich bin mit diesem Toyota sehr zufrieden.«

Dann schweigt er wieder, vielleicht, damit sich sein Satz setzen kann. Wohin?

Der Mann am Informationsschalter hatte gesagt: »Ich gebe Auskunft über alles«, der Kunde erwiderte: »Auskunft, Auskunft über alles!«

Ein Mann redet mit seinem Freund darüber, wie er mit seiner Freundin schläft und schwadroniert:

»Unmittelbar nach dem Höhepunkt höre ich Dinge ganz scharf, die sonst nicht da sind: zum Beispiel das Knirschen einer Quarzuhr.«

In den Augen des Zuhörers ist gerade nicht der Höhepunkt, sondern die Quarzuhr.

Der Globus von weit oben gesehen, in der Geographie des Geredes: Da sind die Zonen hochaufgetürmten Stimmengewirrs, wo tausendfach im selben Moment die gleichen Worte ausgesprochen werden, dann dünnt es sich aus über den Meeren, wo vielleicht nur jemand mit Selbstgesprächen die Welt umsegelt, oder über den Wüsten Afrikas, wo irgendwo aus einer Dünensenke sich vielleicht eine einzige Stimme in ihrem Singsang erhebt, im stimmlosen Jauchzen, dem jubilare sine voce, dem Falsett des Wüsten-Jodelns, und dann wieder: »Kam er an den Rolandsbogen, ist der Pisspott weggeflogen«, »Maria durch ein Dornwald ging«, »Scheiße, mein Zug!«.

Wie durch ein Leck kommt all die Rede in die Welt, wie durch eine Perforierung, gebildet aus den Mündern der vor sich hin Redenden, die auf ihrem Atemhauch Syntax in die Welt bringen, Schallwellen, Erschütterungen. Einsame Männer, die nachts in der Küche mit der Politik oder dem eigenen Leben abrechnen; Mönche, die in den Fernseher beten wie zur Frühgymnastik, und wenn der Papst erscheint, findet er sie auf Knien; Frauen, die sich für den Nachrichtensprecher hübsch machen; solche, die auf dem Bürgersteig stehen bleiben und in den Himmel gestikulieren; Ehefrauen, die allein über der Salatschüssel den Liebhaber herphantasieren, damit er ihrer Willkür gehorche; oder Alte, die um vier Uhr in der Frühe aufstehen, um nach einer Wanderung quer durch den Wald in einer Kirche zu beten, und noch während des Rückwegs beten, und zu Hause beten sie immer noch weiter mit dem rettenden Griff zum Rosenkranz. Ich habe sogar von einer glanzvoll verarmenden Familie gehört, die an festlichen Tagen zur Mahlzeit Tischreden vom Tonband abspielte. Über zehn Jahre war es her, dass diese Reden in dem Haus wirklich gehalten worden waren. Natürlich kannte sie jeder auswendig, und so kaute man sie mit beim Essen, ernst und deprimiert. Tatsächlich, das lebt. Ich lasse mir eine solche Rede bei einem solchen Essen auflegen. Es sind bedenkliche Zeiten, die Familie ist inzwischen im Armenstand, der Hausherr meint fatalistisch:

»Auch der Polyp sondert bei Gefahr Tinte ab.«

Man redet. Man setzt die Rede fort. Man schließt sie ab. Man schämt sich. Gerede. Die Würde, das ist die Entscheidung zu enden.

»Versetz dich doch mal in mich hinein!«

Sie sagt es mit flehentlichem Schmunzelmund, wohl wissend, dass man so redet.

»Verzeih, ich kann deinen Standpunkt nur sehen, nicht einnehmen.«

Am Morgen danach ist es an mir, über ein Gefühl der Kühle zu klagen, das sie an mir moniert hatte, ehe sie in ihrem Taxi verschwand. Der Himmel war eiskalt und klar. Die Erinnerung umschwärmte ihre Bluse aus Fallschirmseide und den merkwürdig gerippten Mantel sowie ihre schönen alten Augen, in denen die Kontaktlinsen von den Gesten der Müdigkeit mehrfach verschoben worden waren.

»Das ist Deutschland«, sage ich, »diese freche asoziale Benehmung«, weil das der Taxifahrer mal so zu mir gesagt hat, der da wie ihr Komplize plötzlich wieder am Steuer des Wagens sitzt, in dem sie so enttäuscht auf und davon fährt. »Traurig, aber wahr«, hat er damals gesagt, und ich wiederhole es jetzt, in den Blick des Fahrers hinein, »traurig, aber wahr«, und er lächelt, sie nicht.

Im Flugzeug herrschen diese strengen, unausweichlichen Stewardessen der »Iberia«, gegen die jeder Steward effeminiert wirkt, wenn er mit seinem kurzärmeligen weißen Hemd und seinen aufgewärmten Croissants durch den Gang kommt. Außerdem reisen hier mehrere riesige, übergewichtige, schwarzbehaarte Spanierinnen, die sich dauernd den Kopf stoßen, im Gang auf und ab schaukeln, dreimal pro Stunde das Klo aufsuchen, um anschließend stöhnend wieder ihren Platz einzunehmen, nachdem sie erst desorientiert an ihrer Reihe vorbeigetrottet sind. Dann jedenfalls lassen sie sich ächzend fallen wie nach einer langen Reise, so dass auch der Sitz orgiastisch kreischt. Ihre Mienen schmollen in einem fort. Dies zumindest ist der Faltenwurf, den ihre Gesichter endlich angenommen haben. Sie riechen wie geharzter Wein, sie atmen den Kellergeruch von Ölschinken, sie rasten im Mittelgang und lassen sich lesen wie Gewandstudien nach altem Vorbild. Sie blicken auf ihre dünnen Männer aus einer Sonnenfinsternis der Liebe. Wohin führt mich dein Gesichtsausdruck?, fragt der des Mannes. In Gegenden, von denen du nur träumen kannst, erwidert der seiner Frau.

In der Nacht bin ich aufgestanden in dem Gefühl, ich müsste mir das Meer ansehen. So wie es daliegt, kommt es mir noch ungeheuerlicher vor. Nur die Gischt ist jetzt noch aktiv, und es wirkt, als würden die Schaumkronen im Meer-Inneren entspringen und in einem Fächer aus Stoffbahnen entrollt. Zwischen den Klippen in Ufernähe, die sich hell gegen das Nachtschwarz abheben, wogt der Schaum wie lebendiges Fleisch rund um den Felsbrocken, das tausendjährige Reptil.

Zu dieser Zeit herrscht auf der gewundenen Uferstraße noch reger Verkehr, und die Frauen, die dort stehen, lecken sich, wenn man vorbeigeht, mit der Zunge die Oberlippen. Dazu klappert aus den Fenstern das Geschirr des Nachtessens. Die Katzen tappen heraus zur Jagd. Die Autos zirkulieren langsam, richtungslos. Woher kommt das, dass die Lust immer noch mit der Befeuchtung der Oberlippe assoziiert wird? Ich wende mich wieder dem Meer zu und finde es um Jahre gealtert.

Ich wollte sein, wo ich bin: in einem Garten voller Pfauen, Hühner und Kanaris, mit Cocktails voller geschreddertem Eis und Reisenden, behangen mit Ferienattributen. Die Frauen tragen plötzlich seidene Turbane wie die Zigeunerinnen, die Männer Tropenhelme und Safari-Khaki-Hosen. Sie rauchen solidarisch Havannas und wedeln sich mit Sandelholzfächern Atemluft zu. Das Holzaroma bleibt in der Luft. Die Hosen bekommen selbst am Körper Stockflecken, so schwül ist es. Der Garten streckt sich auf einer Anhöhe über den Buden, vor dem Meer. Die Horizontlinie des Ozeans wird manchmal von fernen Regenschauern verwischt, manchmal von einem großen roten Frachter unterbrochen. Jetzt fällt auch hier ein Schauer. Doch die Gesichter heben sich bloß und lassen es geschehen.

Man kommt am Tag allein mit Getränken aus, mit dem Blick auf die »Jineteras«, die »Reiterinnen«, wie die Prostituierten hier heißen, oder auf die kleinen Serviermädchen in kurzen Röcken und auf Plateausohlen, Mädchen, die die Dienstleistung als eine dekorative Tätigkeit interpretieren. Die Männer blättern ihnen das Trinkgeld hin in verschwitzten Scheinen. Draußen die Armen: Sie können sich nicht mehr vorstellen, was die Reichen eigentlich noch wollen. Das alles gerinnt in Schwermut und Stolz. Und der alternde Goucho am Nebentisch ist eine Karikatur: »porcus magistralis, das thronende Schwein«. Gerade schwärmt er einer Kupplerin gegenüber von der Vorstellung, sich zwischen große Beine zu legen, und tut so, als sei er es, der sich dabei verschwende. Anschließend beugen sie sich beide über die mögliche Bettszene wie Kinder, die unter dem Brennglas ein Insekt zum Erstarren, dann Tanzen, dann Sterben bringen, und der Lüsterne ist in diesem Augenblick selbst vom Verderben seiner Lust erreicht. Doch wie er die Kupplerin ansieht, ist es körperlose Pornographie.

In diesem Gerümpelladen in Havanna stapeln sich an der Kasse regierungstreue Postkarten, auf einem Regal außerdem zehn Aquarien mit kleinen Zierfischen, unbeleuchtet, ohne Sauerstoffzufuhr. Einige schwimmen schon tot an der Oberfläche, andere haben helle Flecken oder Pigmentstörungen und irren in erschlaffter Panik durch das Brackwasser. Auch diese Fischchen stammen aus einer anderen Zeit. Sie bezeugen die Wirklichkeit dieser Zeit als Hinterlassenschaft einer Herrschaft, die ging und nicht an alles dachte, was einmal ihretwegen an Land und in die Stadt gebracht worden war, wo es jetzt, ohne Herrschaft, stinkt, verfault und zerfällt. Wie kommt man unter die Haut einer Stadt? Man findet sich plötzlich dort. Sie gibt sich unwillkürlich einen Ausdruck. Und schon steht man im Anfang einer Geschichte.

Der Händler mit der Tasche voller Wurzelholz-Skulpturen setzt sich zurück an den Tisch und knüpft an die liegengebliebene Unterhaltung wieder an. Die beiden kleinen Serviererinnen nehmen am benachbarten Tisch Platz und spielen das Spiel, bei dem man die zusammengelegten Hände hinhält und sie flink dem Schlag des Gegenübers entziehen muss. Sie spielen das Spiel witzlos langsam, denn sie hören zu, was der Händler in seiner Sprache erzählt. Manchmal redet auch die eine der Frauen beschaulich und halb abwesend zu ihren Händen hin. Es ist wie Unterwasserballett, ihr Spiel gedrosselt von seiner Erzählung, und diese erreicht ihre höchste Verdichtung, als die Mädchen die Hände sinken lassen und die Erzählung die Oberhand gewonnen hat.

»Was ist das für eine Geschichte, die Sie da erzählt haben?«, frage ich den Mann, als seine Zuhörerinnen wieder an die Arbeit gegangen sind. »Es ist die Geschichte des weißen Mannes«, sagt er. »Der lebt unter Pygmäen. Was soll er machen: Die großen historischen Leistungen wurden schon alle vor ihm vollbracht: Christen vor die Löwen, der Bau der Chinesischen Mauer, es ist eine Tragödie. Doch mit Hilfe seines Glaubens, eines Fieberthermometers und eines Küchenquirls wird er erst zum Medizinmann, dann zum Gott.«

Manchmal sieht man es ihnen an, den Menschen, wie sie ihre Sehnsucht nach dem künstlerischen Ausdruck verbergen, vielleicht weil sie sich darin so analphabetisch fühlen, weil er ihnen peinlich ist. Aber wenn sie ein Foto machen, sich hinhocken, damit die Spitzen der Blüten im Beet an den Rocksaum der Geliebten stoßen, oder wenn sie ihr Essen auf dem Teller so drapieren, dass er für einen Moment noch schöner wirke, dann ist er wieder da: der Wunsch, etwas persönlich zu meinen, einen Nachweis des eigenen Selbst zu erbringen. Sonst, so sagt das Gesicht des Mannes, der sein Essen mit der Gabel arrangiert, sonst muss man schon etwas sehr Unvernünftiges tun, um in seiner Individualität überhaupt bemerkbar zu sein.

Und mitten hinein platzt das Ereignis und behauptet seine Macht gegenüber der Gestaltung, der Rhetorik. Manchmal ist der Frohsinn dies Ereignis, der Frohsinn, der schon Freude macht, bevor man ihn versteht. Ja, auch der Individualist hebt jetzt den Kopf vom Teller und ist unwillkürlich, wie alle, nicht beim Witz, sondern beim Gelächter. Wir lachen nicht über die Pointe, wir lachen mit der Heiterkeit.

»Sieh mal«, sage ich mit sinnlosem Pathos, als wir in eine Allee mit lauter verstreuten Blättern auf dem nassen Asphalt einbiegen, »sieh mal, wie schön das Leben ist.«

»Ja«, erwidert sie, »man kann überall parken.«

Im Deplatzierten schläft die Kunst, im Scheitern der Verständigung, dort, wo die Enden flattern und das Bedeuten ins Leere geht. Insofern ist die Stelle, an der die Verständigung abbricht, die künstlerische. Alleingelassen mit der Schönheit der Straße, erscheint sie mir gerade noch schöner.

In die Straßenbahn steigt ein Betrunkener, lautstark, unzufrieden mit allem, was er sehen muss. Er randaliert. Es sind aber nicht die Verhältnisse allein, die ihn auf die Palme bringen, es sind auch die Menschen, genauer die Fahrgäste, genauer, die Mitreisenden in dieser Bahn, genauer, wir sind es. Deshalb nimmt er sich uns im Vorbeitorkeln einen nach dem anderen vor.

Dass gleich auch ihr Stündlein geschlagen haben wird, weiß die gläserne, zittrige Alte in der Bank vor mir, sinkt in ihrer Furcht immer tiefer in den Sitz und wird auch offenbar übersehen. Wir Übrigen sind schuldig, weil wir aussehen, wie wir aussehen, diese Kleidung tragen, diese Miene machen oder mit dieser Miene Widerworte geben. Der Finger des Betrunkenen findet jede Brust, klopft an jeder, rempelt jede Existenz an.

Doch die Bahn bremst schon ab, er hat den Halteknopf gedrückt, er wird aussteigen und nur die Alte verschont haben. Jetzt steht er an der Tür, glasig die Außenwelt absuchend nach neuen Entzündungsherden. Dann aber tut er doch noch unerwartet einen Sprung, den man ihm in diesem Zustand kaum zugetraut hätte, ist mit seinem Kopf plötzlich unmittelbar vor dem Mütterchen und faucht seinen Bieratem direkt in ihr panisches Gesicht:

»Omma, du bist 'n Lump!«

Der Ernstfall ist da. Und »Omma« wimmert wie

eine Bestusste, und der Trunkene hängt wie ein Ballon direkt vor ihrem Gesicht. Kein Schaffner, kein Fahrgast kann den beiden jetzt noch helfen, und trotzdem ist in dieser innigen Betrachtung beider, in der Panik wie im Kollaps der Aggression, plötzlich Ruhe.

Der Mann druckst herum. Die Dame glaubt zu wissen. Sie ermuntert ein Geständnis, das sie anschließend genüsslich mit Ablehnung quittieren wird. Hören aber möchte sie es schon.

»Spucken Sie's aus«, sagt sie.

Er mag die Formulierung nicht, aber die Aufforderung.

»Ich weiß nicht, wo ich anfangen soll.«

Sie brennt jetzt darauf, die Lyrik seines Herzens zu ernten. Es ist Spott in ihren Zügen.

»Verstehen Sie«, sagt er, »ich werde ›ich‹ sagen müssen.«

Zwischen dem ersten und dem zweiten »Ich« stumpft ihre Miene ab.

»Ich hab Geborgenheit, ich hab Ansprache«, sagt er gerade. Sie reagiert auf dieses »Ich« wie auf etwas Geruchliches, wie eine Frau, die sich vor dem Mann ekelt, ihn nicht küssen will, seit man ihm eine Pavian-Leber eingepflanzt hat. Ihre Züge haben sich hinter die große Undurchsichtigkeit zurückgezogen. Nein, sie möchte jetzt gerade so wenig mit ihm zu tun haben, dass sie ihn nicht einmal ablehnen mag.

Wir küssen uns auf den Straßen von Minsk. Man kann den Staat, seine politischen Autoritäten, die Gegenwart der Exekutive im öffentlichen Raum, man kann die Diktatur fühlen, den Schrecken. Als ich die Augen öffne, ist ihr Blick starr und unverwandt auf eine Erscheinung hinter meiner Schulter gerichtet:

»Aber wo siehst du denn hin?«

»Da kommen doch die Soldaten!«

Auf einer Parkbank in Weißrussland lerne ich den ersten einheimischen Bürger dieser Stadt kennen, er heißt Mikail, verstehe ich. Unfähig, eine Sprache zu finden, die wir beide sprechen, brauchen wir dann eine Viertelstunde für die Mitteilung, dass sich sein Freund Werner aus Langen bei Essen hier in Minsk ein Keramikgebiss hat machen lassen, das in Deutschland das Vierfache gekostet hätte. Um das zu verstehen, muss ich Mikails Gesicht entziffern, sein Mund-Inneres sehen, muss ihn deuten, mich in seine Züge versenken, als wolle ich ihn küssen. Wir sagen uns zum Abschied, dass es schön gewesen sei, sich kennengelernt zu haben. Das haben wir nicht. Doch hat uns das Keramikgebiss seines Freundes Werner die »Ode an die Freude« ersetzt.

Ein Mann, der vor mir geht, holt mit der Hand so heftig aus, dass ich instinktiv mein Gesicht mit dem Arm schütze. Es liegt aber nur ein offenes Kirchenportal in seiner Blickrichtung. So bekreuzigt er sich in einer Achse mit dem Hochaltar, vor dem gefolterten Religionsstifter neben der Blumenampel in der Apsis und dem Ewigen Licht. Unsere Gesten rücken zusammen. Er, Jesus, ich, wir erstarren alle in unserer typischen Handbewegung.

Nun sitze ich auf meinem Hotelbett in Minsk. Es ist schmal und hängt durch. Das Licht ist zum Lesen zu schwach. Dafür ist der Hof ruhig, und es hat zu regnen begonnen. Ich muss also nicht vor die Tür, auf der Fährte von Unauffindbarem. Ich entschließe mich, müde zu sein. Regen entlastet. Und wenn Vassili geschwindelt hätte und es doch noch eine Stadt gäbe, jenseits der Stadt, die ich sah? Kaum öffne ich das Fenster, rauscht die Straße herein. Allerdings riecht der Regen gut, und der kleinbedruckte Kordvorhang erinnert an etwas, das man »Maßliebchen« nannte. Und die Lampen haben Keramikschalter, die man noch drehen muss wie in Zeiten von Luftschutzkellern. Ich habe ein Interview mit Jennifer Connelly gelesen und den letzten Satz eines Tennisspiels gesehen. Die Schmallippige kämpfte gegen die Dickschenkelige. Mitten darin überfällt mich ein Gefühl von Abscheu gegen die gereckte Faust des Ehrgeizes bei der Schmallippigen. Zugleich bin ich froh, eine Haltung, irgendeine Haltung zu haben und das Bild nicht Bild sein lassen zu müssen, denn immerhin war ich erst für die Schenkel, dann gegen die Faust. Die 22-Jährige gewinnt ihre erste große Partie ohne eine Spur von Freude. Selbst nach dem Spiel ist nichts als Arbeit in ihren Zügen, Arbeit und die Würde der erfolgreichen Öffentlichkeitsarbeiterin. Wie ein Sumoringer, so würdig ist sie. Ich habe die Pistazien aus der Minibar gegessen, dann ein Mars, gleich mache ich mich an den Wodka, weil man, Vassili zufolge, die Stadt nicht verlassen soll, ohne ihn genossen zu haben. In der Tat: nussig schmeckt er und tut gleich seine Wirkung. Die Uhr ist eine Stunde weiter. Sie kommt mir entgegen.

Als ich mich in einem ukrainischen Park einmal allein fühle, sehe ich rechtzeitig, wie ein Pudel eine viel größere Terrierfrau von hinten so heftig nimmt, dass sie zittert wie im Schleudergang. Es steht ein Ehepaar daneben und mustert dasselbe. In den Augen der Gattin, deren Kleidung man wahlweise als »Porno Chic« oder »Sex Trash« bezeichnen kann, vollzieht sich ein Umschlagen des wohlwollend indifferenten in den bösen Blick: als sei der Körper des Gatten plötzlich ein Sack. Warum bin ich anschließend weniger allein?

Man hat doch nur Gedanken, weil man es nicht aushält, keine zu haben. Ein Reflex ist der Gedanke, Ausdruck einer Unfähigkeit, nicht zu denken. Die Angetrunkene im Gasthaus, mit ihren elegisch verflochtenen Beinen im Minirock dem zugeneigt, der sich gerade erst neben sie gesetzt hat, sagt:

»Du kannst Karate, du hast zwei große Koffer, ich vertrau dir, ich hab Menschenkenntnis, da scheißte dich an, ich vertrau dir spontan, gut, liegt auch an deinen beiden Koffern, aber auch, weil du so schnell und präzise antwortest. Mensch, du bist ein Chef, du hast Charakter, da gratulier ich dir. Ich interessier mich für alles. Ich bin Philosophin, sage ich dir. Warum bellt jetzt der Hund, wau, wau, warum macht der das? Wie kommt das Wau in die Materie? Verstehste? Das sind Fragen, die mich beschäftigen. Und ich versteh nach wie vor Albert Einstein. Ich mein, warum der auch letzten Endes solche Fragen hatte.«

Der Barmann ruft aus dem Schutz der Theke: »He, Brigitte, lass den Mann in Frieden und mach mal ’nen roten Oberschenkel!«

»Und ich sach noch«, sagt die Frau noch und errötet nicht, »guck dir den Typen an, und du weißt: Die Liebe ist ein Vierfüßler.«

Da stehen zwei Männer in einem Clubkonzert hinten im Saal an eine Säule gelehnt.

»Du bist doch«, insistiert der junge dem unjungen gegenüber, »nicht nur in diese Zeit, du bist auch in die Fragen deiner Zeit hineingeboren. Denk doch mal nach!«

Der andere hört zu mit stumpfem Gesicht, weiß nicht, was die Fragen seiner Zeit sind, wo sie stehen, wer sie stellt, und die Antworten sind ihm jedenfalls schon jetzt egal. Dann aber dämmert ihm das Pathos der Fragestellung, er zieht mit spitzen Fingern ein Taschentuch heraus, um sich unter der Nase bedeutungsvoll und hochindividuell herumzufeudeln.

»Danke«, sagt auf der Bühne gerade der Sänger, den die menschliche Gemeinschaft noch vor kurzem hinter Schloss und Riegel gebracht hatte, zum Schutz vor sich selbst und zum Selbstschutz der Gesellschaft, »danke«, tritt ins Zentrum des Lichtkegels und verneigt sich vor seinem Publikum: »Ich danke Ihnen.«

Eine Singstimme, die wie ein Kork über das Wasser kommt, sie liegt auf dem Glitzern, als wolle sie nirgendwohin, nur schwimmen. Allerdings bricht sie im Augenblick, als sie sich auf die Gefahr des Schönsingens einlässt und beginnt, sich auf sich selbst zu konzentrieren. Jetzt wird sie tollwütig, hebt zur Wahnsinnsarie an. Sie ist nicht fertig, fliegt immer noch hoch, als sich der Alte, wie mitten aus dem Gespräch, zu mir beugt und flüstert:

»Dann ist es, zumal im Alter, doch besser zu denken, dass man auf dem falschen Stern lebt, als zu erfahren, dass es den richtigen gar nicht gibt.«

Sein Hecheln mischt sich in den Gesang, der gerade aus hoher Höhe stürzt und strauchelnd zum Erliegen kommt im einsetzenden Jubel. Der Alte aber ist noch bei seinem Satz und macht eine Bewegung durch die Luft, als wolle er einhändig klatschen.

Ich höre ihr zu. Zwischendurch fragt sie auch. Sie ist kapriziös, wendig, sie versteht etwas von den Worten. Aber immer wieder steckt sie Scherben in ihre Gedanken. Es gibt etwas, das dauernd widerspricht, Wunden reißt, Probleme macht. Will ich mich innerlich abwenden, weil sie mir zu fremd wird, hat sie im nächsten Augenblick eine Metapher, so suggestiv, dass ich noch in sie hinunterblicke, als der Redefluss längst darüber hinweggegangen ist.

Sie erzählt Eskapaden, was »von Escape« komme, sagt sie, schont sich nicht, schreckt auch nicht davor zurück, zu erzählen, wie sie hinter zugezogenen Vorhängen in einem Londoner Hotel die Hose ablegte, ihr Becken einem Mann entgegenreckte und mit dem Finger auf ihre Scham zeigte: »Hier spielt die Musik!« Der Mann war »tauglich«, sagt sie, »imstande«, und er kannte die Gangstersprache für alles Sexuelle. Macoula: der Schwanz. As: der Hintern. Zwicky: die Vagina.

»Ich hab ihn gefragt: Wie sieht dein Schwanz aus?

Hat er gesagt: Wahrer als die Wirklichkeit. Gefiel mir, aber ich hab gesagt: Gefällt mir nicht.«

Ihre Ablehnung ist unsachlich und unverhältnismäßig. Trotzdem könnte es sein, dass wir uns am Ende des Abends küssen oder nie wieder sehen wollen, schlecht voneinander reden und unsere Integrität in Frage stellen. In diesem Augenblick aber ist nichts von alledem. Jetzt sind wir bloß gespannt, und im Medium dieser Reizbarkeit liegt gerade die einzige uns verfügbare Empfänglichkeit. Sie bemerkt es, erschrickt und produziert eine atemlose, musikalische Pause:

»Merkst du – jetzt – wir stehen uns unmittelbar bevor!«

Auf der Rolltreppe bleibe ich hinter einem Mädchen in gemustert abgesteppten Cowboy-Stiefeln stehen. Eine Laufmasche überquert die Wade, senkt sich in die Kniekehle, verschwindet mit breiter werdenden Sprossen weiter oben unter dem Rocksaum. Der Atem einer einfahrenden U-Bahn saugt die Luft durch ihr Haar hinunter in den Schacht. Es riecht nach Babypuder, Wäsche und einem vergorenen Zitronenparfüm mit dem Nachgeschmack von Kapern.

Im Halbprofil, als sie mit der Drehung des Kopfes einer Werbung für Schwangerschaftsberatung folgt, deren Diskretion durch das Gegenlicht hinter den anonymen Silhouetten der beiden Frauen auf dem

Foto versinnbildlicht wird, erkenne ich das sympathische, übertrieben sommersprossige Rundgesicht einer noch fast jungen Frau. Eine Augenblicksaufnahme, in die die Erinnerung sofort großzügig hineinzuzeichnen beginnt, mit Rückgriff auf einen Vorrat von Filmgesichtern, Strandgesichtern, Schulklassengesichtern, Gesichtern, die ein Meer um sich haben oder den Keuchhusten kleiner Kinder oder die Kühle von Kellern mit Gartenmöbeln im Sommer. Das Gesicht dieser Frau ist aber gleichzeitig von der befremdlichen Lustigkeit unverbrauchbarer Gemüter, die über eine Bagatelle Tränen lachen, immer den geradesten Weg gehen und auf dem Höhepunkt der Empörung die Vollstreckung der Höchststrafe ankündigen: »Dazu sage ich nichts!« Sie rauchen nicht, schreien in der Liebe wie Tragödinnen und fallen danach in Kindersprache, überraschen durch plötzliche Anfälle von Schwermut und scharfe Beobachtungen. Sie kommen gerade mitten aus der Liebe, heben den Kopf und sagen dann etwas wie: »Das Kind bezahlt die Lust der Eltern mit dem Leben. Ich meine, damit, dass es leben muss.« Durch dieses Leben rollte die Treppe.

Im Neuwestend steigen vier Araber zu. Die Mutter nimmt den Jungen mit dem Down-Syndrom nun noch ein bisschen fester in den Arm. Der aber folgt der Musik, die aus seinem Kopfhörer dringt, dem

Rumoren und Grollen, das, von Schlagwerkern begleitet, schreitet wie ein Trauerzug. Der Junge merkt erst auf, als ein Mann, kaum hat er sich erhoben, eine leere Wasserflasche durch den Waggon pfeffert. Auf seinen Platz setzt sich ein Intellektueller in Sandalen. Das Mädchen mit dem kranken Augenausdruck lächelt, solange es spricht. Hört sie auf zu telefonieren, ist in dem Gesicht kein Lächeln mehr zu finden, in keiner Ecke dieses Gesichts. Dann fällt es wieder in sich zusammen.

Kaiserdamm. Alle im Waggon sind jetzt achtzehn, spielen mit ihren Fingern, tragen Ohrringe, duften. Sophie-Charlotte-Platz, Kaugummi? Der mit dem Afro-Look mosert: »Mann ey, zu nichts zu gebrauchen«, »du nervst«. Eine Gestrenge mit pädagogischem Aroma setzt sich erzieherisch daneben, angezogen wie zur Fuchsjagd. Bismarckstraße ist eh scheißegal. In der gegenüberstehenden Bahn hebt eine Frau den Pullover, für wen? Deutsche Oper, ein hochbeiniges Mädchen mit lila Strumpfhose, Leinensack mit Sylt-Aufdruck, stürzt herein, schmeißt sich hin, sagt: »Chemie ist mehr wert als Bio. Ich nehm auf keinen Fall Mathe.« Ernst-Reuter-Platz. Eine Behutsame schleicht sich an, sinkt sorgenvoll in sich zusammen. Sie spitzt ihr Mündchen bis Zoologischer Garten.

Die Bewegungen der Bahn sind rabiat, der Schwangeren wird der Bauch nach rechts und links geworfen, sie justiert ihn mal mit der einen, dann mit der anderen Hand. Schulmädchen kommen, kauen ihr Kaugummi nicht nur, sondern stellen es aus und kauen weiter bei weitgeöffnetem Mund. Die Zahnleisten schnellen von Zeit zu Zeit herunter, Modell Guillotine, die meiste Zeit über bleiben sie aber staunend offen. Die Stadt macht perplex. Das Kleid der Schwangeren hat exakt das Muster der Sitzbankbezüge. Setzt sie sich hin, verschwindet sie wie in tierischer Mimikry. Also will sie sich nicht hinsetzen, aber stehen kann sie auch nicht, schwanger wie sie ist. Also stemmt sie alle Einkaufstüten auf ihren Schoß und sitzt jetzt gekleidet in Tüte.

Wittenbergplatz. Ein Asiate bringt gebratenen Reis, dampfend im Korb, die Schwangere will sich übergeben. Der Ausdruck in ihrem Gesicht aber heißt nicht Ekel, er heißt Empörung. Der Asiate hinterlässt eine Fried-Rice-Fahne am Nollendorfplatz. Ein Wort pro Blick ringsum: Erstaunen, Verstocktheit, Fassungslosigkeit, Erschöpfung, Nichtverstehen, Hochmut, Wissbegierde. Das hübscheste Mädchen drückt im Beisein des zweithübschesten Mädchens nacheinander drei Freier auf dem Handy weg und lacht sie aus. Im Blau der Dämmerung sind draußen die ersten Lichter angegangen. Gleisdreieck. Eine Sologeige im hinteren Teil des Waggons stimmt etwas Virtuoses an. Immer dieses Virtuose! Alle Geiger werden Garrett. Niemand klatscht.

Mendelssohn-Bartholdy-Park, ein Mädchen schimpft russisch, höhnt, die Lautsprecherstimme, jetzt weiblich, behält die Contenance. Potsdamer Platz. Die Gelangweilten kommen, kunstsonnenbraun. Die Dicke besteht darauf, keine O-Beine zu haben. Sondern X-Beine. Die Hysterikerin mit den aufgerissenen Augen klemmt sich zwischen zwei Dicke und liest einen Stadtführer. So jung wie sie ist, ist sie schon die Ehefrau eines Knaben mit Cannabis-Gesicht, der sich neben ihr um die Stange rankt. Spittelmarkt. Ein vornehmer italienischer Herr mit Stockschirm steigt ein, ruft aber hinaus »cazzate«. Der Stationssprecher erwidert »zurückbleiben bitte«. Ein Vierschrötiger zieht sein Handy wie eine Waffe, schaut auf das Display und erwidert den Anruf mit den Worten: »Ja, wat haste?« Sein grimmiges Gesicht schaut auf den Crêpe-Stand auf dem Bahnsteig. Der Widerwille gegen die Gesprächspartnerin am Telefon weicht dem Appetit auf die Backware am Gleis.

Die Bahn zwitschert in den Schienen. Die Jungs sind attraktiv verwahrlost, ihre Mädchen Dämchen mit den elegischen Gesichtern von Tragödinnen. Rosa-Luxemburg-Platz: Genuss pur. Gemeint ist Wasser. Die Bahn ist verstummt. Schlüssel klimpern, das Rattern eines Motors im Stehen, sein Vibrieren im Warten, das Grollen der gebremsten Maschine. Der Blick des Schwärmers schweift zu den fremden Frauen im Zug gegenüber, jenen, die man straflos anschauen kann wie die Exponate im Museum. Zurückbleiben bitte! Sein Blick sagt: Zurückweichen bitte. Am nächsten Tag: Zurückschlagen bitte. Die Gouvernante nimmt Haltung an vor ihrem Sitz, lässt sich dann nieder, den Stadtplan mit Lederhandschuhen entfaltend. Ihr Nachbar steht gleich auf mit dem Schwung von »Abgang, Strecksprung, halbe Drehung zum Gerät«.

Eberswalder Straße. Hier wohnt ein Massai-Restaurant. Ich sehe Eingeborene auf einem Plakat. Große Frisuren auch auf dem Bahnsteig. Ein Zehnjähriger spricht seinem Vater gegenüber dem Nachfolger von Kim Jong Il sein Misstrauen aus: »Der kann das nicht.« In diesem Augenblick sind wir alle schwarz gekleidet im Waggon. Ein Lachen steigt ein, ein unbeherrschtes, zügelloses, über die Köpfe dahinzwitscherndes Lachen. Neurodermitis steigt zu, dann ein Mädchenchor. Der asiatische Künstler mit Ziegenbart distinguiert sich, setzt das Nicht-zugehörig-Gesicht auf. Seine afrikanische Freundin stimmt ein. Ein Teil des Wagens singt »Stille Nacht«, Weihnachten ist längst vorbei. Nach langem Nachdenken klopft die Kleine beim Zeitung lesenden Vater an, um Aufmerksamkeit bittend: »Papa, ich fahre nicht gerne U-Bahn.«

Am Alexanderplatz tauschen wir die Belegschaft ohnehin fast völlig aus. Gehen wir also. Mind the gap. Auf dem Bahnsteig dreht der Vater den Sohn in die richtige Gehrichtung. Das Mädchen braucht so was nicht. Es niest dafür sechsmal, und die Freundin stellt die Diagnose: »Das ist ein Nasenkrampf.« Ein Mann sagt: »Das nenn ich die Aufwertung falscher Tatsachen«, ein anderer, zu einer anderen: »Ich bewundere dich: Du bist jung, du bist blond, du liest Belletristik.« Diese Leserin verschwindet mit geöffnetem Buch, lesend in der Menge. Andere und Gleiche, wie aus der Konfettikanone geschossen, Menschen der Großstadt.

Jetzt bin ich allein mit dem Rentner unter der Baskenmütze. Lichte Gehölze. Die Silberfäden der Birken dazwischen. Das Aufsteigen der Flugzeuge, die den Fabrikrauch mit dem Grollen ihres Fluglärms beantworten und so in die Wolken tauchen. Schrebergärten, der Industrie abgetrotzt zwischen dem Bahndamm hier und dem Bahndamm gegenüber. Der Mensch auf seiner Nutzfläche.

Jetzt das Aufstöhnen der Türen. Jetzt die schlurfenden Schritte auf dem Bahnsteig, die Schritte derer, die weggehen. Am Ende des Zuges wartet tatsächlich ein Prellbock, am Ende der Strecke wirklich ein Schild: schwarzer Balken auf hellem Grund. Der Schlagbaum zur Vorstadt. Der Zugführer steigt aus. Er redet nicht viel. Bevor er morgens ausgeht, legt er sich einen kleinen Mundvorrat an. Der ist jetzt aufgebraucht. Ohne noch Fragen zu beantworten, schlendert er bis zum Gleis-Ende und blickt hinauf. Der Himmel hat gerade keine Sommersprossen.

Nach der Lektüre ihres handgeschriebenen Briefes aus dem Fenster des Zugs gesehen, das alte Ziegelmauerwerk mit den sprießenden Gräsern betrachtet, »heikel« gedacht, »kühn«, »prekär«, berührt gewesen, animiert, Schritte in ein unvordenkliches Gelände zu tun. Werden. Nicht zurückzucken. Entstehen, nicht aufhören, wo andere aufhören würden. Die Spitzen ihrer Ellbogen sind rau wie Toastbrot, ihre Fingernägel unregelmäßig geschnitten. Die Spuren der Verwahrlosung sind es, die mich an das Ringen in ihrem Leben erinnern. An dieser Stelle beginnt unser gemeinsames.

Bevor man, aus Hamburg kommend, mit der Bahn in den Tunnel zum Berliner Hauptbahnhof einfährt, kommt man durch ein wüstes Landstück, wahre Brache mit verrosteten Schienen, Mauerstücken, Wildwuchs. Die temperierte Luft aus dem Tunnel streift das Gras auf den Ruinen und verflüchtigt sich. Einmal stand hier im Dunst ein Pfau, einmal und nie wieder.

Verwahrloste, zum Teil verfallene und aufgegebene Wohnhäuser, bei denen die Spatzen ein- und ausfliegen. Fassaden mit Schuppenflechte. Sie pellen sich, werfen Verputz ab. Mitten in diesem Verfall pflegt ein Arbeiter das Rondell in der Grünanlage so säuberlich, als handele es sich um eine Goldschmiedearbeit, und fast wird dieses Stück skandalös, die Ordnung anstößig in der Turbulenz des Zerfalls. Denn während das Fernsehen Vergessen produziert und das Design Nichtgemeintes und die Architektur etwas, das übersehen werden will, während sich also alles ins Verschwinden dreht, damit man post-apokalyptisch sagen könnte: Da war nichts mehr, sind das Rondell und der Satz vom Rondell Fixpunkte, Manifestationen wie die Geste der jungen Türkin im Postladen, die ein neues Parfüm ausprobiert hat und mir ihren Arm hinstreckt: »Vanille und? Na, riechen Sie es? Würden Sie es nehmen?« Und ich senke das Gesicht auf den schmalen, braunen Frauenarm, schließe die Augen, überschwärmt vom Aroma im Überhandnehmen der Unordnung, und »Ja«, sage ich. »Nehmen!«

Blauen Rauch ausgestoßen. Riesige Landzungen von Schrift durchquert, ohne sie zu lesen oder zu schreiben. Der Heroismus am Rande des Rauschs, das ist: den Anfang des Gedankens festzuhalten wie einen Rockzipfel. Dem Lippenschwung gefolgt, über die Kontur des Gesichts hinaus, komische Einfälle abgelehnt, eine Entscheidung versucht, ein Urteil, ohne zu wissen, worüber, denn ich verliere gerade, mitten in der Zeile, den Faden, weiß nicht mehr, ob der Restgedanke noch zum begonnenen Satz gehört oder zu einem inzwischen nur in einem Nebenraum des Geschriebenen gedachten.

Grüne Flecken auf dem Handgelenk. Punkte und Kommata missverstehen sich in der hermetischen Organisation der Buchstaben- und Silbenordnung. Der Rausch produziert gerade nur räumliche Vorstellungen. Die Oberlider werden fühlbar, vertraut wie Fensterläden. Musik, das sind zu viele Töne. Außenansicht der Worte »kausal« und »logisch«. Plötzlich ist der Umkreis rund ums Blatt Papier eine piekfeine Gegend. Rückweg des Gedankens zu den während der Schriftfahrt stehengelassenen Gedankensplittern. Manche sind inzwischen Findlinge. Alles doppelsinnlos. Ich schreibe wie vor Jahren geschrieben. Die Worte wissen genau, wann sie kommen sollen. Wenn die Lampen angehen. Wenn das Essen fertig ist. Wenn ich rufe, und die Stimme über den Sportplatz schallt, und die anderen sagen: »Ich glaube, deine Alte ruft.«

Architektonische Vorstellung vom Wort. Ja. Man folgt unterschiedlichen Wortgegenden im Wort. Man übersetzt ein plastisches Gebilde in ein Syntagma. Schönes Wort. Schön wie eine Straße in Athen. Am Ende des Satzes ein Loch, auf das man zugeschrieben hat. Vermutlich mit gewechselter Schreibhand.

Jetzt sitzt ein Rostfleck auf dem Handgelenk. Jetzt

wird die Schriftdicke satzbestimmend. Kein Zeitgefühl besteht mehr für das Fließtempo der aufeinanderfolgenden Sätze. Das heißt auch, sie kommen wie Züge, in Intervallen hintereinander durch das Land. Jetzt die Nüchternheit gegen den Rausch zu mobilisieren, das ist ein maskuliner Versuch. Unbescheidenes Gefühl bei »maskulin«. Plötzlich erscheint in dem schon seit sieben Blicken leeren Glas Wein ein Rest Rotwein. Dann ist er weg.

Stattdessen Schriftspritzer auf dem Handrücken, schwarz und fett. Eine Wahnsinnige, dieser kommende Satz, in einer Regenhaut auf der Straße mit Kopftuch. Als ich diese Frau wurde, um sie ganz schnell abzugeben an meinen Vorgesetzten, hat sie sich böse nach mir umgesehen, als wäre ich plötzlich unklar geworden.

Aufbäumen des Satzes auf dem Papier, das unter der Schrift plötzlich rosa wird: Aufhören. Aber die Pose sagt: Ausgezeichnete Sätze müssen aufgezeichnet werden, »ausgezeichnet« wie eine Ware mit Preis. Gestern war heute. Die Abende sind durch einen Film verbunden. Weitermachen, gefälligst, aber vom Rausch aus, aus der Unterwelt des Textes, dessen Idee jetzt ganz klar ist. Wieder und wieder seltene Bilder in der Luft. Gedanken durch Worte auflösen. Da waren noch mehrere. Jetzt ist nichts mehr. Jetzt bin ich vor den Kopf gestoßen. Jetzt lange, lange gestarrt in vier Meter hohe Hecken. Vorgartengeräusche. Liz, ich habe es in diesem Leben verpasst, einen Kanarienvogel zu besitzen. Wo war ich?

Im Rausch war ich neulich zwei: ich und meine Frau. Ich legte meinen Kopf auf den Busen meiner Frau und sagte mir selbst, dass das angenehm sei. Später tötete ich Michel Foucault und fand beides gleich furchtbar: dass ich ihn getötet hatte und dass er tot war. Dann legte ich mich hin und träumte zweimal, ich sei in eine Gesellschaft gegangen mit nichts an als einer weißen Unterhose. Im Traum erschien mir das lässig. Erst an den Blicken der Gäste erkannte ich: war es nicht. Als ich den Traum zum zweiten Mal träumte, sah ich an mir herunter und dachte: Nicht schon wieder!

Auf Gleis 13 sehe ich im Dämmerlicht den Zeiger der Bahnhofsuhr stufenlos und zügig wandern. Die Uhr geht ihren eigenen Gang, sie wird unordentlich und legt ein anderes Tempo vor. Beim Nähertreten aber ist es der Arm des Zifferblatt-Reinigers, der im Uhrzeigersinn mit der Hand über dem Kopf gemächlich die Oberfläche wischt. Als die Bewegung eines Zeigers war sie schnell, als die eines Arms ist sie träge. Zwischen den Geschwindigkeiten habe ich gerade Zeit gewonnen.

Sie muss noch das Quiz zu Ende schauen. Unterdessen quittiert sie jeden meiner Sätze, als sei ich ein Bittsteller, denn sie hat diesen grünstichigen, byzantinischen, fast unbeflaumten Körper in die Waagschale zu werfen, und so behandelt sie jeden meiner Sätze, als bewerbe ich mich um eine Liebesnacht. So nicht, mein Früchtchen, ist ihr Habitus. Manchmal wiegt sie einräumend den Kopf, aber ich soll mir bloß nichts einbilden.

»Es geht also um Sex?«, fragt sie direkt, den Fernseher anblickend.

»Um die Verringerung des Diskretionsabstandes.«

Woran ich wirklich denke, das ist dieser eine glückliche Moment der Freizügigkeit, der alles überglänzen kann.

»Weißt du, wo ich zuletzt geküsst worden bin?«

»Ich war nicht dabei.«

»Hier so«, sie reibt sich das Brustbein, zieht zur Verdeutlichung den Halsausschnitt herunter, schaut mit Doppelkinn hinein und präsentiert die Stelle stolz wie das Wirtschaftswunder. Im Fernsehen versagt ein Kandidat gerade an der Frage: »Wie viele Musiker bilden ein Duo?«

Sie lacht maßlos, reißt den Mund sehr weit auf. Man sieht einen Speichelfaden, an dem ein winziger Tropfen abwärts fährt wie die Gondel einer Seilbahn.

Oft sitze ich in der Bahn zwischen 13 und 14 Uhr, wenn die Schulkinder auf dem Heimweg sind, und werde Zeuge von Romanzen in der Entstehung – manchmal noch bevor die Beteiligten selbst es wissen.

»Nein«, scherzt der Alte, der meinem Blick folgt, »das sind nicht mehr die gesitteten Zeiten des ›Händchen halten, Köpfchen senken, immer an den Führer denken‹!«

Die Choreographie der Gruppen im Zug und auf dem Bahnsteig wird bestimmt von Mode, Accessoires, Requisiten, Jargon und der Blickregie des Heimlichen. Die Zentralfigur ist der Junge, großzügig beleibt und schlurfend. Das soll man ihm als Lässigkeit abnehmen. Das Glück schenkt ihm die Begegnung mit einer lüsternen Frau: das Mädchen mit dem fliehenden Kinn und den rabiat hervorstehenden Brüsten. Sie findet den Großkörpermann erschwinglich und sieht ihn so an. Dahinter schreitet einzeln die Unerlöste mit dem Punk-Grunge-T-Shirt, sie will einen Staatsfeind oder keinen.

Die ganz hinten Nachzockelnden aber, das sind die Sonderlinge, die Langweiligen, die Gutherzigen. Eine wandelt dahin in der Stimmung eines Streichquartetts. Sie will einen Mann, der ihr morgens die Zahnpasta auf die Bürste drückt. Die Zweite wünscht sich ein Baby mit dem Gesicht einer Hausfrau. Der Junge an ihrer Seite sagt gerade: »Seit vielen Jahren sammele ich erfolgreich Bierdeckel.« Ihr Gesicht sucht die Vorstellung eines erfolglosen Bierdeckelsammlers, der immer nur hört: Sie kriegen keinen. Im Gesicht der Dritten hat sich bereits eine Übersättigung eingenistet wie nach der jahrelangen Belagerung durch Unwürdige. Die Vierte befindet sich gerade mitten in einer langen Geschichte, in der sie immer wieder so gut wegkommt, wie man es sich kaum erklären kann. Sie schreit kurz ihren Hund an: »Dass du nicht wieder das Böse machst!« Dann ist sie wieder bei dem Rätsel ihrer Wirkung auf Männer und wiederholt den Refrain ihrer Rede: »Das kommt von mein' Chaarm.«

Er sitzt mir im Zug gegenüber, der Reisende, der nicht reisen, sondern staunen will. Weil ihm zu Hause das Staunen vergeht, reist er. Er bewegt sich also, um zur Ruhe zu kommen. Dauernd berührt er dabei Zustände, die ihm das Leben schwermachen. In dürftigen Hotels starrt er an die Decke, vom Straßenlärm, von der Musik aus dem Nebenzimmer eingeschränkt. Er liegt da und schreitet die Demarkationslinien ab, die ihm sein Reisen durch den Raum zeichnet. Aber wenn er auf die Straße tritt, kommt es vor, dass er verglückt – wie man sagen können sollte, findet er, wenn man auch verunglücken kann.

»Und?«, frage ich ihn, »wann sind Sie zum letzten Mal verglückt?«

»Ich ging im Mairegen auf die Straße, trug nur meinen Pyjama, und eine Frau sagte im Vorübergehen: ›Du holst dir den Tod!‹«

Sie will nicht hell werden, die winterliche Stadt, die sattroten Ziegeldächer gleich unter mir, die ockerfarbenen Fassaden der nahen Stadtpalais mit ihren grauen Fensterfassungen, sie sind noch scharf konturiert. Zur Belebung des Standbildes steigen auch Rauchwölkchen aus den Kaminen und wabern über die Vedute. Aber schon die ersten Bodenwellen, die sich, einen Kilometer Luftlinie entfernt, am Stadtrand erheben, sind grau schattiert. Die Villen an den Hängen ducken sich in den Nebel, und nur das schmutzige Rosa des Morgenhimmels gibt der Hügellinie Profil. Alles steht, die Kuppeln, Kräne und Kirchtürme, die Schlote, die Schornsteine und Baumkronen. Bloß die Flagge hängt schlaff in die Häuserschlucht, und nur ein einziger Arbeiter, auf der gegenüberliegenden Seite der Straße, tief unter mir, nagelt Dachpappe auf einen alten First. Er hat seinen gelben Bauhelm neben sich auf die roten Schindeln gelegt und wischt sich in dieser Kälte die Stirn. Sein hämmernder Arm holt aus bis hinter die Schulter. Er ist die Unruhe in diesem Uhrwerk der Stadt, die einzige Bewegung, das Perpetuum mobile. Mit selbstverständlichem Sachverstand arbeitet er an diesem Dach, mit Eifer sogar, gebückt in ein Mauerstück von Vermeer, und hält ganz allein die Vorstellung von der Innigkeit in der Arbeit aufrecht.

In fremden Städten habe ich, wie ehemals in Glasgow, immer am liebsten unter dem Dach gewohnt, sogar unter der Schräge der Balken, in dunklen Möbeln, mit der roten Tagesdecke über einem Bett wie auf Wallis' gemalter Elegie »Der Tod Chattertons«. So hoch oben sieht man das Leben nicht, man hört es nur und deutet die Geräusche. Ist Regen gefallen, schneiden die Reifen der Autos das Pflaster, und es klingt wie ein Reißen.

Ein ausdrucksloser Himmel über dem Dächermeer. Menschenleer bis auf den einen Mann, der weit links auf der anderen Seite der Straßenschlucht hinter der Gardine die Firste überblickt wie ich. Erst winke ich ihm mit der zur Schulterhöhe erhobenen Hand, als keine Reaktion kommt, nehme ich den Arm zu einem Winken hoch über dem Kopf. Wir sind doch die Einzigen hier oben. Dann erkenne ich, dass es sich nicht um einen Menschen, sondern um einen hängenden Blumentopf handelt. Als ich den Arm sinken lasse, bewegt er sich aber. Es ist eine Nonne, die sich in diesem Moment vom Anblick der Stadt abwendet. So ist das wohl: Jesu Bräute dürfen nicht winken.

Die Dame am Frühstückstisch neben mir zieht zu jeder Antwort die Nase hoch, schaut dabei indigniert, als sei es ihr Rotz, der sich nicht benehmen könne. Dabei ist ihr Lächeln so mädchenhaft, sind ihre Augen so beseelt, während der noble, weißbärtige, langhaarige Ehemann ihr gegenüber jede Form eingebüßt hat. Sie blickt ihn verliebt an, er sie wie eine Behörde. Und die französische Chanson-Sängerin säuselt sich zum vierten Mal durch dasselbe Lied mit dem klassischen dünnen Chanson-Stimmchen, das mal gerade so in den engen Lautsprecher passt.

Unterdessen doziert der Mann über ein Ingenieursseminar, das er gegeben hat. Er richtet sich weniger an die Gattin als an die Umsitzenden, die ihn überhören. Seine Frau legt ihm dabei ihre Kinderhand auf die Pranke und atmet vor Seinslust mit geschlossenen Augen. Er packt ihre Nase zwischen zwei Finger wie mit der Zuckerzange. Sie zieht hoch, kaum, dass er loslässt, schaut wieder indigniert. Sie kann unmöglich verliebt sein und es ihm verzeihen, dass er es nicht ist.

»Ich fürchte, du machst mir mein Leben schattig«, seufzt sie.

Er flüstert etwas in ihr ausgestrecktes Ohr, aber so, dass ich es erahnen kann, etwas wie:

»Heute werde ich dich mit Gier genießen.«

Die Frau nimmt eine unbestechliche Miene an, die vielleicht schon zum Rollenspiel gehört.

»Noch Dressing?«, fragt sie, zieht hoch, und es klingt, als spreche sie von der Gier.

Am Nebentisch thront der joviale Obertan mit seinem Angestellten. Dieser sagt:

»Ich bin gerade in eine neue Wohnung gezogen.«

»Ich wollt grad sagen: Sie sind doch in eine neue Wohnung gezogen.«

»Ist Erstbezug.«

»Wie: Erstbezug?«

»Da hat noch niemand gewohnt. Mit Garten.«

»Ich wollt grad sagen: Ist doch bestimmt mit Garten, nicht?«

»Ja, mit Garten. Hat man halt mehr davon.«

»Wie, mehr davon?«

»Na, die Kinder freuen sich halt.«

»Ich wollt grad sagen: Da freuen sich doch die Kinder.«

»Und wie!«

»Mein ich doch.«

So reden sie immer weiter und werden mehr und mehr zweie, die sich geduldig flöhen.

In der Nähe des Essens wandelt sich die Sprache. Am gegenüberstehenden Tisch presst der Gast, nachdem er zwei Japanern auf Englisch ausgeholfen und ihnen »Babyseatongue« empfohlen hat, mit hochrotem Kopf konjunktivisch hervor:

»Isch hätt Schweinelendsche!«

An den Tisch tritt der Kellner, als nähere er sich der Kaaba. Weil der Gast mit blasiertem Interesse zu ihm aufblickt, ziseliert er nach einer Pause verschwörerisch den Satz:

»Fischmäßig hätt ich noch Hummer da.«

In der Apsis der Marienkirche in Krakau thront ein Altar von Veit Stoß vor Besuchern aller Nationen. Eine Frau mit Strohhut auf dem in den Nacken gekippten Kopf lässt sich von dem Altar bestrahlen wie von einer Höhensonne. Ein anderer inszeniert mit seiner Videokamera einen langen Gang über die Bildoberfläche dahin. Eine Frau trägt Sonnenöl auf beide Arme auf, blickt zwischendurch prüfend in den Glanz des Triptychons, prüft die Angabe des Lichtschutzfaktors auf der Flasche, dann wieder das Himmelslicht, das vom Altar herniederfällt. Die Frau neben ihr wedelt sich mit der Eintrittskarte Frischluft zu. Eine Italienerin doziert mit gedrosselter Stimme, dabei kurze Wege zwischen den Worten »altare principale«, »molto realistico« und »molto caratteristico« zurücklegend. Eine Amerikanerin in Kniebundhosen verliert den Schraubverschluss ihrer Mineralwasserflasche, staccatissimo hüpft er über den Marmorboden dahin. Mehrere Reisende tragen Kleider in den Floraldessins jener Papiere, mit denen man früher Wandschränke auskleidete. Ein Franzose wiegt sich wie ein Dirigent in den Knien und liest das Schriftband: »Ave Maria Coelorum Virgini et Matri.« Kaum setzt er ab, verharrt sein Blick in der Ratlosigkeit. Nur sein Junge hat profitiert. Ihm hat der Vater einen Plüsch-Goofy in Rosa gekauft, damit Ruhe ist. Mit beiden Händen knetet der Junge das Rosa, verlegen auch er. Weicht man zum Portal zurück, bleibt ein so vielstimmiges Aus- und Einatmen wie in einem barocken Orgelstück, und die Vögel draußen zwitschern Schnulzen.

Jeden Abend sitzt die Porträtistin am Platz, neben sich eine Zeichnung von Winona Ryder und eine von Rock Hudson. Man möchte ihr sagen, dass heute nicht mehr alle wissen, wer Ryder, wer Hudson ist und war. Man möchte ihr verschweigen, dass jene, die es noch wissen, in den beiden Amphibien auf dem Papier den eigenen liebenden Blick kaum wiederfinden werden. Jeden Abend kommt die Zeichnerin zwischendurch in das Cafe, jeden Abend komme auch ich. Sie hat einen Oberarm voller blutig gekratzter Mückenstiche. Auch der will geküsst werden. Zeichnend verwandelt sie Menschen in etwas, das sie nicht sind. Unter dem Zeichenstift, so wie sie ihn führt, werden die Menschen zu Produkten des bösen Blicks oder der schwachen Begabung. Sie selbst aber erwartet von ihrem Geliebten, dass er mit ihrem schönsten Ich kommuniziere – ein Ort, an dem sie selbst noch nicht war, der aber nach ihrem Empfinden seinen Existenzbeweis empfängt aus jedem Kuss auf ihren blutig gekratzten Arm. Dieser hebt sich in dem Augenblick, als ihr Finger auf einen Jungen in der Gruppe der Wartenden deutet und sie fragend … Aber der Junge, nein, er schüttelt den Kopf: Ich will lieber nicht, und macht, dass der zerkratzte Arm sich senkt.

Angler an der Weichsel vor dem großen nationalen Angelwettbewerb. Bei einem kleinen Zelt in den Auen sind die Pokale schon aufgebaut. Vielleicht dreißig Wettbewerber warten nebeneinander auf abgesteckten Parzellen. Der Fluss steht schmutzig, alle Angler sind ausgerüstet mit gleich mehreren Ruten, Keschern, grünen Plastikeimern und Wannen, verschiedenen Ködersorten und Schatullen mit Blinkern, einem geradezu paramilitärischen Aufgebot. Auf ein Signal schleudern sie ihre Köder hinaus in den Fluss. Alle landen auf etwa gleicher Höhe. Eine halbe Stunde lang zieht niemand einen einzigen Fisch heraus. Der Erste, der dann in seinem bloß phlegmatischen Todeskampf an Land gebracht wird, ist ein sorgsam vermessenes, achtzehn Zentimeter langes Fischchen, dem der Angler, trotz der erbarmungswürdig mickrigen Größe, gleich den Kopf auf die Planke donnert. Die Fischwelt platzt. Der Fischer schmeißt den unbelebten Leib in die Kiste. Aus Tier wird Speise. So träge wie der Fluss dahinzieht, hat da draußen eine einzelne Plastiktüte in gut dreißig Minuten die ganze Parade der Ruten vollständig abgeschwommen. Die Zeit wird elastisch. Ich fühle das Wetter im Mund.

In Vilnius sitzt das Lächeln locker. Die Kirchen erheben sich wie Zapfen aus den buschigen Löwenzahnwiesen mit breitkrempigen roten Hüten samt goldener Spitze. Heute sehnt sich die ganze Stadt nach einer Lage am Meer. Außerdem riecht es schon vor der Markthalle nach geräucherter Wurst, überall, auch über den Gartenmöbeln, den Säcken mit Saatgut, nach geräucherter Wurst. In der nächsten Halle wird dann das rohe Fleisch daliegen wie in einer Badeanstalt. Der ganz zarte Geruch von frisch Geschlachtetem ist zwar in der Luft, führte man aber jemanden mit verbundenen Augen hinein, er würde sie wohl weniger riechen als spüren, die warme Kühle, die von den fettbefreiten, bloßgelegten, schillernden Muskelsträngen in den Vitrinen transpiriert, und aus Gründen, die keiner erklären kann, tauchen hinter der Theke nacheinander Gesichter mit hässlichen Verbänden, verpflasterten Wunden auf.

Man kann in diesem Restaurant-Hinterhof in Riga das Lächeln der Kellnerin mit einem verlegenen Blick in ihren Ausschnitt quittieren, wo der Spitzen-

BH seinen durchbrochenen Saum in einem Halbkreis führt und ihr Lächeln von oben auch das meint, den Halbschatten zwischen Bluse und Körper, begleitet von einem sehr langsamen Blues, der aus dem Restaurantinneren in den Hof dringt. Die wahre Attraktion hier ist aber wohl die vom Abblättern der Farben, von Schwamm und Flechten besetzte Hauswand gegenüber mit ihrem Grundton von Altgelb. Im Sommer stehen hier alle Balkontüren offen, Sessel werden herausgestellt, Topfpflanzen und Wäschespinnen auch, die Gardinen wehen, und man kann förmlich atmen, wie die Luft von draußen in den Interieurs ankommt, und wie sie von dort wieder in den Hof schweift, sich der Polstermuff nach langem Sommer mit dem feuchten Atem des Hofes mischt. Manchmal kann man eine Person, meistens eine Frau im bunten Hauskittel, ans Fenster treten oder bloß innen vorbeigehen sehen, und während man isst, dringt man in die Ewigkeit eines Lebens ein, das hierbleibt, während sich die Satellitenschüsseln auf dem Dach suchend in alle Himmelsrichtungen wenden.

Doch da sind ja auch noch die beiden Frauen am Nebentisch, die Blonde mit dem Pferdeschwanz und dem breiten Ehering, die Schwarzhaarige mit der Ratlosigkeit im Gesicht und dem Whiskey Soda vor sich. Sie verlangen nach Wolldecken, die sie dann um die Schultern legen, blaue, karierte Autodecken, unter denen die rote Rüschenbluse verschwindet und das ärmellose Hemd auch der jüngeren, früher betagten.

Sie werden solidarisch Salat essen, während die angejahrte Business Lady mit dem jungen Knacker, kaum, dass sie sitzen, schon Fleisch bestellt haben. Ihm fehlt ein Schneidezahn, hat er sich geprügelt? Aber fünf gelbrot changierende Zuchtrosen hat er ihr mitgebracht, die dem Paar in einem geriffelten Pressglas nachgetragen werden. Erst sitzt er ihr gegenüber, dann rückt er im rechten Winkel heran, schließlich schmiegt er sich dicht an sie, breitet irgendeine Sorge aus, die sie anhört mit der Güte einer Sichherablassenden, die sich die Zeit nimmt anzuhören, dass ihr Lover auch so seine Probleme hat. Sie schlenkert ihre modische Sonnenbrille mit dem weißen Rahmen, während sie phlegmatisch gestikuliert. Die Probleme kommen ihr in die Quere, sie altert gerade. Auch die Rosen wären ihr lieber gewesen, hätten sie nicht ein Problem im Schlepptau gehabt. Selbst, dass sie einen Prosecco mit Eis trinkt, er aber einen Orangensaft mit Strohhalm, kommt ihr nicht entgegen, sagt ihr Gesicht.

Der Blues ist jetzt Dean Martin gewichen, der auch von einer Zeit singt, in der Männer zu einem Strauß Rosen weder Zahnlücken noch Existenzfragen mitbrachten. Andererseits haben der Ehrgeiz, die Enttäuschung und die Strapazen des Täglichen ihr

Gesicht ja auch härter werden lassen, als ihr lieb ist, und bleich ist sie auch wie der Kranz Hornhaut an ihrer Ferse, der unter den goldenen Riemchen ihrer Sandalen den Absatz überragt. Das Gute an seinen Problemen ist, dass er ihr zuhört, während sie sie kommentiert. Es wird auf Tarife hinauslaufen. Wie gut, dass das Mobiltelefon klingelt, als die Ratlosigkeit einsetzt und niemand hört, dass die Musik in diesem Augenblick »The Way You Look Tonight« anstimmt.

Auf dem Balkon gegenüber steht jetzt ein Einzelner und raucht. Die Wolken, die er in den blauen, frühabendlichen Himmel bläst, sind noch von hier unten vom Blau des Firmaments unterscheidbar, in dem sie sich auflösen, während die Lady und der junge Mann sich im Torbogen umsehen, in den Hof blicken, aber nicht ahnen, dass es perfekt war. Sie wollen nur nachsehen, dass sie nichts vergessen haben. Doch sie haben.

»Nach Jurmala«, habe ich zur Schaffnerin gesagt. Das sagt sich so leicht. Die Schaffnerin aber ist streng, sie muss die Tarifzonen und -klassen synchronisieren, Tabellen aus der Uniformjacke nesteln, Zahlenkolonnen mit dem Zeigefinger abfahren, und auch meine Fragen sind lästig und fremdsprachig. Der Strand von Jurmala ist einzig – eine Frau hatte mir von ihm erzählt und war kurze Zeit später gestorben.

Ein riesiger Ballsaal voller kommender, dann vom Wind weggetragener Stimmen ist er heute, gelöst daraus das Reibeisenschnarren der alten Frauen mit ihren Sonnenhüten, ihren Utensilien, ihrer Ausrüstung für alles. Eine Sexbombe kommt heran, am einen Arm einen Mann, am anderen eine Pigmentstörung. Sie hustet weich und gurgelnd und führt ihn spazieren, den Willenlosen.

Eine Frau aber geht direkt auf mich zu, aus der Unschärfe der Ferne lösen sich die vertrauten Züge. Tatsächlich, es ist die Zugschaffnerin, ein bisschen verlegen, vielleicht ihres Bikinis wegen, ein bisschen stolz auf die Privatheit dieses freien Montags. Sie sagt ganz galant:

»Sie haben für Ihre Zeit die beste Verwendung gefunden.«

»Und Ihnen tut das Meer auch gut«, erwidere ich.

Sie blickt auf eine Möwe, weil sie schreit, dann auf zwei Schwäne, weil sie nichts tun. Wenn man für die Beobachtung von Menschen Boote mieten, weit herausfahren und Geduld aufbringen müsste, würde man es auch tun und rufen: Da, ein Nestflüchter! Ein Steuerzahler! Ein Bademeister!

»Es ist so ein schöner Tag«, bemerkt sie, aber ihr Gesicht sagt, dass er es nicht ist, während ich die Kondensstreifen entlangblicke, die kreuz und quer über den Himmel gehen und die Motivkontraste verstärken. Paare haben sich im Sand ausgebreitet und freuen sich am Verlust ihrer Heimlichkeiten.

»Man ist richtig froh, auf der Welt zu sein.«

»Man hätte ja auch danebenfallen können«, erwidert sie.

Daneben. Als Kinder spielten wir gern »Leiche«. Da lagen wir dann verkrümmt, starr, »für tot«, mit verzerrter Grimasse auf dem Teppich, bis jemand hereinkam, sich erschreckte, sich über uns warf und uns mit Küssen bedeckte. Das Leben war nie so genießbar wie in der Wiederbelebung.

»Jetzt geht es weiter«, sagt sie, und es klingt wie ein Satz aus ihrer täglichen Zug-Routine. Ich gebe ihr die Hand und vermeide es, ihren Bikini anzusehen. Wie recht sie hat, denke ich, es ist so ein schöner Tag.

Eine junge Mutter am Strand, rauchend, das kleine Mädchen im Kleidchen an der Hand. Sie nehmen Platz neben einem väterlichen Mann im platten Sand. Mit der freien Hand, die eben noch das Töchterchen gehalten hat, schlüpft die junge Mutter nun in den Hosenschlitz der Badeshorts des Mannes und lacht übermütig, berstend vor Lebensfreude, worauf er unweigerlich begehrlich guckt, das Kind erst den Hosenschlitz, dann das Meer ansieht und anschließend in die Algen läuft, die wie dampfender Dung am Strand lagern, während die Hand der Mutter, deren Blick angewidert über die Algenhaufen geht, verweilt.

Wenn sich das Glück aus der Musik schält in einem Akkord, wenn eine Tonfolge plötzlich persönlich wird im Sich-Verlaufen und Abirren oder in der schönsten Zielstrebigkeit, im Schreiten des Adagios, wenn man nicht weiß, will sie die Peripherie erreichen, überhört werden, ist sie zerstreut wie ein Alter, der die Brille verlegt hat, oder ungestüm wie ein Junger, dem es nicht schnell genug gehen kann, wenn sie gehen, schweigen will, wenn sie ihre Pointe setzt, dann erscheinen in der Banlieue des Bewusstseins lauschende Einzelne, genau so Arretierte: ein Schuster, der seine Arbeit unterbricht und aufmerkt, ein Barkeeper, der in der Bewegung verharrt, eine Frau, die das Taxi nicht verlassen will, ehe die Komposition ihr Argument nicht zu Ende formuliert hat. Und man hebt den Kopf mitten in der Musik und spürt die Gesellschaft aller, die sich in diesem Moment noch versammeln.

Wie bemüht die Dame mit der Korallenkugelkette darum ist, schön gefunden zu werden, erkennt man daran, wie oft, wie fast hektisch sie nachsieht, ob der Blick noch steht, der sie aus der Distanz getroffen hat, und den sie zu kurz für einen begehrlichen, aber doch auch zu lang für einen gewöhnlichen Blick ausgehalten hat, und den sie zu eifrig verlässt, um die Augen wieder durch die Runde ihrer Gesprächspartner schweifen zu lassen mit geheuchelter Konzentration. Auch wenn sie den Mann nicht mögen sollte, der sie beobachtet – es passt ihr zwar gerade nicht, begehrt zu werden, aber es gefällt ihr. Jetzt beugt sie sich in ihrem theatralischen Zuhören sogar so weit vor, dass ihr die Gerbera aus dem Halsausschnitt auf den Marmorboden fällt. Niemand bemüht sich. Als sie sie endlich selbst wieder in die breite Furche klemmt, tut sie es mit Stolz, so als sei die Grobheit der Männer eine Folge ihrer eigenen Unnahbarkeit. Zugleich weiß sie, dass sie gemeinsam mit der Blume nun wieder den Blick des Mannes an ihrem Busen befestigt. Trotzdem nimmt sie es sich übel, so unbeholfen auf seine Aufmerksamkeit reagiert zu haben. Also nimmt sie sich vor, den Betrachter keines Blickes mehr zu würdigen und sich noch ein wenig interessierter dem näselnden Nachbarn zuzuwenden. Es misslingt. Und da sich ihre Augen nun schon einmal in den seinen wiedergefunden haben wie nach einer Abwesenheit, verweilen sie nun sogar ein bisschen länger, gekräuselt von einem Lächeln, das ausschließlich im Blick schwingt. Ihrem. Seinem.

Da steht ihr Nachbar auf, ein fetter, kurzhosiger, watschelnder Spanier, vielleicht ihr Mann, und klatscht dabei seine Hand auf ihren nackten Oberarm. Die kleinen Gesten jahrelanger Verachtung. Ihr ist im selben Augenblick ein rosiger Schauer über die Wangen gelaufen, und sie erhebt sich beschämt, den Träger ihres BHs unter die Spaghettiträger ihres Sommerkleides nestelnd. Plötzlich ist es verpfuscht. Sie geht als Geschlagene. Aber dieses waidwunde Gefühl ist es, das sie im Augenblick ihres Abzugs zum ersten Mal aus der Pose reißt und wirklich schön aussehen lässt.

Einmal kam der Mann, der zu ihren romantischen Zeiten noch der Halbwelt angehört hatte, zu einem abendlichen Essen nicht allein. Eine junge Frau war an seiner Seite. Sie setzte er in der großen Runde des Restaurants zwischen sich und mich. Er trug eine Sonnenbrille und redete vom Boxen. Mit den meisten Dingen des Lebens, bis auf das Essen, war er nicht einverstanden. Auch das Boxen kam ihm heutzutage verweichlicht und akademisch vor. Verweichlicht war an ihm selbst nicht einmal der Gestus, mit dem er das Baguette brach. Die Gäste im Rund des Tisches schnatterten los.

Die junge Frau zu meiner Linken hat ein hübsches Frettchengesicht und Brandwunden an den Händen. Ihren Lippenstift, rotmetallic, hat sie ein wenig über die Ufer treten lassen, damit der Mund üppiger wirke. Von Natur aus üppig ist nichts an ihr, sie ist von ökonomisch konzipierter Hübschheit.

Der ehemalige Halbweltler an ihrer Seite redet

milieuschlau daher, und weil ich ihre unverhohlene Straßenköterwitterung gerne mag und mit dem Mädchen lache, legt sie mir mehrmals die Hand auf den Handrücken, was der Mann an ihrer Seite erst goutiert, dann missbilligt. Aber wenn sie lachen muss, greift sie immer wieder nach meiner Hand, wie um sich festzuhalten. Sie ist eine Büglerin, sagt sie, besitzt mehrere Bügelsalons, beschäftigt andere Büglerinnen und dürfe sich deshalb als selbständige Geschäftsfrau verstehen. Als ihr Begleiter zur Toilette geht, reißt sie ein Blatt aus meinem Notizbuch, kritzelt ein paar Worte darauf und lässt sie in meiner Jackentasche verschwinden. Auf dem Fetzen, den ich unter dem Tisch entfalte, steht: »Nimm mich mit.«

Als Stunden später die Rechnung kommt, wirft der Halbweltmann bloß einen Blick darauf, dann lässt er sie zurückgehen mit den Worten: »Ziehen wir vom Schutzgeld ab.« Wir treten auf die Straße. Die Vögel haben schon begonnen zu singen, die versprengte Gesellschaft weiß nicht recht weiter, man legt den Kopf in den Nacken, einige stehen noch an der Garderobe. Da schlüpft die kleine Büglerin auf die Rückbank meines Taxis, und wir fahren der Gesellschaft davon.

Nach wenigen Metern Fahrt kurbelt sie das Fenster herunter, streckt ihre Beine auf die Höhe der Rückenlehne, hebt den Rock und löst die Strumpfhalter, um mit flachen Händen die Seidenstrümpfe, einen nach dem anderen, herabzurollen. Gelenkig wie sie ist, zieht sie sich am ausgestreckten Bein alles von der Fußspitze. Dann wirft sie die Strümpfe zum Fenster hinaus in den dämmernden Morgen, begleitet von einem Fluch für den düpierten Mann, der sie für diesen Abend gebucht und ihr vorher Leibwäsche zur Ausstattung gekauft habe. Ihre Beine lässt sie so ausgestreckt liegen. Sie sind jetzt herrenlos, die glatten, stämmigen Beine einer Büglerin, die auch eine selbständige Geschäftsfrau ist. Die frische Luft des frühen Morgens streift über sie dahin, und zufrieden wirft sie den Kopf in den Nacken, während ihre kleine dralle Hand mit den Brandwunden mitten in meinen Schoß greift, als sie sagt:

»So, und jetzt werden wir erst mal deinen Körper los!«

Eine Frau von hoher Dringlichkeit im Ton, attraktiv ungekämmt und mit einer Mixtur der verschiedensten folkloristischen Tücher um Hals und Rumpf, zieht mich in diesem ganz auf arkadische Schänke gemachten italienischen Restaurant an den Tisch mit dem »Reserviert«-Schild, wo sie in bronzener Bräune, duftend, mit der Bereitschaft, eines Tages füllig zu werden, ihren Mantel, der nach Zigarette riecht, auf den Nachbarstuhl schleudert, sich die Haare hochsteckt, damit ich ihren Bizeps sehen kann, und in großer Geschwindigkeit von einem Gärtner erzählt, der Tarcisio heißt, und von einem Beduinen-Diplomaten im Speisewagen, den sie belogen hat wie immer, von einem Gewitter, das das Dach gespalten hatte, von der Jugoslawin in der Herrentoilette, von einem Begräbnis, bei dem ihrer Meinung nach ein leerer Sarg ins Erdreich gesenkt wurde. Alle diese Geschichten kommen, lose verbunden, in ihr zusammenlaufend, direkt aus ihrem rhetorischen Kraftwerk, und ich lehne mich innerlich zurück, und sie fahren vorbei wie beschriftete Waggons, die metallisch auf die Gleise schlagen. Sie sagt jetzt, dass sie in Unterwäsche aus dem See gelaufen war, auf das Haus zu, um jetzt zu schreiben, frisch und vorbereitet, aber dann waren die Worte bloß wie Köttel gekommen, wie die Losung der Rehe vor der Schonung. Aber warm und angeregt wie sie war, hatte sie gesagt: Jetzt nur zu, irgendein Satz wird sich schon verfolgen lassen, und einmal am Tisch, verkleinerte sich alles, und sie sank darüber zusammen und schaute abwärts wie auf einer Fotografie, die ihr Vater damals auf Capri von ihrer Mutter, als sie noch verliebt waren, und was war das noch, was ich schreiben wollte, sagt sie, etwas auf »...ation« oder »...ihrung« jedenfalls, aber »isjaauchegal« kommt stattdessen, und das ist das Scharnier, in dem die Rede sich jetzt dreht, »isjaauchegal«, und ich drehe mich mit darin, das Gesicht vom Strom der Rede geschaukelt. »Ich war in Australien«, sagt sie gerade.

»Ich hab da mehrere Erfahrungen erlebt. Ich wurde im Fernsehen ausgestrahlt.«

Ihre beunruhigten, asiatisch geschnittenen Augen hinter der geschlossenen Zugtür schwimmen plötzlich im Wasser, was sie geniert, so dass sie abwärts, dann geradeaus, dann in den Bahnhof, dann verletzt in mein Gesicht schaut, ehe sie abrupt, die Klinke mehrfach auf und nieder drückend und das eigene Gewicht gegen die Tür werfend, noch einmal auf den Tritt steigt, sich zwei Tränen von den Wangen wischen lässt und sagt:

»Weißt du, was ich geträumt habe: Ich sollte einem Freund einen Nagel in den Fuß schlagen.«

Eine Frau am morgendlichen Kiosk, laut, übertrieben, vielleicht auch bloß überschwänglich. Als sie weg ist, sage ich:

»Na, die ist ja um diese Stunde schon hellwach.«

»Ja«, sagt die Kioskbesitzerin, »sie hat einen behinderten Sohn zu Hause. Da hat sie sich angewöhnt, so überdeutlich zu reden.«

Ein Kleinkind, eingenäht in eine Art Küchenhandtuch, stapft schreiend durch den kiesbestreuten Hof des Hotels. Erst als sich der Koloss am Nebentisch verschluckt, watschelt es hin, bleibt, aufgestützt auf den Tisch, betrachtend stehen, fasziniert, wie der riesige bärtige Körper mit dem Busch im Hemdausschnitt schaukelt und würgt. Er findet nicht Atem genug, um das Kind zu kommentieren oder wegzuschicken, würgt, schluckt, trinkt, wedelt durch die Luft. Das Kind ist ganz Betrachtung. Sein Blick ist von vollendeter moralischer Indifferenz. In diesem Blick treffen sich nach und nach die umsitzenden Gäste.

Auf vulkanischen Inseln, heißt es, träumt man stark. Am Nachmittag setzt sich eine lebenslustige Frau an meinen Tisch, der ich vor langer Zeit einmal begegnet war, an ihrer Seite ein Begleiter, der, wie sie mir, als er in den Waschräumen ist, flüstert, nach zwölf Jahren gesagt hat: Noch ein Fehltritt, und ich bin weg. Was soll sie machen, sie liebt die Liebe nun mal, vor allem, wenn sie neu ist. Und in aller Liebe feiert sie das Geschenk des Lebens. Vor zwei Jahren, erzählt sie in Hochgeschwindigkeit, war sie mit starken Unterleibsschmerzen nach Jamaika gefahren, erwartete im strömenden Regen unter dem Portal der Kathedrale eine sagenumwobene Heilerin. Bei der legt sie sich auf den Tisch. Die Frau greift ihr durch die Bauchdecke in den Leib, zieht ein Fläschchen mit schwarzer Flüssigkeit heraus, Narben entstehen, verheilen. Später sagt ein Arzt: Sie waren mal sehr krank. Die Schmerzen kehren nie wieder. Sie liebt das Leben jetzt mehr und anders und die Liebe sowieso. Sie lacht.

Als der Begleiter zurückgekehrt ist, sagt sie:

»Ein bisschen Transzendenz bewahrt man sich am besten für Zeiten auf, in denen man sie braucht, nicht Schatz?« Und fällt ihm um den Hals.

Der Düpierte, oft Gehörnte zuckt fatalistisch die Achseln, blickt sie an wie ein Stück Bauland und erwidert:

»Tja, Transzendenz, ist mal was anderes.«

Im Lokal wirbt ein Südländer um eine Frau mit Hund. Während seine Hand die ihre sucht, schreit die Frau den Hund an:

»Aus! Ich sach aus!«

Die Frau am Nebentisch beugt sich zu ihrem Begleiter:

»Das Schlimme ist, die Italiener haben keine Selbstachtung ...« Pause. »Und was noch schlimmer ist: Sie brauchen sie nicht mal.« Pause. »Weißt schon.«

Nicken. In Hörweite trägt die Frau mit Hund ihre Gänsehaut zu Markte. Sie sagt, sie sehne sich nach einem »Fels in der Brandung«.

»Ich bin kein Fels in der Brandung«, sagt der Südländer. »Ich bin die Brandung.«

»Was hat das mit Liebe zu tun?«, will die Frau wissen. Sie denkt flüssig, flüssiger als er.

»Liebe?«, fragt der Südländer, dessen Gesicht man diese gerade nicht zutraut. »Liebe, da bin ich nicht schlecht, das kann ich seit Kindertagen. Da bin ich ein Blitzmerker.«

Seine Vokabeln sitzen nicht, er ist Ausländer. Sein Deutsch hat er von früheren Frauen. Man hört es deshalb noch deutlicher durch: In seiner Routine bietet er allen Frauen, die kommen, den gleichen Abend an, den er sich schön ausgemalt hat. Mit jeder will er genau diesen Abend verbringen, der so schon existierte, bevor sie existierten, das fühlen sie. Er könnte diesen Abend vom Blatt spielen. Die Frau mit dem Hund, Fels hin oder her, hat nicht übel Lust, sich darauf einzulassen.

»Und wie willst du mich lieben?«, fragt sie kokett.

»Erst mal für immer«, antwortet er wahrheitsgemäß.

»Raus mit der Sprache!«, sagt der Freund, und ich stelle sie mir da innen vor, die Sprache als ein Massiv, und rede nicht. Die Gräser am Wegrand neigen sich mit jedem vorbeifahrenden Wagen, und der Staub der Straße liegt auch auf den Blättern über uns, und jetzt beginnt schon die Zeit der Pilze, in der die Bauern zum Schutz gegen die Vipern mit Tabak in den Schuhen über die Wiesen kommen.

»Wie hier die Zeit vergeht!«

Und da ich auch jetzt nichts sage, denn die Sprache und die Zeit, die beiden sind auf dieser Landstraße gerade ungegenwärtig, organisiert er einen ungeordneten Rückzug in den Spott. Wir besprechen die Gesichter, denen man nichts zufügen kann, streifen einen Freund, der zwei Tage unter einer spitzen Kapuze verbracht hatte, spotten, boxen uns sogar. Zwischendurch stützen wir uns vor Lachen mit beiden Händen auf die Knie, erschöpft wie nach einem Dauerlauf. Dann macht er wieder sein »Heut-verbums-ich-mein-Gehalt«-Gesicht und wirft die Frage auf:

»Kannte die Antike den Knutschfleck?«

Wir kommen bei der Kathedrale von Fiesole an und setzen uns in ein Orgelkonzert. Das Publikum hört nicht recht zu, der Organist hat bloß gut geübt, und der Kinderchor rührt durch vierzig aufgerissene Schnäbel. Trotzdem verlassen wir die Kirche schweigend, spazieren über die nächtlichen Hügel, wortlos in den letzten César Franck eingehüllt, durch die Epoche der Choräle. Aus dem Gebilde des Einen, der wir waren, sind wieder zwei Einzelne geworden, Auseinandergeworfene, die in ihrem Alleinsein stabil, wenn auch bedrückt auf die flimmernd bewegte Stadt zugehen. Die Heiterkeit ist gewichen. Sie ist nicht das Wichtigste. Schließlich haben wir in der Musik nicht sie, sondern die Veränderung eines Zustandes gesucht und ergriffen. Endlich riecht der Weg auch nach Blättern und verborgenen Blüten, und erst als die Straßen breiter werden, reden wir auch wieder, aber abwesend und unreif wie junge

Dichter, die immer gleich mit dem Spätwerk beginnen wollen.

An den Abenden geht in Catania ein Hauch über die Stadt, das ist der Atem Afrikas. Hoch über der Gasse schaukeln dann die Laternen, und es ist wie ein Kerzenflackern, das die Straßen erst jetzt entzündet. Aus dem gelben Licht der Gasse taucht man in das grüne Neonlicht der Trattoria. Einzelne Herren sitzen an Tischen so klein, als habe man sie nur für Einzelne hingestellt. Alle essen vor sich hin. Manche führen mit einer Hand die Gabel, während sie mit der anderen in einer Illustrierten blättern. Nur selten fällt ein Wort. Ist es ein Scherz, ist er für alle. Ist es eine Anweisung, gilt sie dem Kellner, einem Barsch, der mit hängendem Schnauzbart zwischen den Tischchen schwimmt.

Manchmal lacht er abrupt, sogar höhnisch, wie in einer wegwerfenden Geste sich selbst gegenüber. Wie kann man ihm, ausgerechnet ihm gegenüber, höflich sein! Will er zum Essen ermuntern, was verschiedentlich nötig ist, so wischen seine blassen Lider über den hellen Augen auf und nieder. Was ein Zwinkern andeuten soll, ist eine grässliche Koketterie, die er selbst sofort mit einem lautlosen Lachen quittiert. Findet er auf dem Teller schließlich einen zurückgelassenen Essensrest oder bloß eine Öllache, die nicht mit dem Weißbrot aufgenommen wurde, so steigt durch seinen Blick etwas unendlich Trauriges, und mit dem Pathos eines Menschen, der geduldig großes Unrecht zu ertragen bereit ist, schleppt er leise solche gezeichneten Teller hinaus.

Gezeichnet auch er. Man ist versucht, sich beim nächsten Gang den Magen zu verderben, um seinem fleckigen Gesicht nicht wieder dieses Weh anzutun. Findet er zuletzt auf einer weißen Untertasse extra für ihn zurückgelassenes Geld, so lacht er gleich wieder sein ungezogenes Lachen, fällt wie geschlagen in Richtung Tür und reißt sie auf mit einem Gesicht, als öffne er seinem Glück die Tür zu ander Leuts Leben und werde selbst nie wieder so froh sein. Wer sich dann noch einmal nach ihm umdreht, kann sehen, wie die Mimik in sich zusammenfällt. Seine Theatralik ist Ausdruck einer in jahrelanger Routine still grotesk gewordenen Praxis, die höflich wirkte, als er jung war und die jetzt das Fratzenhafte seines Alters angenommen hat.

Ich werde ihm etwas Schönes sagen. Alles für die Luft, etwas wie: »Sie sind ein Gentleman vom Scheitel bis zur Seele.« Er wird den Kopf senken als ein Pater doloroso, danken, und sein Gesicht um das Wort »Problembewusstsein« herum organisieren und sagen: »Danke vielmals, bitte höflichst.«

Um zehn Uhr abends setzt die Maschine in Casablanca auf. Es ist kurz vor Weihnachten, aber warm nach einem Tag des Regens. Der Fahrer des alten grün-weißen Mercedes W108 mit den durchgesessenen Kunstledersitzen sagt: nein, nicht drei, sondern fünf Stunden seien es bis Essaouira, der alten Hafenstadt auf der in den Atlantik ragenden Landzunge. Ich strecke mich hinten aus, die Luft von draußen riecht nach Muskatnüssen. Einmal kommt ein Spielmannszug, die Musiker sämtlich in roten Westen, durch den strömenden Regen. Einmal stürzt ein strohgelber Papierdrachen durch den Nachthimmel und hebt sich gleich wieder in die Höhe, elegant wie die Flugbahn eines Gibbons zwischen zwei Zweigen.

An einer Dorfstraße hält der Fahrer lange nach Mitternacht bei einem lebendigen Nachtmarkt mit Metzgereien, Ständen voller Südfrüchte, Autozubehör, buntem Plastikgeschirr für die Küche. Wir überspringen die Pfützen im Kies auf dem Weg zu dem offenen Lokal, spucken Olivenkerne in den Sand und trinken schweigend schwarzen Kaffee.

Nebenan packt sich der Metzger eine Rinderhälfte. Sie ist so schwer, dass sie in seinen Armen mit dem Phlegma eines strauchelnden Pyknikers plump zu Boden geht. Der Metzger, der dem Rind eben noch die Halsschlagader geöffnet, es gehäutet und geteilt hat, beugt sich jetzt als ein Samariter, hebt die Körperhälfte, umarmt sie erneut und trägt sie über die nasse Straße fort, strauchelnd, denn er wird fast von ihr erschlagen. Es ist wie der Tanz zweier, die sich nicht einigen können, wer führt.

Am nächsten Tag dringt der Sirenenton des Muezzins in den einsetzenden Regen, dann lamentiert das Schimpfen des Klempners in dessen Singsang hinein, weil sich das Klo nicht am Boden fixieren lässt. Katzen steigen aufgereiht, vier hintereinander, über die Dächer, schreiend wie Babys vor Lust. Eine alte Frau wird nachts vor der Tür erschienen sein, ich werde mit Kindern auf der Uferpromenade mit der Aussicht auf den Offshore-Windpark in der Bucht Fußball gespielt haben, und doch wird später das Verweilen im Transit des Nachtmarkts, dies dezentrale, aus der Mitte herauslaufende Leben das Wirklichste der Reise gewesen sein.

Den Tag hatten wir in der Kanzlei eines Menschenrechtsanwalts in Amman zugebracht. Ein nervöser Mann in einem billigen kleinen Büro in der ersten Etage eines Wohnkomplexes. Die Sessel aus rotem Alcantara, abgeschabt, einer mit eingerissener Sitzfläche. Eine Zimmerpalme, kein Empfangsbereich, ein abgelaufener Kalender an der Wand mit einem Foto von Berchtesgaden. Selbst am Tag brennt das Licht, das aus Neonröhren dringt, gelb-grünes Streulicht. Der Anwalt, schmal und wieselflink, agiert überzeugend für seine Mandanten, vergisst dabei aber den eigenen Vorteil nicht. Als wir die Kanzlei verlassen, wirkt er desorientiert. Vermutlich ist dies nicht seine Kanzlei, ist gar keine Kanzlei, sondern ein Büro, das man mietet, wenn man eine verdeckte Adresse braucht. Er führt uns zum Essen. Die Speisen wählt er aus der Vitrine für alle, davon versteht er was. Auf den Platten klappern Schalentiere, die aus fleischigen, dickschaligen Zitronen besprenkelt werden.

Im Anschluss an die Mahlzeit, es ist jetzt bald Mitternacht, lädt er Nina und mich zu sich nach Hause auf einen Kaffee. Dem Sozialstatus der Mandanten, dem Büro, der Volksküche dieses Restaurants nach zu urteilen, wird sein Zuhause einer jener ärmlichen Mietsblöcke am Stadtrand sein, in dem er mit seiner Frau und den vier Kindern lebt. Doch gleiten wir mit dem Wagen durch die Spaliere der Wohnsilos hindurch, bis hinaus in die Dezenz der Villengegend, wo das Garagentor der Fernbedienung gehorcht.

Das Vestibül des Hauses, das er uns öffnet, ist aus Marmor und die Wohnung, in die wir eintreten, dreihundert Quadratmeter groß, behängt mit Wandteppichen, ausstaffiert mit brokatbezogenen Polstermöbeln, Ölschinken, vergoldeten Statuen, einem Zimmerspringbrunnen, arrangierten Stillleben. Im nächsten Zimmer warten Plastiktulpen in Amphoren, arabische Lederbänkchen, Gebetsteppiche, Arbeiten aus Steinintarsien und Majolika, Suren auf Emailleplatten rings um den laufenden Fernseher zwischen leeren Vasen und den orangefarbenen Rücken von Penguin-Taschenbüchern.

»Sie werden meine Familie kennenlernen«, sagt der nervöse kleine Mann und pfeift den Söhnen. Sie schlendern aus den hinteren Gemächern heran, hochgewachsene, zentnerschwere Halbwüchsige von zwölf und vierzehn Jahren, die, bald doppelt so groß wie er, jetzt verlegen dastehen, nicht wissen, wohin mit den Händen und kalbsköpfig die Blicke der nächtlichen Besucher meiden.

Die Gattin kommt wenig später hinzu. Sie ist die wahre Mutter der Söhne, kolossal auch sie, von tiefer, bärbeißiger Güte. Sie führt uns herum. Jedes Zimmer, sagt sie, besitzt ein eigenes Blütenaroma. Die fetten Knaben wohnen in Azalee und Magnolie, die Mutter residiert in Jasmin. An der Haustür machen sich die Töchter bemerkbar, heimgekehrt aus der Nacht von Amman – schmale Hüninnen mit schwarzgezeichneten Zügen, erschütternd schön und durchlässig, bewegt und unironisch in ihrem Respekt.

Wir lassen uns in die Sitzgruppe sinken, trinken den Kaffee schwarz, der Vater prunkt mit seinen Kindern, den gewichtigen Söhnen, den filigranen Töchtern. Ehefrau und Ehemann blicken sich an mit der Wärme von Komplizen. Auf dem Höhepunkt der Eloge kündigt er einen letzten Coup an: Jetzt wird einer der Söhne für uns musizieren. Der Ältere zieht einen Flunsch und verschwindet. Man lässt es ihm durchgehen. Der Jüngere zieht auch einen Flunsch und will entweichen, aber es hilft ihm alles nichts: »Hol dein Instrument!« Was wird er spielen? Eine Anzad, eine Pferdekopfgeige, eine Mortar-Trommel, eine Tahardent, eine Kerblaute, eine Robab?

Als der kolossale Junge jedoch wieder im Türrahmen steht, trägt er das unwahrscheinlichste Instrument im Arm, das man in einer Nacht in Amman erwartet: einen schottischen Dudelsack. Und nachdem er erst sich selbst, dann den Sack aufgeblasen und schon Minuten lang gespielt hat, identifizieren wir im Kreischen und Zirpen allmählich, was er da spielt: die unwahrscheinlichste Musik, den Titel aus »Der Pate Teil 2«, hervorgebracht unter Presswehen. Er trifft kaum einen einzigen Ton und ist nach der Reprise des Themas so erschöpft, dass er sich setzen muss. Die Eltern aber haben sich sanft wiegend dem Stolz über dieses monströse Geheul überlassen und glühen noch nach, während sich der Junge entfernt wie eine getretene Kreatur. In der Euphorie über dies außergewöhnliche Musikerlebnis suchen wir das Weite. Die Mädchen winken mit schmalen blassen Händen hinter und über ihrem Vater hervor, der zum Abschied im Türrahmen steht und spricht:

»Ihr werdet nach Jordanien zurückkehren und finden, was ihr sucht, einen Freund, einen Bruder, einen Vater, einen Beistand, was ihr wollt: mich!«

In einer afrikanischen Bucht erwache ich unter einem verhangenen, gar nicht afrikanischen Himmel. Aus den geöffneten Klassenzimmerfenstern singen die Kinder zum Nationalfeiertag, das Nörgeln des Muezzins vom Minarett fällt ein, aber auch eine Kirchenglocke ist hörbar. »Der große Derdiedas« wird angesungen. Ich sitze reglos und denke, was für eine schweigsame Religion du vertrittst. Im Kindesalter ein bisschen Geißelei im Doctor-Martini-Lutheri-Stil, Chorgesang, schlechtes Gewissen und Frevelei. Dann hast du aus Glaubensgründen jedenfalls keinen Krach mehr gemacht. Immer diese Ruhe, als lägest du im Mutterleib und hörtest den fernen Gewittern zu.

Die Sonne steht nur auf einzelnen beigegelben und rosa Häuserwänden, aber nicht am Himmel. Jungen ziehen einen toten Fisch an einem Faden hinter sich durch den Sand, mit dem sie etwas anlocken wollen. Ein Alter mit einem Wald weißer Haare, die auch aus den Ohren treten wie Holzwolle aus einem Teddy, geht unter dem Fenster vorbei und sagt: »Eines Tages holt die Natur sich alles zurück.« Dann schlurft er weiter, als gehe er voran.

Abidjan hat bessere Zeiten gesehen. Die Fassaden der Prachtbauten schimmeln oder werfen Blasen, Einschusslöcher haben die Glasportale durchschlagen. Die Bürgersteige haben sich abgesenkt, man blickt wieder direkt in die Kanalisation. Der internationale Kaffeepreis ist auf dem Tiefstand, also kauft die Regierung die nationale Produktion auf und bunkert. In den Hotels sitzen Makler, ziehen jeden Morgen aus, um irgendjemanden im Zollamt zu bestechen und ein paar Tonnen aus dem großen Vorrat abzuzweigen. Meist erfolglos. Ja, sie war einmal vielversprechend, diese Stadt. Seit Tagen trinke ich den ersten Kaffee des Tages und einen nächtlichen Wein an der Hotelbar unter den Kaffeemaklern.

Aber dann, an einem Samstag im Sommer, nimmt Abidjan plötzlich Haltung an. Alles bewegt sich in eine Richtung, dem Stadion zu, wo seit den Morgenstunden aus weitem Umkreis Fußballfans zum Spitzenspiel der Liga eintreffen: Die »Mimosen« gegen die »Adler«. Wer keinen Platz bekommt, zieht in Kreisen um das Stadion oder hängt im Fenster benachbarter Häuser. Alles schreit, alles feiert, Prostituierte kobern Freier an, Schwarzhändler wedeln mit Ticketbündeln, Schilder warnen: »Wer trinkt, fliegt raus.« Ismail, der Stillste unter den Kaffeemaklern, verkauft die Stadionzeitung singend. Die Stadt hat ihren Rhythmus gefunden.

Rund um das Spielfeld brodelt die Arena. Der Platz ist ein begrünter Acker, auf dem die »Adler« mühsam niedergerungen werden. Am Ende hat auch der Anschlusstreffer von Okolossi nicht mehr geholfen, es triumphieren die favorisierten »Mimosen«. Wirklich verloren aber hat wieder einmal der Schiedsrichter, der von den Rängen mit Dosen beworfen wird und sich deshalb bis lange nach dem Abpfiff mit seinen Assistenten im sicheren Mittelkreis verschanzt. Dann begleiten ihn vierzig hochgerüstete Polizisten auf dem Weg in die Kabine, und die einzige weiße Frau im Stadion steigt neben mir auf die Bank, schreit, die Faust in den Himmel reckend wie die Freiheit, die das Volk anführt:

»Aveugle!«

Und der müde Blick des Mannes hebt sich wirklich zur Tribüne, als wolle er sagen: »Auch du.«

Das große Behagen der Fläche: die Badenden an diesem Strand sind lose verteilt, ein paar Abgelegte, ein paar Torsi, die unregelmäßig aus dem flachen Wasser ragen, gemächliche Armzüge absolvieren zwischen den Wellenbrechern, schließlich zusammensacken im Sand – eine Bewegung wie das Schreiten der Kamele in der Steppe, träge wie die Heimkehrer, die über die afrikanischen Wüstendünen kommen, als kämen sie zu sich: ausgestreute Menschen.

In ein Bild eintreten, in dem sich alle Anschauung zum Begriff verdichtet: Kein Bild Afrikas hat sich mir so eindringlich und permanent eingeprägt wie das der Staubstraße, keine Straße, ein Weg eher, auf dem Menschen allein, mit Tieren, Hand in Hand als Paare und Gruppen in die Ferne wandern, angezogen von dieser Ferne. Man sieht Lasten tragende Esel, Ziegenherden, hinter denen ein Junge mit seiner Gerte läuft, Rinder mit wuchtig geschwungenen Hörnern. Erst auf den zweiten Blick erkennt man auch die Hütten hinter den Zäunen, sogar solche auf einem Sockel aus geklopftem Lehm, solche aus Adobe-Ziegeln. Im Innern liegen rote Zwiebeln, Kartoffeln zu kleinen Pyramiden aufgehäuft. Eine staubgesättigte Hitze lastet über dem Bild, die sich im Beigebraun des hellen Himmels verliert.

Es gibt in diesem Moment kaum zielgerichtete, zweckorientierte Handlungen, eher Zustände. Selbst die Kinder, die vom Straßenrand mit einem Büschel Gemüse winken, tun es wie um des Bildes willen. Vielleicht haben sie nie einen Wagen zum Stehen gebracht, aber ihrer Scharade sind sie treu geblieben. Sie wedeln und sacken zusammen, sobald der Wagen mit unverminderter Geschwindigkeit auf ihrer Höhe ist. Das Wageninnere haben sie für Sekunden gesehen – zwei Zustände überkreuzen sich, Menschen tauschen für Augenblicke die Rollen, und »Ja«, sagt der Fahrer großspurig, »dieses Volk hat das ganze Potential, das Land zu verändern.«

Gabeynesh, die Tochter eines äthiopischen Dichters, hat auch im Exil den Habitus bewahrt, der den Abessiniern das Prädikat der »african arrogance« eintrug, nein, sie hat ihn erst richtig veredelt. Wenn sie eine Wespe verscheucht, tut sie es mit einer langsamen, graziösen Geste von einiger Müdigkeit, und ihr Gesicht nimmt erst verspätet, wenn die Wespe schon über alle Berge ist, eine Haltung von Missbilligung ein. Diese Langsamkeit der Bewegung findet man in der Gestik, im Schritt, in der Wortwahl, sie ist aber ohne Manieriertheit. Gabeynesh sucht jedes Wort, als sei es versteckt, sie meidet jedes indezente, und als sie mir erklären will, dass die Äthiopier »Klo« nicht aussprechen, spricht sie es nicht aus, findet aber auch kein Synonym, das sich aussprechen ließe, nur eine Pause wie ein Loch.

Sie sieht mich selten an, und wenn, dann wie um sich zum Reden zu motivieren. Fast immer friert sie im Freien, über ihren Arm läuft dann eine Gänsehaut. Trotzdem bleibt Gabeynesh da draußen stehen, um sich an die Kälte zu gewöhnen. Im Sommer schillert die Sonne in den vier Impfnarben ihres Oberarms. Sie ist völlig arglos, beobachtet aber genau. Wenn sie ein Bewerbungsgespräch hat, bemerkt sie, dass bei allen afrikanischen Kandidaten die Tür angelehnt bleibt. Also will man sie eigentlich nicht.

Mit der Vergangenheit Deutschlands möchte sie mich nicht blamieren, spricht deshalb statt vom Nationalsozialismus nur vom »German behaviour«. Ihr Lachen verzieht sich nur langsam, dann blickt sie in die Welt mit einem Blick, auf den kein Entsetzen zukommen wird. Zum Abschied legt sie ihre Hand in meine wie eine Papierrose. Einmal hat sie eine CD in einen Laden zurückgebracht und dem Verkäufer gesagt:

»Darauf war sehr viel Musik. Ich wollte aber doch mehr Melodie.«

Der Händler verkaufte ihr mehr Melodie.

»Danke von Herzen«, sagte sie. »Möge der Herr Sie vermehren.«

Wenn man im Museum an den frühhistorischen Gegenständen sieht, wie sich das Ornament vom Praktischen emanzipiert, kommt es einem vor, als verfolge man das Erwachen. Was mehr sein soll als nützlich, was sich unterscheiden, was nicht allein gut gemacht sein will, was seinen Zweck nicht nur erfüllen, sondern über ihn triumphieren, seinen Macher verraten, seinen Benutzer freuen und ehren soll, das ist das Bewusstsein. Wenig hat davon der Hammer, viel der Regenschirm.

In Addis Abeba schaue ich einem Straßenjungen zu, der sich übt, Steinchen in einen Hut zu werfen. Ich frage, ob er Lust habe, mich in das Museum zu begleiten, in dem er nie gewesen ist. Wir müssen das Museum durch einen hinteren Treppenaufgang betreten, da die Haupttreppe an einem ausgestopften Löwen vorbeiführt. Der Junge tat ein paar Schritte in die Halle, erstarrte beim Anblick des Löwen und war nicht zu bewegen, seinen Weg an diesem vorbei zu nehmen. Er glaubt dessen Tod nicht.

Die meisten Vitrinen im ersten Stock sind ausgeweidet, geplündert oder nie gefüllt gewesen, leer. In einer steht einzig ein verlorener Becher, die Erinnerung an die Olympischen Spiele von 1924. Den schaut sich der Junge nur im Vorbeigehen an. Stehen bleibt er dagegen vor den Gebrauchsgegenständen eines Oromo-Stammes, einem Schöpflöffel, einer Kelle. In einem langen Zögern hat sich sein Gesicht vollständig verdüstert, als er fragt:

»Warum habt Ihr den Oromo ihr Werkzeug weggenommen?«

Ich erkläre, dass es hier hingebracht wurde, damit man es ansehen und eine Vorstellung davon gewinnen kann, wie die Oromo essen. Er hört sich das lange an, bleibt aber bei seinem Fazit:

»Ich finde es nicht richtig, dass Ihr denen das weggenommen habt.«

»Die Oromo haben auch ein Museum«, sage ich, »in dem sie nachsehen, was für Geräte du zum Essen benutzt.«

»Aber mir haben sie nichts weggenommen.«

Will ich am Stadtrand von Addis Abeba im Distrikt mit dem Namen »Vier Kilo« spazieren gehen, schickt mir die Frau aus ihrem Frisiersalon ein robustes Mädchen mit, das mit wahrem Namen »Blume der Augen« heißt, aber »Kebele« gerufen wird, was so viel heißt wie »Fleck«. Ein Straßenkind, das bei einem Streit mit einem Türsteher gewalttätig wurde und danach sein Zuhause verlassen musste. Wenn wir irgendwo Limonade trinken, stemmt Kebele ihr freundliches Gesicht immer wieder in die kräftigen, vernarbten Hände, die zuschlagen können.

Zur rechten wie zur linken Seite des ausgefransten Straßenrandes verteilt sie Almosen. Manchmal orientiert sie sich hinter mir, später erfahre ich: um mich vor den Taschendieben zu schützen. Die Minibusse verlangsamen, aus dem Inneren schreien mir die Schaffner ihre Fahrtziele zu. Was ist das: ein Weißer, der mit einem schwarzen Mädchen von vielleicht fünfzehn Jahren an der Straße spaziert, noch dazu einem, das da marschiert wie eine Kindersoldatin?

Als ich in den Hof gerufen werde, wo fünf Frauen Kartoffeln schälen, bin ich endgültig weibisch, weil ich sitzen bleibe und ihren kehligen Erzählungen über die Braut zuhöre, die von dem Kupfer im Wasser rote Zähne hat und doch eine gute Frau ist. Ich bleibe sitzen, lese einen mutlosen erotischen Roman. Parallel dazu fleddern zwei Kindermädchen mit Krummsäbeln Lammfleisch vom Gerippe. Es überblendet sich eine Phantasie aus nackten Lesbierinnen-Leibern mit dem Bild des rohen Fleisches, das zwischen den Fingern der Frauen schmatzt.

»Ich liebe dich nicht in meiner Muttersprache und nicht in deiner, der des Moll«, sagt die Nichte der Tante in derselben Nacht. »Ich liebe dich fremdsprachig, also optimistisch und bejahend.«

Wir gehen zu Bett. Ich staune in ihr Gesicht, das des Verlangens, des zehrenden Verlangens. Aus dieser Fülle tritt im Begehren vor allem die große Mangelerscheinung heraus, eine einzige Grimasse der Entbehrung.

»Dein Gesicht ist aber auch Moll«, sage ich.

Irgendwo auf der Welt, in einem Wald. Das Bild der Ferne schlägt man auf wie eine Partitur. Im Halbdunkel der spät einbrechenden Nacht ausgestreckt auf dem zu kurzen Lager unter freiem Himmel, versuche ich mich zum Zug der Wolken auf die Geräusche zu reduzieren. Die Bemühung zielt darauf, sich im Geist nicht zu entfernen, sondern alles Hörbare, Wahrnehmbare in dieselbe Distanz zu stellen, so dass ein Gewebe entsteht, das mich einhüllt wie ein Kleid. Das Rattern eines fernen Triebwerks im Rauschen der Stadt, ein schleifend über die regennasse Straße herankommendes Auto, darüber ein Signal aus drei Tönen, ein Wind, der sich mal einmischt, mal wegduckt, ein allgemeines Wehen, erst in den Bäumen, dann im hohlen Fenster der ersten Hütte, in der Fensterflügelbrechung, das silberne Zittern der Uhr, eine Haustür. Diese Wohlempfindung schwingt, alles stimmt sich in eine Ordnung. Jedes Geräusch definiert sie, jedes löscht sie für einen Augenblick. Dann treten die Pläne, die Gesichter, die Aufträge durch den Spiegel des Bewusstseins. Dann stehen und verblassen auch sie. Das Wolkensfumato treibt über sie dahin. Nichts passiert wirklich. Nur gibt und nimmt die Entfernung und lässt sich nicht abstellen. Welche Bedeutung hatte dies Signal? Wer tritt durch die Tür? Und morgen?

Eine Frau steigt in die U-Bahn, angezogen wie eine Automobilistin aus den Zwanzigern mit Fellmütze und Rallye-Handschuhen. In ihrer Miene macht sich die leidgebremste Erkenntnis breit, dass sie kein Ereignis ist für diese Bahn. Du bist auch untergegangen, denke ich. Dich nannte man ehemals eine »Frau von Welt«. Heute gibt es dich nicht mehr und nicht den »Mann von Welt«, der sich länger hielt. Einmal hörte ich einen enttäuschten Toyboy sagen:

»Ich lebe mit einer klassischen Frau von heute. Es funktioniert nicht. Als Nächste nehme ich eine Frau von morgen.«

Alle sind untergegangen und doch noch da, aber so, als könnten sie sich – wie alles im Vorgang der Dekadenz – noch einmal, mitten im Fall, entfalten und schön sein wie eine Perle, die im Bauch der kranken Auster ruht. Aus ihrer Umhängetasche zieht die Frau ein populär gestaltetes Buch, auf dem Cover eine Blondine, eine Pygmäin, Schirmakazien und die Wüstensonne, darunter der Titel »Ich folgte den Trommeln der Kalahari«. Genau.

Wie beschreibt man das Gebäude, vor dem ich sitze? Das Vergrößerungsglas auf Dinge richten, deren Natur es ist, zu verschwinden, eine Perspektive finden wie vor dem Sterben: Fassen, was fassbar ist. Da ist ein Vogel in der Luft, der die Richtung ändert – wie es scheint aus Überschwang.

Ich suche das Gebäude, doch nichtssagend bleibt es. Als ich den Giebel isoliere, sehe ich mich im Internat auf dem Dachfirst sitzen und Krabben schälen. Als ich mich auf das schmale Seitenfenster konzentriere, rührt die Nachbarin in ihrem Topf und schmeckt ab mit dem breiten Löffel. Jedes scharf gesehene Detail wird mir unscharf, weil ich es nur historisch sehen kann. Eine Angestellte tritt aus dem Portal. Die Wirklichkeit dieses Gebäudes wird ihr Gesicht sein, als ich sie frage:

»Könnten Sie mich bitte mal unscharf fotografieren?«

Greta liest Julien Greens verdüsterten »Leviathan« im Garten ihres Sommerhauses auf einer Ferieninsel. Während sie sich durch die Schatten dieses Romans bewegt, ist sie auf dem mit Päonien bedruckten Liegestuhl bäuchlings hingestreckt, ohne Bikini-Oberteil, die eleganten braunen Beine gespreizt, während aus dem Wohnzimmer ein Zusammenschnitt der schönsten Opernarien von Maria Callas dringt. Sie hebt erst den Kopf, dann den Oberkörper so weit, dass ihre Brüste sich aus den Päonien lösen, schiebt die Sonnenbrille mit dem Zeigefinger abwärts und näselt:

»Ich weiß nicht, da kann ich noch nicht so richtig mit warm werden, mit dieser Vorstadtidylle.«

Nachts klingelt das Telefon. Am anderen Ende der Leitung sagt eine Stimme flüsternd: »tick tack tick tack …«

»Warum nennst du mich rührend?«, fragt sie mit einem Unterton von Ereiferung.

»Lass doch«, sage ich, »was mich nicht rühren kann, ist mir gleichgültig.«

»Aber was soll denn rührend an mir sein?«

»Dieses hochsitzende Fältchen auf deiner rechten Wange zum Beispiel«, sage ich, ohne es anzusehen, »dieses nur Millimeter lange Fältchen«, sage ich, immer noch ohne hinzusehen, »das ist dein ›Für Elise‹.«

Sie geht zum Spiegel: »Stimmt, da ist so ein Fältchen. Und das soll rührend sein?«

Sie möchte es wegmassieren.

»Wäre es dir unangenehm, wenn ich es mal berühren würde?«, frage ich.

»Ja, wäre es, aber mach es trotzdem.«

Als mein Zeigefinger dort entlangfährt, fühlt er nicht die Haut, sondern den Widerstand. Das Fältchen wird dadurch nicht weniger rührend.

»Du bist schon ein komischer Vogel«, sagt sie, als müsse man das sein, um sie berühren zu wollen. »Ich schau mal nach meinem Kind.«

Sie steht auf und wird, während sie im Nebenzimmer zum Kindchen in seinem Winterschlaf spricht, wieder Frau ohne Fältchen.

Sie, die ihrem Vater nie genügte, genügt ihm immer noch nicht. Das ist das Kind, das nicht zerstört werden konnte. So isst sie selbst in der Winternacht einen viel zu großen Eisbecher mit Eierlikör. Ihr Gesicht reagiert immer noch auf Autorität. So steht sie im Schneegestöber und fischt mit dem Fäustling nach der einen zu schnell fliegenden Flocke, die gerade frontal ihr Gesicht ansteuert. Als dieser Geste wegen irrtümlicherweise ein Taxi anhält, besteigt sie es, obwohl sie es gar nicht wollte, winkt mir aber gleich darauf zu, als wolle sie noch immer die Schneeflocke aus der Luft wischen. Sie agiert vor einer unsichtbaren Kulisse, getrieben von indirekten Impulsen, Übersprungshandlungen, und ihr Gesichtsausdruck hat sich in diesem Wirrwarr in die Sicherheit hinter dem Lachen zurückgezogen.

Ich komme nachts zurück in das ärmliche Hotel und finde den Nachtportier, einen aussortierten Lebemann, über einer Illustrierten. Sein Kopf hängt lange über jeder einzelnen Seite. Die Frauenbesitzer zeigen sich hier von ihrer stolzesten Seite, und die Eheprostituierten danken es ihnen mit effektvoller Zuwendung.

Der Portier gesteht, dass er sich »zu seiner Zeit« gerne bei den schönen Frauen aufhielt. Ich höre nicht recht zu, bis er sagt:

»Es waren nie die Hübschen, nie waren es die Hübschen, die mich verrückt gemacht haben. Es waren immer die anderen.«

Ich habe mir einen Stuhl genommen. Es ist gut. Es ist Nacht. Der Alte redet von der Vergangenheit, von »seiner Zeit«.

»Eine schöne Zeit. Die Kindheit war noch nicht erfunden. Warten Sie.«

Er fischt aus einem Pappkarton ein Foto von Schulkindern aus den frühen Vierzigern mit ihren gescheitelten Köpfen und gebadeten Physiognomien, frisch aus dem Dritten Reich geschlüpft, und er schwebt mit dem Finger über den Gesichtern und fragt:

»Moment, wer bin ich?«

Das fragen wir uns gerade beide.

Nachts im Hotel. Ich saß noch am Tisch, las und schrieb. Sie lag schon im Bett mit Sonnenbrand und Erschöpfung. Nach kurzer Zeit hebt und senkt sich die Bettdecke auf ihren Schultern. Wie die Dünung des Meeres. Schöne Schultern. Sie betrachtend, denke ich, dass es die Müdigkeit war, die sich heute zwischen uns stellte, nur die Müdigkeit. Und doch. Es fühlt sich an, als schwimme sie hinaus, von mir weg, und ich bin zurückgelassen, vielleicht schon aufgegeben. Ich dehne die Arbeit künstlich aus, drehe mich mehrmals zum Bild ihrer Schultern um, ringe mich durch zum Alleinsein.

Dann setze ich mich im Dunkel des Vorraums auf einen Stuhl. Das amputierte Gefühl der Entbehrung dehnt sich. Von außen dringt nun leise eine mühselig gewundene Melodie, vorgetragen von einem Waldhorn, eine menschliche Stimme dazu. Im verlassenen Zimmer glüht noch die Tischlampe. Unberührt auch das Weinglas. Ich stelle mir die Fortsetzung ihres vertrauten Körpers unter der Decke vor, sein Selbstgefühl im Schlaf. Wie ich sie in der Brandung betrachtete. Sie würde nach Sonne riechen, nach Sand und Sonnenöl, denn vom Meer kommend, hätte sie sich in ihrer Erschöpfung nicht mehr geduscht. Dann rieche ich das Sonnenöl, höre, wie ihre Stimme im Schlaf mit mir spricht, dann, wie sie seufzend die Decke rafft. Es wurde egal. Ich hätte auch gehen, die Tür hinter mir zumachen, aus dem Fenster springen können. Ich bleibe sitzen.

Das allein ist gerade wirklich: die Hornmelodie, die Stimme, der Lichtschein und der Hauch eines Schlafes, der das Zimmer füllt. Viel später öffnet sie die Augen, sieht mich an und flüstert, mitten aus einem Traum heraus und so, als sei dies der Ertrag des Schlafs:

»Es ist nämlich so: Man kann sich das Leben erst nehmen, wenn man es sich gegeben hat.«

June ist eine Steinbildhauerin in Wien. Tagsüber arbeitet sie mit schweren Motorsägen am Basalt, trägt eine Schweißerbrille gegen den Funkenflug, einen Kittel, eine Ballonmütze, unter die sie ihr blondes Haar packt. Abends geht sie zu Fuß in ihre kleine Wohnung in einem Vorort, legt ein schwarzes Kleid an, eine Lederjacke dazu und besucht Vernissagen. Isst von den Buffets, verwickelt das anwesende Personal der Kunstszene in seltsame Unterhaltungen und ist meist früh wieder weg. Manchmal wird sie auch von Galeristen oder Künstlern zum Essen eingeladen. Auch da bricht sie meistens früh auf. Sie braucht Zeit für sich. Niemand weiß – June ist so hübsch und jung, dass man sie wohl für die Tochter wohlhabender Snobs hält –, dass sie kein Geld hat, gar keines. Ihr ganzes Leben widmet sie, ohne es so dramatisch zu nehmen, wie es klingt, der Kunst. Dazu gehört auch der Besuch an den Buffets, das Essen mit Kunstsinnigen. Auf diese Weise ernährt sie die brotlose Kunst.

An einem Abend ist sie also wieder hungrig unterwegs zu einem Empfang, als beim Verlassen der U-Bahn der rechte Schuh zerreißt. Dies ist ihr letztes Paar. Der Schaden, das weiß sie, kann nicht behoben werden. Er wird sie das Essen und die Vernissagen kosten, die Heimlichkeit ihrer Armut und ihr zweites Leben. Aber erst als sie den Bettler vor der Tür sieht, kommen ihr die Tränen angesichts seiner Freiheit, die sie nicht hat: die Hand auszustrecken und so mit dem im Luftraum schwebenden Handteller eins zu werden mit dem sozialen Status, demaskiert, aber erkannt.

Das nächtliche regennasse Pflaster, das Wandern durch die Reklamen, die Bedrohung durch Autos und auf andere Weise durch Schaufensterauslagen. Später werde ich sagen, ach, diese Hochgeklappte-Kragen-Stimmung: Das war Wien. Eine junge Frau ging vor mir durch den nächtlichen Arkadenhof. Ich freute mich an ihrem langen Zopf, den sie nach hinten über die Schulter warf. Aber als sie in den Lichthof des Hauseingangs trat, war es ihr Schal. Das blieb.

Ich bin hier froh gewesen, halb leer froh, auf spekulative Weise froh, und wenn etwas Politisches den Horizont eintrübte, verfolgte ich seine Auflösung im Live-Ticker. Wenn Leute auf ein Gebäude zuströmten, war ich unter den Zuschauern, mitten in der Erwartung, die sich in der Luft verteilte, nicht gebündelt vom Saal. Sie trugen dem Gebäude etwas an: Gib, sagten sie, sei, wünschten sie, mach uns Werden!

Einmal lerne ich eine Frau in Schwarz kennen, die als »pompe funèbre« arbeitet. Das sind jene professionell Trauernden, die als Repräsentanten der Stadt denen ohne Angehörige das letzte Geleit geben. Wir sind in der ersten Verliebtheit. Als der Sarg kommt, gehe ich hinter den Gebüschen mit. Sie, mit der Silhouette einer Chauffeurin, schreitet gleichermaßen für die Gesellschaft, für den toten Obdachlosen auf seinem letzten Gang und für mich, in dessen Blick sie ihre Pavane tanzt als ein stattlicher Pfau, der sich im Innehalten die eigene Hand küssen wird.

Ein Mann blickt über den Rand der Speisekarte direkt auf den Busen der Bedienung. Sie aber hat den Kopf zum Nebentisch gewendet, als sie fragt:

»Und gefällt Ihnen, was Sie sehen?«

Er erwidert: »Ach, das hatte ich schon oft.«

Ihre Augen treffen sich nicht, ihre Sätze ebenso wenig.

»Entschuldigen Sie, Ihre Antwort habe ich nicht verstanden«, sagt sie.

»Es gibt mehr Fliegen als Antworten«, erwidert er.

Sie sagt: »Entschuldigen Sie, Ihre Antwort …«

Jetzt schauen sie sich erstmals in die Augen. Ab da wird tatsächlich ein Gespräch daraus.

Eine Frau tritt ins Restaurant mit einem kühnen, intelligent gereiften Knabengesicht, eine Zwanziger-Jahre-Gestalt auf dem Weg in den Spätsommer ihres Lebens. An ihrer Seite geht ein Junge, schön im grauen Pullunder, mit einem Kopf, der sich im Sitzen zwischen die Schultern duckt. Was immer er ihr ist, sie behandelt ihn wie eine Mäzenatin, wie ihren Künstler, ihre Entdeckung, sie will ihn, sie fordert ihn, und sie wird das Essen bezahlen. Er ist bei seiner Idee, redet zum Tischtuch. Sie erlaubt sich, ihn unverhohlen anzuhimmeln. Das ist ihre Libertinage. Unter der schwarzen Strähne, die sie trägt wie eine Morphinistin auf einem Gemälde von Christian Schad, fixiert sie ihn immer so lange, bis er wegblickt. Aber er blickt rasch weg. Er kann nicht. Er kann auch nicht spielen. Außerdem hat er Ideen und andere Motive, hier zu sein als sie. Aber als der Wein kommt, lehnt er diesen nach kurzer Prüfung ab, setzt ein Zeichen. Sie legt jetzt mit stummer Theatralik die Hand unter ihr Kinn, wendet sich ihm noch mehr zu, jetzt gefällt er ihr noch besser. Er ist bei seinen Überlegungen, sie hört ihm zu, hört ihm aber eigentlich nicht zu, sie ist bei ihm.

Als er in den Nassräumen verschwindet, lehnt sie sich zurück, mustert jeden im Restaurant, hält jeden Blick länger aus als jeder andere. Denn alle geben nach. Sie bezieht ihre Herrschaft von da. Der Junge schlendert zum Tisch zurück, beugt sich und küsst sie kameradschaftlich auf die Wange, beschwichtigend. Bezaubert und erniedrigt zugleich, errötet sie. Es wird schwer werden, ihm dieses Erröten zu verzeihen.

Die leise Form der Liebe, die geneigte. Da schwärmt der Junge in die Verliebtheit und ist gleich wieder draußen. Da schwärmt er wieder hinein in die Verliebtheit, und eine Ablehnung weiter wird er wieder hinausgetrieben, aber jetzt in die Liebe. Seine Reflexe sind vielleicht immer noch die des Verliebten. Als Liebender dagegen hält er an sich, bleibt betrachtend. Sie legt ihre Hand auf seinen Arm. Die Liebe ist eingetreten in dem Moment, in dem beide sie dort vergessen.

Champagnerstimmung: Es ist schön, dass die Erde gekrümmt ist, dass man Wolken von oben sehen kann, dass Körper sich wölben können, dass Salat grün ist, dass es Geschwindigkeit gibt, dass man sie fühlen und manchmal selbst bestimmen kann, dass Sprache allein dich zu Freunden bringt, dass die Flamme unberechenbar ist, dass es harmlose Schadenfreude gibt und freigebige Redseligkeit und Schaulust und Tierliebe, dass Gesichter ein Versprechen sein können, dass man sich an nichts ernähren kann, und dass sich ein Jenseits auftut, wohin man auch blickt.

Und dann der asketische Christuskopf des Fußballers, der Mann am Tisch, der im Gesicht der Geliebten liest wie in einer Speisekarte, der Alte, der sich als »der Witwer einer ungeborenen Frau« bezeichnet, der junge Kerl, der auf den Bahnhof geht, um sich Abschiede anzusehen, die Frau mit den schmutzigen Augen, eine Tierurnendesignerin, eine Schaum-vor-dem-Mund-Geborene, sie sind alle die Zeitgenossen eines Tages, an dem der Geist der Traumsachlichkeit die Figuren im Raum verteilt wie auf einem Spielbrett.

Nach der Vorführung, so steht es in der Einladung, wird der Regisseur ein paar Sätze zum Publikum sagen. Er war früher Stotterer. Dies sind die Gelegenheiten, bei denen er es wieder werden könnte. Also tritt er, als der Abspann durchgelaufen ist, vor die Leinwand und begrüßt das Premierenpublikum. Er spricht unsicher, einmal, weil er unter der Last der gerade gesehenen Bilder spricht, aber auch, weil er generell nicht gut spricht. Mit einem kleinen Scherz aber findet er ganz gut in sein Fahrwasser. In der ersten Reihe hört ihm niemand besser zu als seine Ehefrau. Ihre Lippen bewegen sich mit jedem Satz, den er spricht. Jedes Zögern und Stottern gleicht sie aus. Ihr Blick ist mütterlich, jedes Mal, wenn er ihn streift, wird er unsicherer. Sie spricht, was er sagt, mit lächelnd angespannten Lippen stumm und auf einem begütigenden Nicken mit. Als er das sieht, verhaspelt er sich zum ersten Mal. »Ich werde dir bleiben«, sagen ihre geschlossenen Augen, während sie und er gerade allein sind, »komme, was wolle.«

Eine junge Frau hängt nächtlich über der Brüstung der Brücke. Sie schreibt kopfüber, die Worte Buchstabe für Buchstabe bauend. Zwischendurch richtet sie sich auf, um die Sprühdose klackernd in der Nachtluft zu schütteln. Ich muss erst die Brücke verlassen und auf der leeren Uferpromenade ankommen, um lesen zu können, was sie dort, von hinten nach vorne buchstabierend, in Blocklettern in die Welt schreit: »Reikyo, mio amore, come back, you are my allelujah.«

Die Stadt beginnt gerade. Ich laufe in ihr Erwachen hinein, Gesichter suchend. Und was finde ich: bauchfreie Mütter, ihre Kleinkinder energisch hinter sich her zerrend, humpelnde Alte in Blue Jeans, weißhaarige Ordensschwestern mit Rucksack, Witwen in Leggings, Großmütter samt Enkeln, die im Gehen aus der Flasche trinken, all die Ondulierten, Gefärbten, die kunstledernen Mädchen mit Anoraks in den Farben von WC–Steinen. Und die Gucci-Witwe in Schneestiefeln. Die Falten in ihren Gesichtern aber sind die von ausgetretenen Schuhen.

Die Wirklichkeit übernimmt erst mit den Radieschen-Verkäuferinnen, die ihre roten Büschel an abgearbeiteten Händen in den Passantenstrom halten und ihr Kopftuch tragen wie eine Livree. Ein blondes Mädchen in Schneeweiß hat ihren Geliebten auf einer Parkbank zurückgelassen und geht unter den Bäumen mit einer erloschenen Zigarette auf und ab. Als sie mich um Feuer bittet, fliedert es mir aus ihrem Halsausschnitt entgegen. Der Geliebte hat sich brüsk weggewendet, ist aufgestanden, den Fluss entlang zügig auf und davon gegangen. Ich versuche ein beschwichtigendes Wort.

»Die Liebe wird überschätzt«, sagt sie.

»Da wäre ich mal nicht so sicher«, behaupte ich. Aber sie erwidert:

»Wenn sie nicht überschätzt wird, warum bin ich nicht im Himmel?«

Und ich behaupte nichts mehr.

Der Lastkahn auf dem Rhein trägt den Namen »Esperanto«. Eine Frau im BH, ausgerüstet mit einer winzigen Bürste, scheuert seine Außenbordseite. Über ihr schreitet gerade der rot geziegelte Kirchturm vorüber, der seit Jahrhunderten aus einem Ensemble von Häusern ragt, gleich welcher Häuser, gleich welcher Industrie. Er schaut ihr nach. Abgewandt über der Reling hängend, sieht sie den Turm nicht. Er lässt den Glockenschlag hören. Sie arbeitet.

Der Turm ist wie der Alte auf der Bank neben mir, als er sagt:

»Ich gehe ungesehen und unverstanden.«

Auch Esperanto.

Das Spielen zwischen den Feldern, am Bachlauf unter den Weiden, mit den blassblütigen Erben starkknochiger Bauern; die unbefestigten Straßen, das Gestrüpp in den Wegrainen, die Fruchtbarkeit der weiten Felder, zwischen denen die Höfe vereinzelt standen – all das neigte sich, von heute aus betrachtet, einem anderen Zeitalter zu, verdammt nicht, sich zu wandeln, sondern zu verschwinden.

In der Stadt dagegen sind heute die Gassen so frisch, die Fassaden so kostbar. Ich laufe immer mit erhobenem Kopf herum, immer mit dem Blick in den Himmel, an den Säumen der Giebel und Firste entlang. Die Häuser sind in diesen Zonen schön, unbelebt und unverschmutzt. Es ist die Liebe zur Großstadt, die jetzt in die Gasse tritt, als sich die Straßenbahn in die Kurve neigt und durch den fallenden Schnee herankommt. Wie unzeitgemäß, diese Düsternis, und dass sich zwei Straßenkehrer in ihren strahlenden Westen unterhalten, auf zwei Reisigbesen gestützt, und dass sich Menschen an der Haltestelle mit Schirmen aushelfen. Es erinnert mich an die Auslage eines Geschäfts für Brautmoden mitten im Krieg im Kongo – sie war Kunst.

Nachts fliegen oft große Libellen an die Gitter vor den Lichtschächten des Hotelzimmers, rasseln mit ihren Flügeln über den Maschendraht und verursachen dabei ein Geräusch, wie wenn man eine Korallenkette in einen Ventilator hält.

Auf der anderen Seite der Straße öffnet gerade das Kino seine Seitenportale, und die Besucher strömen in die Nacht. Zum Gekreisch der Geigen sieht man den Vorhang in einen Kuss hineinfahren. Genau wo sich die Vorhanghälften treffen, werden auch die Lippen aufeinanderliegen. Das muss ja so kommen, denken sich die Ersten, ihre Kleider raffend, das können wir uns sparen, und schon schieben sich im Flackern der Laternen zwei Jungen auf der Straße eine Getränkedose zu. Jetzt ist ja Nacht. Also ein Film weiter. Jetzt riecht die Luft nach Regen. Der Wind mischt sich ins Spiel ein. Er bestimmt nicht den Sound, er ist Mitwirkender, und während der Ältere der beiden Jungen die Dose geschickt auf seinem Schuh balanciert, sagt er gerade:

»Die kennste doch, die Isolde, die mit dem tiefen Ausschnitt.«

Es gibt auch diesen Augenblick, in dem der Gesichtsausdruck der Tennisspielerin mitten im Schlag schweift und weich wird. Er hat jetzt nichts mehr mit dem Schlag zu tun, ist eher wie ein Blick, der über eine Abendlandschaft dahingeht, einer, der im konzentriertesten Akt ziellos wird. Oder die Volleyballspielerinnen, die sich nach jedem erzielten Punkt zum Kreis stellen, um die Arme ineinanderzuflechten, und man sieht zu, wie sie sich finden müssen, diese sich flechtenden Arme, bevor sie liegen. Der Sport ist am reichsten in seinen Nebenhandlungen, in den Ausdrucksbewegungen, die an kein Ziel führen und die keiner Inszenierung unterliegen, sondern die sich einstellen, weil gerade Bewusstlosigkeit herrscht. Da, in der Unverständlichkeit der ineffektiven Handlung, ist er verschwenderisch.

Die Spielerin wird gefoult. Ihre Beine heben sich vom Boden in ihren weißen Stutzen, die Waden schweben in einer Horizontale. Dann stürzt sie. Der blonde Pferdeschwanz breitet sich fächerförmig im Gras aus. Die Decke der Halme nimmt ihn auf. Nichts ist gerade so schön wie das sonnenbeschienene Haar auf dem Gras, das lichtdurchflutete Haar über dem schmerzverzerrten Gesicht, Haar auf Gras.

Dass die Belgierin Tia Hellebaut im Olympischen Finale des Damenhochsprungs die Kroatin Blanka Vlaši zwar habe schlagen, ihre Jahresweltbesthöhe aber nicht habe erreichen können, wird zugunsten der schönen Favoritin Vlaši im Text angemerkt. Aber erst als über die bösen Blicke der Frauen, die bösen Blicke von Vlaši gen Hellebaut, auf der Pressekonferenz der Satz fällt, Vlaši habe das Zeug, den uralten Weltrekord der Bulgarin Stefka Kostadinowa vom 30. August 1987 einzustellen, und als zum Namen »Kostadinowa« vor meinem inneren Auge das welke Gesicht einer osteuropäisch Strengen erscheint, mit starken Knochen und einer dunklen Warze auf der linken Wange, da ist das poröse Hochplateau dieser Warze plötzlich umschwärmt von den Bildern der damals noch rothaarigen, pausbäckigen und staksig anlaufenden Blanka Vlaši, die inzwischen die Favoritin und Weltmeisterin ist, heute aber dennoch die Gesichtswarze einer alten Bulgarin brauchte zur Wiedererweckung der Welt des Sieges und des darin eingeschlossenen Glücks.

Die Stabhochspringerin mit dem hauchdünn gezeichneten Gesicht, den Segelohren, dem Babyteint führt ihr Selbstgespräch mit flüsternden Lippen, grimassierend neben dem Griff-Ende des Stabs. Sie läuft in schwarzen Schuhen an, die wie orthopädische Gehhilfen an die Ausläufer ihrer schmalen Beine geknetet wurden. Sie springt ab, ihr Körper streckt sich in einem Sehnen, einem Gieren nach Höhe, nach Lösung aus der Gravitation. Wenn Zigaretten, Küchengeräte, Schokoriegel in den Weltraum schweben können, warum nicht sie? Ihr Knie, ein Kinderknie, das von Stürzen aufgeraut wurde, touchiert die Latte, die ein bisschen nur ins Torkeln kommt. Doch schon auf gleicher Höhe nimmt das Gesicht der Springerin einen Ausdruck an, als lege sie ihren Kopf ins Kissen, um zu schlafen, und in diesem Schmiegezustand lösen sich ihre Züge in eine Freude, die noch nicht Euphorie ist, sondern Genugtuung, Behagen, Wohlsein. Hier, noch in der Luft, eingeschlossen in die Atmosphäre des Augenblicks, will sie eigentlich sein, vor dem Applaus, vor dem Wandeln auf der Erde, vor dem Gesicht-und-Geste-Machen und Jubeln.

Die philippinische Taxifahrerin fährt ein Gesicht durch die Stadt, von dem sie weiß, dass es einmal schön war. Darin ist beides: das Glück darüber, mit einem schönen gelebt zu haben, das Bedauern darüber, es nicht mehr zu tun.

»Meine Nase«, sagt sie, »stammt noch aus jener guten Zeit«, und demonstriert diese angehobene, verschlankte, mit einem anständigen Rücken ausgestattete Nase. »Die stammt aus meinen lebenden Jahren.«

Sie sagt auch: »Heute bin ich Witwe, ich muss arbeiten. Meine Tochter ist siebzehn, und ich fahre siebzehn Stunden täglich.«

»Wenn sie 24 ist, werden Sie den ganzen Tag fahren?«

»Lieber wäre ich Kassiererin oder Serviererin oder so was. Aber das geht nicht.«

An der Ampel legt sie den Kopf in den Nacken wie zum Sekundenschlaf. Es ist zwei Uhr früh.

»Sie sollten schlafen.«

»Gut«, sagt sie. »Am Flughafen gibt es eine Garage, wo ich im Wagen ein paar Stunden schlafen kann. Da falle ich nicht auf.«

»Sie werden die schönste Nase der ganzen Garage haben.«

»Ich weiß. Und noch immer erinnert sie mich an meine lebenden Jahre.«

Die japanische Bedienung eines deutschen Sushi-Restaurants zum Geschäftsmann:

»Setzen Sie sich!«

Er: »Was soll diese imperatorische Rhetorik?«

Sie blickt ihn an. Jedes Tier zittert um sein Leben, keines tritt auf die Lichtung und bangt nicht um alles. Ihr Gesicht ängstigt sich, als müsse sie noch heute das Land verlassen, ihr Leben retten.

»Was hast du da?«

»Da ist nichts.«

Ich streife über die Glätte ihrer Stirn oberhalb der Nasenwurzel, wo früher die lotrechten Falten waren, die sagen wollten: Mit mir ist auch nicht immer gut Kirschen essen. Ich muss mich konzentrieren. Ich sehe nicht so scharf wie früher.

Sie sagt: »Ich habe eine neue Haut.«

Ich fühle sie im Solarplexus, beuge mich vor, damit sie mein Gesicht nicht sieht, suche in ihrem Haar nach ihrem Parfüm: Was ich finde, ist in der Sommerhitze ein Duft wie von kaltem Wasser. Der Duft war die Temperatur.

Ich sage: »Dein Haar ist kühl.«

Sie geht, angezogen vom trüben Licht, ins Bad.

»Ich will dich kennenlernen«, sagt sie und tritt vor meinen Medikamentenschrank, alles genau inspizierend, dann:

»Stirbst du früh?«

Ich denke an einen Sterbenden, der sagte: Ich glaube, morgen bin ich krank, und umarme sie wie einen Kubikmeter Schaumstoff. Was uns gelingt, gelingt uns nicht in der Sprache. Ich sage:

»Du hast so schöne Gliedmaßen.«

»Danke«, erwidert sie, »aber was war das noch mal: Gliedmaßen?«

Ein andermal weiß ich mich in meinem Überschwang nicht zu lassen.

»Es ist so schön mit dir«, sage ich, »so schön.«

»Warum?«

»Du bist so ...« Ich suche, ihre Züge trüben sich ein, weil ich überhaupt suchen muss, »so ein ...«

Sie zieht die Brauen hoch: »... so ein was?«

Ich fühle meinen verlorenen Posten, treibe auf See: »So ein Individuum.«

Sie stimmt ein langsames, hohnlachendes Crescendo an:

»Danke, das ist ja herrlich, ein Individuum, er sagt, ich bin ein Individuum …«

Besonders ergreifend ist immer die kleine Feierlichkeit vor dem Kuss. Wir küssen uns ohne diesen Ernst. Ich sage:

»Unsere Lippen passen zusammen.«

Sie erwidert: »Meine Lippen passen auf alles.«

Stand vom Tisch auf, schweifender Blick über eine halbkalte Tasse Kaffee, einen Taschenkalender, einen Theaterprospekt, eine Werbung. Kein Obst in der Küche, Ermüdung. Ein Arbeiter gegenüber, in der roten Weste an einem geöffneten Kasten arbeitend. Zum Schreibtisch zurückgekehrt, provisorisch über den Papieren gehangen. Hinaus in den Flur gegangen, eine Postkarte am Boden gefunden, darauf die gravitätische Vorbeißer-Physiognomie eines Königs. Vor die Tür getreten, gerade rechtzeitig, um die ersten Tropfen zu fühlen, die wie verlangsamt aus dem Einerlei des Himmels fielen. Die ausgestreckte Hand hineingehalten, glücklich. Denn jetzt wird sie auf ihren flachen Schuhen über den Bürgersteig kommen, laufend, die schmale Silhouette in dem elegant-lässigen Regenmantel verhuscht. Sie wird sich im Eingang schütteln, ihre nassen schwarzen Haare striegeln, kein Auge für mich haben, und ich werde sie im Duft des Regens, in ihrem Zappeln und Hecheln, in ihrer Unaufmerksamkeit inmitten dieses wie ein Konfettiregen daherkommenden Schwarms unbemerkt wärmer umarmen als heute früh, als sie das Haus verließ und in den Regen hinein sagte:

»Es sind noch ein paar Tränen im Bett.«

Wie kann das sein: Ich komme im Sommer in ihr Zimmer. Sie kniet am Boden vor ihren Regalen im kurzen Rock und sammelt aus alten Büchern getrocknete Blumen: Akelei, Anemone und Wicke. Sie sammelt sie selbstvergessen auf ihrem linken Oberschenkel, dessen kraftvolles Rosa die pergamentene Trockenheit der Blütenblätter unterlegt, die auch wirklich ein Lufthauch aus der geöffneten Gartentür anhebt und bewegt, ohne sie fortzutragen, zitternd wie Mottenflügel.

Wenn man in der Geschichte den Einzelmenschen erhaben dachte, malte man ihn überlebensgroß, errichtete ihm Denkmäler, geleitete ihn mit Märschen. Heute sind die Möglichkeiten, einen Menschen in die Erhabenheit zu heben, vielfältiger und allgemeiner. Die Musikvideos stellen ihn in die Naturgewalten, überblenden sein Bild mit Wüstenstürmen, Feuersbrünsten, dem tobenden Ozean, sie lösen ihn aus der Verhaftung an die Erde, lassen ihn fliegen, befreien ihn aus der Gravitation.

Der Greis, der vor der Fensterfront eines Medienmarktes in die Auslage starrt, sieht auf hundert Monitoren dem Sänger auf dem Felsvorsprung über dem Canyon zu, wo der Wind das flatternde Wams bläht und die ausgebreiteten Arme sich einem Lebensgefühl öffnen. Der erhabene Mensch erlebt seine Glorie, während er verschwindet. Der Greis vor dem Schaufenster dagegen stößt die Fäuste in seine Manteltaschen und redet in den stummen Raum. Er ist, in diesem Augenblick, als Allegorie der nicht bildfähigen Welt, des Lebens in der Differenz, der eigentlich Erhabene.

Ein Obdachloser vor dem Plakat einer Frau, die im weißen Häkelbikini am Strand liegt und an einer Muschel lauscht. Auf der Höhe ihres Gesichts spricht er sie an:

»Was muss ich über dich wissen?«

Sie lauscht. Offenbar wirbt sie für etwas, das im Bild nicht zu sehen ist, aber wer kennt schon den Unterschied zwischen Lotion, Emulsion und Bodymilk? Er wandert abwärts zu ihren Beinen, sieht sich ihren Schoß an, schlendert wieder auf Brusthöhe und fragt:

»Und? Was muss ich wissen?«

Vielleicht lebt sie im Speckgürtel von Warschau, von Minsk oder Kiew, hat heute Morgen weißes Rührei zum Frühstück und einen Saft aus Orangenkonzentrat. Ein Wagen fährt vorbei mit der Aufschrift »Schwangerschafts-Elektronik«. Der Mann dreht sich um:

»Und was ist nun das schon wieder?«

Er wendet sich wieder der Frau auf dem Plakat zu, steht auf der Höhe der Muschel, schaut den Bikini-Körper, den Strand entlang und sagt:

»So geht Glück nicht!«

Er ist im Verhältnis zur Welt ringsum gerade der Vernünftigste.

In ihrer rechten Leiste sitzen drei tätowierte chinesische Schriftzeichen. Die bedeuten was?

»Friede«, sagt sie.

Heißt das, jeder, der sich ihrer Scham nähert, soll seinen Frieden finden? Ausgerechnet! Soll vorher seinen Frieden machen? Und was ist mit der Aufregung, der Rastlosigkeit, der heidnischen Sünde und der Lust am Frevel? Auch in der linken Leiste wimmelt es von Zeichen. Es ist wie französische Gartenarchitektur: Alle Statuen gestikulieren durcheinander. Alle wollen, alle bedeuten etwas und machen zu viel. Es ist die Übersetzung der Soap Opera in Körpermalerei. Hat einer Kopfschmerzen, packt er sich an beide Schläfen, redet er über Zukunft, richtet er den Blick zum Himmel, ist er Arzt, wäscht er sich die Hände und stellt ein Rezept aus. Und das soll ich nun in ihrer Leiste entziffern? Beherzigen sogar? Wer so weit gekommen ist, dass er dies lesen kann, der sollte es besser nicht mehr verstehen wollen.

Wie verstörend das Hässliche doch wirkt in der Gestalt des Hübschen. Sie schaut nun herab auf den Leser ihrer Leiste und ist gerade auf diese Weise hübsch mit ihren aggressiv aufragenden Brüsten, den schmalen Lippen, den in der Anstrengung leicht schielenden Argusaugen, jetzt, da ausgerechnet durch meinen ratlosen Blick über die tätowierten Leisten das Ferment der Anziehung freigesetzt wird, das Vage-Werden.

Wenn man in den USA um 5 Uhr 30 aufwacht, dann predigen im Fernsehen die Handelsvertreter Gottes, die Evangelisten mit ihren Headsets. Ich kann meine Augen nicht wenden von einer weißblonden Mittfünfzigerin, die sich offenbar Grundzüge des Bühnen-Entertainments angeeignet und gelernt hat, kleine, milde Lacher einzuflechten. Diese Pointen sind das Weltliche in ihrer Rede, weshalb sie das Schmunzeln im Saal dann auch mit einem toleranten »Wir-sind-alle-Menschen«-Lächeln quittiert. Ihr Gesicht aber bleibt dabei faszinierend kalt und scharf. Zwischendurch verläuft sich diese Rede allerdings in Satzbrüchen, Agrammatismen und Gestotter, als habe Gott seine Hand temporär von ihr abgezogen. Die gute Rede darf nie stolpern, nie unfertig scheinen, man glaubt ihr nicht, wenn sie es nicht einmal schafft, sich die Grammatik zu unterwerfen. Die gute Predigt muss geoffenbart wirken.

Ich gehe auf die Toilette, komme zurück, inzwischen wird ein Wunder gegen Gesichtsbehaarung empfohlen. Als unglaubliche Monstrosität fungiert hier eine stämmige Australierin, deren Vergangenheit mit einem Bild dokumentiert wird, auf dem sie einen teils buschigen, teils schütteren Kinnbart trägt, dem Arafats nicht unähnlich. Im Interview ist sie überwältigt vor Freude, was sich darin äußert, dass sie ganz leise und demütig spricht, und tatsächlich ist ihr Kinn dabei blitzblank. Die Enthaarungsmethode allerdings bedient sich bloß eines klebrigen Streifens, den man auf das Kinn bringt und zügig abreißt. Da sind sie nun, die leise Stimme der Euphorie über »das Wunder« und »das Wunder« selbst, ein haariger Klebestreifen, einem alten Fliegenfänger verwandt.

Erst denke ich, ich sei noch in der Predigt und das Wunder meine ein kosmisches. Es ist aber bloß ein kosmetisches. Doch nicht zufällig sieht die Australierin aus, als sei sie für beide gleichermaßen empfänglich.

Die Frau lebt auf dem Waden-Tatoo ihres früheren Liebhabers fort. Während jeder unverhohlen in die von dort in die Welt gehenden Augen starrt, weicht man ihrem Blick im Leben lieber aus, bleibt doch ihre Realität hinter der Schönheit des Bildes immer weiter zurück. Genauer gesagt: das Bild erblaut wie ein altes Foto, wird aber Ikone, die Frau verbleicht, wird aber real in dem uninteressierten, vom Nichts inspirierten Blick. Einmal habe ich gesehen, wie sich die Augen der beiden Verflossenen trafen, und sie konkurrierten.

Ehefrauen, lebenslänglich gefangen im Damenprogramm: Sie sehen ihren Gatten schwärmerisch an, einmal, weil sie ja ehemals wirklich so schwärmten, dann, weil andere gerade zusehen, schließlich, weil das eigene Gesicht aus Bequemlichkeit in diesem Ausdruck der Bewunderung stehengeblieben ist. Es ist auch leichter, denn so können die Ehefrauen, während sie dies Gesicht machen, an etwas anderes denken. Mit den Jahren wird die Pantomime immer perfekter, aber auch immer verlassener. Manchmal sitzen sie jetzt allein im Lokal und sehen so schmachtend vor sich hin, als gebe es in ihrem Leben etwas, das diesen Ausdruck verdient hätte. Aber da ist nicht einmal ein Hund, nicht einmal eine Handtasche oder eine Heimwehzulage, und gibt es nicht Mädchen, die schon mit achtzehn Jahren anfangen, ihre Jugend zu spielen? Sie werden Frauen, die erst dulden, dann geht das Dulden in das Begehren über. Dann haben sie alles erreicht, lassen ab, finden in ein neues Dulden, und am Ende hat das Leben aus einer Handvoll unüberschaubarer Gefühle ein Haschee gemacht.

Eine solche Frau, eine, die mit Anstand kapituliert hat, vertraut mir an:

»Mein Mann liebt mich nicht. Als er mich zum ersten Mal ins Bett nahm, war er was? Ein Kitz? Nichts war an ihm, das nicht gewesen wäre wie ein junges Tier, das in seiner Zärtlichkeit nicht abgebrüht ist, sondern bedürftig. Jungtiere drücken ihre Liebe noch aus, als sei sie lebensnotwendig. Zwanzig Jahre später ging er allein hinter den Busch. Es dauerte drei Minuten, und er war von der lästigen Heimsuchung befreit. Am Sex, hat er mir erklärt, ist mir einfach zu viel Körper. Und ich erwartete ihn immer noch mit flatternden Schenkeln.«

»Wie der flugunfähige Wellensittich auf dem Kletterbaum.«

»Wenn mein Leben so weitergeht, macht es mich nervös.«

Das kann ich verstehen. Mit jeder Veränderung der Farbe oder der Form einer Frucht oder Blüte zieht sie andere Tiere an.

»Im Kino«, sage ich, »machen sich die Liebenden die Geständnisse gern im strömenden Regen, damit wir begreifen: Die Leidenschaft ist stärker als der Wunsch nach Komfort.«

»Ja«, erwidert sie. »Im Leben stellen wir uns unter.«

Zum ersten Mal besucht mich das Mädchen mit den dicken schwarzen Haaren, die, wie ich mich erinnere, einen animalischen Geruch ausströmen, je tiefer man in sie dringt, Richtung Grind, Talg, Schädelknochen. Ihr Vorbild sind Frauen, die einmal am Tag mondän sind. Sie kommt am Vormittag.

»Komm«, sage ich, »setzen wir uns.«

»Ich hasse Stühle«, erwidert sie und lagert sich gleich auf den Boden, vielleicht um etwas Merkwürdiges zu tun. Ich besitze eine Plastikflasche Genever, indonesische Nelkenzigaretten mit gezuckertem Mundstück, Kaffeebonbons aus Thailand, ein afrikanisches Lakritzholz. Wir trinken uns schnell heraus aus dem Tag, legen Patiencen, »Russischer Gefangener« vor allem, die »Hochzeit«, die »Zank-Patience«, wir ändern die Regeln nach dem Diktat des Rauschs. Wir lieben uns nicht, in keiner Bedeutung, aber wir benötigen einander, seit wir so verrutscht sind. In der Abenddämmerung finde ich in ihren Zügen den Ausdruck eines grandios gescheiterten Gesichts, eines, dessen Scheitern seine Intelligenz ist. Ich kann mich nicht erinnern, eingeschlafen zu sein, aber in der Nacht hebt sie den Kopf vom Teppich, und ihre dicken Haare atmen aus, während sie fragt:

»Wer wären sie?«

»Wen meinst du?«

»Alle diese Menschen, die wir sind, wenn man uns rechtzeitig entgiftet hätte.«

Am Abend sitze ich großväterlich mit der wollenen Decke über dem Schoß, staple ein Sortiment von Büchern, das ich mir in dem fremden Haus am See zusammengesucht habe, und beginne sie zu lesen, eines nach dem anderen, jedes so lange, bis es sich wegdreht. Ich vergesse über der Lektüre, dass mir heute Abend meine Freundin am Telefon betrunken den endgültigen Abschied gegeben hat. Sie hat so recht. Ich schneide mir Äpfelchen wie ein Rentner, die entfernten Kerngehäuse auf eine Untertasse legend.

Anschließend bin ich durch einen von den Bauern angekokelten Wald gegangen, habe mich mit dem Rücken auf den Boden hingestreckt und mir zwei Kastanien auf die Augenlider gelegt. Da wird der Wald gleich stimmhafter. Die Bauern haben einige der brandgeschwärzten Bäume schon gefällt. Die Stämme drehen ihre saftigen Schnittflächen ins Licht, es riecht nach nassem Rauch, und wenn auch an manchen Stellen schon Schnee liegt, glitzert ganz frühlingshaft unten der See. Ein Vogel schaukelt über dem Bach, als hinge er am Faden, es liegen auch Federn im Gebüsch, und es duftet immer noch kalt. Da bin ich froh, nicht allein, vielmehr alleingelassen zu sein. Am Abend fliegen die Bücher auf und heben sich in die Luft, und ich lese, die Arme hinter dem Kopf verschränkt, von den Unterseiten der Flügel.

Ein Flugzeug, das den Nebelregen unter sich lässt wie für immer. Das Erlöschen der Anschnallzeichen setzt Bilder in Bewegung: der schlendernde Gang der Afrikanerinnen; die rotgeränderten Augen der Alten, die ihr Profil jetzt in eine illustrierte Postille taucht; die asiatischen Geschäftsleute in den knappen Konfirmandenanzügen; die Frau, die aus der Toilette kommt und sich mit der Linken das Geschlecht richtet wie ein Mann; ihr Gatte, der behauptet, dass der Wind die Wolken mit Nebel flickt. Ich bleibe beim Lächeln des Himmels über der Landschaft. Man kann es sich amüsiert, man kann es sich verliebt vorstellen. Man kann sich etwas vorstellen und taumeln zwischen dem Hier und dem Anderswo.

Beim Landeanflug verfolge ich den Schatten des Flugzeugs erst auf der Wolkenbank, dann über der Landschaft. Wir kommen über Wiesen und Äcker. Und doch scheint unser Schatten starr. Ich erkenne, dass das Fahrwerk nicht ausgefahren ist und wir gerade ohne Räder der Landebahn entgegengleiten. Plötzlich hat die Reise kein Ziel mehr, sie steht in diesem Bild. Wir sind fast am Boden, als die Maschine von einem Impuls erreicht wird, dröhnt und die Spitze hebt. Jetzt schauen wir wieder himmelwärts.

Unter dem bewaldeten First der nächsten Berge des Himalaja streckt sich der See in Schlaufen. In den alten Resten von Mauerwerk Halbstarke, Liebespaare, die zur Allegorie des Liebespaars vereint unter einem Regendach lagern, kühne schmale Knaben, die in Kopfsprung-Formationen in das trübe Wasser hechten. Am Ufer die zum Trocknen aufgehängten Leibchen im sanften Regenfall – eine Idylle, aus der vorgestern zwei Ertrunkene gefischt wurden, Fremde, die nach dem Vorbild der heimischen Jungen kopfüber ins Wasser gesprungen waren, sich aber in den Fischernetzen und Algen verfingen und nicht mehr an die Oberfläche kamen. Im Wasser liegen die Kähne in Altgrün, Altrot, Altgelb und Mattblau, aufgereiht wie Barken auf dem Styx, aber solange die Toten nicht bestattet und für uns noch immer da unten sind, sticht kein Bug in See und bricht den schwarzen Spiegel des Wassers.

Um fünf Uhr in der dunstigen Morgenfrühe aufgestanden, über die abgeschabten Planken des Klosterbodens ins Freie getappt, zu den Goldwäschern am Fluss geschlendert und zugesehen, wie sie die Köpfe über den Schüsseln zusammenstecken, mit spitzen Fingern durch den schwarzen Schlamm buchstabieren, während die kleinen Mädchen die Ochsen im Wasser bürsten. Aber das Schnaufen und Rufen klingt noch gedämpft. Am Hang wacht über den Büschen das schneeweiße Gesicht eines steinernen Götzen, halb Mensch, halb Raubkatze, und dahinter, in dem alten, hölzernen Kloster, wandeln, orange und rostrot hingetuscht, die barfüßigen Mönche. Während sie eben ihr Klingeln und Beten aufnehmen oder, schweigend unter den hölzernen Arkaden kauernd, heilige Schriften studieren, steckt sich die junge Lastwagenfahrerin unten an der Straße eine dicke grüne Zigarre in den Mund und lächelt den ersten Fahrgast an mit Zähnen, die im roten Sputum der Betelnuss-Spucke schwimmen. O happy day!

In einem tibetischen Flüchtlingslager im Norden Nepals stimmen sie die Felltrommel an, die Sanduhrtrommel, die Schädeltrommel, die Naturtrompete, verschiedene Knocheninstrumente, schließlich die Stielhandglocke, mal im Ensemble, mal, hingerissen von der kultischen Bedeutung jedes einzelnen Klangs, isoliert und virtuos, als müsse im Irrwitz der Kakophonie irgendwo genau die Tonfolge erklingen, die die Götter weckt. Dann dröhnt der Buckelgong, die Klappertrommel, das Membranophon, angestimmt für das weibliche Prinzip, die umfassende Weisheit und, wie die Tibeter finden, die »Leerheit«.

In den ersten Reihen hat der Ältestenrat Platz genommen, dahinter sitzen alle Flüchtlinge, die gekommen sind, jene anzusehen, die anreisten, um, wie der Sprecher des Rates sagt, »our sufferings« zu schauen und das Bild davon in die Welt zu tragen. Da sitzen wir also auf einem Podium mit dem Gesicht zum Saal, ernst und zugewandt, während der Repräsentant des Lagers psalmodiert:

»Wir haben keine Papiere, wir können nicht reisen, keine Arbeit annehmen, kein Land bestellen, nicht einmal ein Motorrad kaufen oder einen Taxischein machen. Selbst wenn wir hier geboren sind, dürfen wir all das nicht tun, was ein Bürger auf der untersten Stufe seiner Rechte tun darf. In unseren Adern läuft das Blut heiß, wir sind Weltenbürger und leben als menschliche Tiere …«

Eine Frau in der hintersten Reihe gähnt, während die Ausmalung des Unglücks sich immer weiter verdüstert. Sie hat nun von ihrem Leiden so oft reden hören, dass selbst sie es nicht mehr fesselnd findet. Als ich sie anblicke, lacht sie ertappt und schlägt sich beschämt die Hand vor den Mund. In ihrem Lachen ist auch das Interesse der Welt weitergezogen. Wohin? Es ist jedenfalls nicht das Leiden, es ist das Weiterziehen, das wir gerade teilen.

Eines Tages ist der Junge Lollong mein Begleiter. Er hatte in einem Überlandbus an meiner Seite gesessen, sein Kopf war im Schlaf auf meine Schulter gefallen und geblieben. Jetzt greift er, wenn ich esse, in mein Essen und besorgt sich das Gewünschte. Er geht an meiner Seite, betrachtet, was ich betrachte, und bleibe ich bloß stehen, steht er auch und blickt mich an. Zwei Tage lang spricht er nur durch Zeichen. Ich habe ihn für einen Gehörlosen gehalten, am dritten Tag aber hat er plötzlich Worte, doch nur solche, die ich nicht verstehe. Manchmal hat er mit einem weichen, abwesenden Lächeln unter seinem dunklen Schopf in die Ferne gesehen, mir dann wieder einen langen beharrlichen Blick direkt in die Augen geschickt, den er erst ganz langsam in einem Lächeln aufweichte.

Sein Blick ist ungerührt, er insistiert so lange, bis er zu einem Resultat gelangt ist, dann schweift er weiter, oft nach innen. Manchmal kehrt er zurück. Dann wirkt er zärtlich.

Einmal knackt er auf seinem nackten Kinderknie eine Nuss. Ich frage Menschen, wer er sei. Niemand hat ihn je gesehen. Einer meint etwas zu wissen, legt zur Erklärung die Handkante parallel zur Stirn. Ich verstehe das Zeichen nicht.

Ich verstehe Lollong nicht, der einen Tag lang weg ist, dann plötzlich in einem Restaurant hinter der Scheibe sitzt und mir winkt. Als ich ihn nach seinem Alter frage, malt er sieben Zahlen auf das eigene Bein. In der Nacht schläft er auf meinem Bett, am Fußende eingerollt wie ein Haustier. Einmal hat er im Traum nach meinem Fußgelenk gegriffen und es festgehalten. Ich wurde wach, er nicht, er hielt meinen Fuß und steuerte damit einen Weg durch den Traum. Nicht unheimlich wirkte das, sondern bedürftig. Jeden Tag sagt er mir auf seine Weise, dass wir zusammengehören, vergleicht uns, die Länge der Hände, die Wölbung der Muskeln, die Schattierung des Teints.

Einmal kehrt er nicht zurück. Ich müsste jetzt abreisen. Ich kann nicht. Einen Tag bleibe ich. In den Läden, in den Gärten suche ich ihn vergeblich. Einen weiteren Tag bleibe ich noch, warte nur. Er taucht nicht auf. Ich sitze im Bus. Er erscheint nicht wieder. In den nächsten Wochen werde ich mehrfach meinen, ihn zu sehen oder glauben, begleitet zu sein, unter seinem Blick zu reisen. Einmal habe ich in der Nacht die Augen aufgerissen, wie in der Umkehrung der Gebärde, mit der man einem Toten die Augen schließt, und der erste Gedanke war diese Frage: Lollong, wo bist du jetzt?

Eine Gegend wie ein beflaumter Stein, unfähig zu schimmern, Licht zu fangen, zu reflektieren. Das mit Blech verkleidete Geländer ist so glatt, dass selbst die Möwe auf ihren hohen roten Lackstrümpfen abrutscht. In ihrer Unbeholfenheit ist sie menschenähnlich.

Die eine Vorbeiwandernde sagt gerade: »Ja, wo sind wir denn!«

Die andere bestätigt: »Ja, wo kommen wir denn da hin!«

Sie müssen beide lächeln. Das schönste Lächeln war immer das vorbeifliegende. Der Hunger auf mehr Leben entstand immer, wo sich eine andere Existenz in ihrer Flüchtigkeit zeigte und nichts zu halten war vom Kunstwerk des Augenblicks.

Wir laufen in eine Bergspalte hinein, folgen einem Bachlauf zwischen tauendem Schnee und tiefen klaren Wasserbecken. Wir kommen in ein Dorf. In der Bar mit den alten, von den Rändern her erblindenden Spiegeln und dem Barmädchen mit dem Doppelkinn sitzen Männer jeden Alters. Sie strahlen etwas Elegisches aus. Vielleicht entlastet es sie, dass sie ihr Leben in der Bergspalte gelangweilt leben. Schließlich ist dies auch ein Lebensgefühl, das dem Eindringling Platz lässt, Platz für eine unreife Abenteuerlust etwa, die nach chinesischen Hochgebirgen verlangt, nach nächtlichen Flughäfen, nach verschlafenen Rezeptionisten ohne Fremdsprachenkenntnisse, nach staunenden dunklen Augen, nach russischem Großstadtlärm, nach Wüstenwind, nach einem Vogel, der von Gerüchen lebt, nach einer großen Auswahl von Gesichtern, nach leidenden Landschaften, nach den kleinen Vögeln in den Pappeln von Rheydt. Und ich öffne die Illustrierte und lese, dass in Heuschreckenschwärmen die nachfolgenden Tiere die Kadaver der eigenen Erschöpfungstoten als Raststätten, als Landestationen benutzen. Dann schaue ich auf.

Der Mann gegenüber liest das Gesicht seiner Begleiterin. Es ist eine Wanderkarte.

»Freust du dich?«

»Was mich freut, freut mich nicht ohne dich. Was mich bekümmert, bekümmert mich auch ganz allein.«

Er hört es gern. Doch flacher wurzelnd, wie er nun einmal lebt, liebt er diese Frau eher wie ein Ausflügler.

»Überlass dich doch einfach mal deinen Emotionen«, sagt sie. Aus seinem Gesicht sind diese gerade gewichen. Und er erwidert, wie in einem alten Spiel zwischen den beiden:

»Ich weiß doch, Spiele werden im Kopf entschieden«, und umfährt sie mit dem Zartgefühl des Polypen.

Das Paar: Sie fühlen sich immer noch, müssen es sich aber nicht mehr sagen. Mit der Jugend ihrer Liebe hat ihnen das Leben auch den Wunsch genommen, diese auszusprechen. Was bleibt, sind die aus der Routine herausfallenden Zeichen. Er streicht ihren Mantel am Haken der Garderobe glatt, als sei ihr Körper noch darin. Sie sagt, wenn er in den Waschraum geht:

»Haben Sie bemerkt, wie fein er das eben formulierte: ›Der falbe Glanz des Fells …‹«

Der einsame Esser beendet die Lektüre eines Zeitungsartikels mit dem Titel »Christus erscheint im

Fladenbrot«, schließt die Augen, tut einen tiefen Zwanzig-Euro-Schluck aus dem Champagnerglas und mustert die alten Speisenden ringsum. Dann ist gleich der Ober da und demonstriert den Zusammenhang von Luxus und Überwachung. Nichts, was du an deinem Tisch tust, will er sagen, ist bedeutungslos, nichts wird nicht gelesen. Ein Mineralwasser. »Genießen Sie es.« Der leere Teller: »Kann ich abräumen?« Der leere Blick: »Sie sind zufrieden?« Das zusammengelegte Besteck: »Der Herr ist fertig?« Die zurückgelassene Kartoffel: »Es war nicht recht?« Das Wohlbefinden wird in einem Verhör ermittelt. Der Luxus wechselt die Erfahrungen seltener als die Dekors. Und alle Herbstzeitlosen sind im Raum, und alle Verflossenen duften noch. Man geht aus der antiquierten Rasierwasserwolke in das Blaustrumpfparfüm der Witwen, durch den Körperpuder diabeteskranker Ehefrauen, den verwelkten Hauch der Bodylotion, der nach der Dusche des alternden Tennislehrers verblichen war und sich doch noch verströmte, und inhaliert die Delikatesse der Nachtluft.

Der Kellner apportiert Gâteau vom Seeigel. Mit Verachtung blickt die Ehefrau auf das Gekröse und sagt:

»Das ist für meinen Mann«, es klingt wie: »Das ist von meinem Mann.«

Der Kellner erlaubt sich einen Witz und sagt zum einzigen Herrn am Tisch lachend:

»Sie sehen wie ein Ehemann aus.«

»Nein, ich bin Zivilist«, erwidert dieser ernst.

Sie protestiert, und der Gatte beschwichtigt:

»Sie sehen, meine Frau hängt an mir.«

»Aber eher wie das Maskottchen am Rückspiegel«, spottet sie.

Ich vermisse Ricarda und unsere Geschichte, die endete. Meine Stärke ist: Ich bin da, wenn man mich braucht. Meine Schwäche ist: Ich bin auch da, wenn man mich nicht braucht.

Inzwischen streitet sich der Ehemann und Zivilist mit seiner Frau. Das Weiße in ihren Augen hat einen Blauschimmer. Unterwegs behauptet er, die wenigsten könnten einen guten Gedanken von einem schlechten unterscheiden. Stattdessen unterschieden sie den schönen Ausdruck und die ehrliche Gesinnung. Sie erzählt eine umständliche Geschichte, in der sie am Mittwoch, nein, es war Donnerstag, um genau zu sein: Donnerstagnachmittag, in einem Kaufhaus, also du weißt schon, dieser Kasten da, wie heißt er noch ... Sie redet lang und ziellos. Er erwidert:

»Es dreht sich wohl mal wieder alles um dich?«

Sie antwortet: »Es dreht sich zu Recht um mich, weil es sich zu Recht nicht um dich drehen könnte.«

Sie ist von grausamer sexueller Überlegenheit. Deshalb schließt er den Disput ab, aber indem er sich den Mund mit dem Handteller abwischt und zum Kellner gewandt resümiert:

»So. Da war ich also mal wieder in der Unterzahl.«

Als meine Freundin eine Sängerin war, hat sie einmal den Satz gesagt, der in den Lichtspielhäusern daheim ist, den Satz:

»Heute Abend singe ich nur für dich.«

Sie schlenderte in den Lichtkegel mit einem kühnen, vom Schatten weggerafften Profil. Da war eine Vergeudung in ihrer Erscheinung, noch ihr Untergang war vergeudet, einmal mitten im Gesang, einmal im Applaus.

Ich bin dein Freund und gerührt. Ich gehe im vierten Lied und rauche am Geländer über einem Parkplatz. Ich kehre zurück in deine Verneigung. Das Johlen des Publikums lässt nicht erkennen, auf welche Weise du anschließend umarmt werden musst.

Ihr Eros verdankt sich der Tatsache, dass sie sich selbst unwiderstehlich findet. Zu dem Mann an der Fensterseite des Abteils, spricht sie von ihrem Körper und seinen Fähigkeiten wie von einer Gabe, einer Segnung. Der Sex mit ihr, so versteht man, ist eine Einladung zur Teilhabe an ihrer Selbstliebe. Hat man es begriffen, wird man nicht müde, ihr zuzusehen, wie sie mit der Hand ihren Arm herabstreicht, wie sie ihre Oberschenkel im Reden mit Zartgefühl züchtigt,

Oberschenkel, auf denen die Härchen im Sonnenlicht glitzern wie Goldstaub, ehe sich die Hände um ihre Knie legen, die blank sind wie Boxhandschuhe. Diese Hände fliegen ihren Körper nie ohne Weihe an. Sie kennt Anbetung, denn sie betet sich selbst an. Sie küsst nicht, sie lässt küssen, und anschließend sackt ihr Kopf nach hinten, und ihr Gesicht liegt ertrunken in ihrer Frisur.

Ich folge der arrogant geschwungenen Linie ihres schlafenden Auges. Nach einer Stunde öffnet sie es zum Schlitz, als der afrikanische Alte in das Zugabteil schlurft mit einem Gesicht, das aussieht wie aus der Ginsengwurzel geschnitzt. Er nimmt den letzten freien Platz, gleich zu ihrer Linken. Ihre Augen reisen müde an seiner fleckigen Hemdhose abwärts und kommen auf seinen Fußnägeln zum Stehen, die die Oberfläche haben von Paranussschalen. Als ihre Augen sich über diesem Bild schließen, haben sich Welten berührt.

Diese Verkäuferin in ihrem tailliert geschnittenen weißen Fleischverkäuferinnenkittel empfiehlt ihren Parmaschinken wie eine Vertraulichkeit. Ich schwanke. Sie schneidet eine sehr dünne Scheibe ab, das Licht fällt durch die Scheibe, die sie an der Zweizinkengabel in die Beleuchtung hält. Dann lässt sie diese Scheibe in den eigenen Mund flattern, bevor die Zunge den hervorlappenden Zipfel noch von den geschminkten Lippen leckt. Ja, ich soll den Schinken nicht schmecken, ich soll vielmehr zusehen, wie er ihr schmeckt und sich in ihren Genießerzügen ausbreitet. Sie vertraut auf die unweigerliche Wirkung, und da ist sie: Ein rosa Schimmer überflutet ihren Halsausschnitt, der in diesem Augenblick selbst in die Farbe des Parmaschinkens taucht.

Jetzt sehe ich sie wieder, die Gassen von Kabul, die offenen Plätze, das geschundene Mauerwerk: erst in inneren Bildern, da sind sie sepiabraun, mit einem Staubfilm überzogen, wie die Standfotos alter Filme, dann in den Nachrichten, da sind sie aufgewühlt, von Detonationen, von zentripetalen Bewegungen erschüttert, die Gassen der unschönen und doch von allen Winkeln der Welt aus erträumten, verheißungsvollen Stadt.

Nachrichtenbilder setzen immer nach der Katastrophe ein. Deshalb zeigen sie Menschen, die fliehen, vom Schauplatz wegeilen, in Sicherheit gebracht und geborgen werden müssen. In meiner Phantasie gehe ich auf Schauplätze zu, Orte des Staunens, der Betrachtung.

Die Menschen, die ich in dieser Stadt kennenlernte, als sie sich Gedanken über ihre Zukunft machten, Alphabetisierungskurse besuchen, ein Geschäft eröffnen, eine Fremdsprache erlernen wollten, sie sind jetzt wieder auf den Straßen, fliehend, geduckt. Einer von ihnen ist mir wiederbegegnet, als er in eine Kamera schrie, dass es ein Verbrechen sei, was man ihnen antue. Ich sah ihn zuletzt, als er gelassen neben mir ins Goethe-Institut schlenderte, in der kargen Bibliothek stand und sagte:

»Das ist das Schönste, was ich in meinem Leben gesehen habe.«

Einmal gehe ich in Kabul über die Straße und beobachte, wie ein junger Mann und eine junge Frau aus zwei Richtungen, aber offenbar nicht ohne Verbindung, ein Kino ansteuern, sie den Frauen-Eingang, er den für Männer. Ich hätte an der Verbindung der beiden noch gezweifelt, wäre da nicht das Prädikat des Films gewesen: »Romance beyond all dreams.« Kaum sind die beiden in dem ockerfarbenen Kasten verschwunden, sehe ich einen Händler mit einer einzigen Sorte Blumen, und mir fällt wieder ein, dass diese »Bartnelke« heißt. Mirwais steht da und sagt unvermittelt:

»Besser einen Garten anzulegen, als eine Straße zu reparieren.«

Ich schaue wohl begriffsstutzig. Deshalb ergänzt er:

»So hat die Straße ein Ziel.«

Im Dunkeln des Kinosaals stelle ich mir vor: Zwei am Ziel, im Schatten der Leinwand, beyond all dreams.

Niemand entzieht sich der Ansteckung durch die Kunst der Virtuosen. Sie lösen sich aus der Materie, überwinden die Sprödigkeit des Materials, den Lehmkloß, in einem freien Flug der Ideen, lösen sich aber auch vor der Ausstellung handwerklicher Fertigkeit, erworben in Jahren Lebenszeit, einsamen Stunden des Übens ohne Gratifikation. Das hören wir mit.

Ich folge den Tabla-Spielern im Viertel Karabat bei der Ausbreitung ihres unendlichen Inschallah. Darunter ein Cherubim, ein Zigeunerbaron, ein Iggy Pop. Immer wieder huscht ein Lächeln über die Züge des Solisten, wenn etwas, hörbar nur für ihn, sich gefügt hat, wenn der Augenblick blüht, wenn der unerhörte Moment da ist, eingetreten, nicht produzierbar, eher wie ein Atemzug, der durch die Luftschwingungen im Raum geht und gleich wieder weg ist, von der Musik mit abschiedhafter Verve gegrüßt.

Als ich durch Kundus spaziere, über den alten Markt und dann hinaus über die große Staubstraße, ist der Junge Kamal an meiner Seite. Er zupft mich manchmal auf die Straße zurück, wenn ich auf Abwege will, sagt aber nicht viel. Dennoch, ginge ich falsch, er würde mich davor bewahren. Nach einer halben Stunde richtet er erstmals einen ganzen Satz an mich und fragt:

»Gefällt es dir mit mir in dieser Stadt, gefällt es dir?«

»Ja«, sage ich, »es gefällt mir gut mit dir«, und lege die Betonung auf beides, auf das Gefallen und auf das »mit dir«. Als wir eine weitere halbe Stunde gegangen sind, will er wissen:

»Gefällt es dir wirklich mit mir in dieser Stadt, sag, ist es schön mit mir?«

»Ja«, sage ich, »Kamal, ich könnte mir nichts Schöneres vorstellen, als jetzt mit dir in dieser Stadt zu sein. So gut gefällt es mir.«

Er geht durch den Staub mit der Würde eines Kindes, das er eigentlich nicht mehr ist. Als wir uns Stunden später trennen, will er sicherheitshalber noch einmal wissen, dass es schön, wunderschön mit ihm war in dieser Stadt.

»Warte«, sagt er und verschwindet in einem Gemischtwarenladen. Dort kauft er mir eine Ansichtskarte. Sie zeigt einen Falken, vor grauem Hintergrund, bloß einen Falken.

Nach Wochen in Afghanistan kommen wir für eine Nacht in Dubai zum Stillstand. Das Taxi fährt gemächlich eine Allee hinunter, gesäumt von Palmen, auf die schimmernden Drusen der Hochbauten zu. Palmen. Ich hatte vergessen, dass sie stehen können wie in Miami, wie in »Hawaii Fünf-Null«. Palmen. Für mich wuchsen sie wochenlang nur in der Armut, staubig und elend wie diese, und sind hier was? Zierpflanzen? Vielleicht reise ich nicht mehr so leicht, weil ich mir immer die Frage beantworten muss, bei wem ich ankomme, zu wem ich zurückkehre.

Abends wird Alan Skidmore in einem kleinen Club spielen, flankiert von drei Youngstern, sie spielen John Coltranes »Say it (Over and over again)«. Im Widerschein der roten Tischlampen lachen lauter junge Gesichter. Als das Solo einsetzt, erscheint der Charakter des Solisten.

»Was suchen Sie?«, ruft ein Aficionado hinein. Skidmore antwortet spielend, das Gesicht des Fragenden mit einem Schwung seines Horns wegwischend.

In der Nacht, beleuchtet vom Gelb der Bogenlampen an den Schnellstraßen, sind die Palmen Afghanistans gerade unvorstellbar geworden.

Manchmal ist Nadias Heimweh so, dass sie ihren Vetter in Kundus anruft und sagt:

»Nimm dein Telefon und geh auf den Markt, lass mich die Geräusche des Basars hören.« Und der Vetter, ein schlaksiger Alter mit Raucherzähnen, nimmt sie mit.

»Wo bist du jetzt?« – »Und jetzt?« – »Geh zu den Gewürzhändlern!«

Während es geschieht, lese ich in ihrem Gesicht das Glück, die Entbehrung, die Vergangenheit, die

Sorge. Wie sich Menschen und Orte allein dadurch ändern, dass sie fehlen!

Der Teint der Wahlverliererin hat sich der Niederlage angepasst. Der Schweiß des Siegers tropft auf die ausgestreckte Hand des Reporters mit dem Mikrophon. Die Verliererin tritt zurück mit den Worten: »Ich mache jetzt erst einmal intensiver nichts.«

Eine junge Frau sein, das heißt x-beinig sitzen. Ich weiß noch, dass die kleine Blonde, die Rat suchte, den unsicheren Blick auf den Tisch gesenkt hielt, während ihre Stimme intonierte wie die einer Erwachsenen. Ich weiß noch, dass dieses Mädchen den Ausschnitt einer Frau hatte, und damit meine ich bloß den Teint des Halsausschnitts, der wie bei einer Reifen war, die Kinder an ihre Brüste legte, um sie dort schlafen zu lassen oder Jüngelchen oder besinnungslos werdende Männer. Als ich es bemerkte, entfaltete sie ihre Beine, als habe sie es auch gemerkt, und legte sie parallel.

Glücklich wirken Paare oft, wenn sie sich noch auf der Suche nach ihrer Zusammengehörigkeit befinden. Eine Frau ohne rechtes Zuhause in der überreichen Pracht ihres Körpers, sucht sich durch Frivolität und Koketterie der eigenen Leiblichkeit neu zu vergewissern. An ihrer Seite dämmert ein Pykniker, selig entsprungen der Klasse der Menschen, die es aus irgendeinem Grund vermasselt haben und weiterleben in dem Gefühl: Jetzt kommt es eh nicht mehr drauf an. Er niest in seine hohlen Hände, reibt sich mit einem Papiertaschentuch die Innenflächen blitzblank. Die Prachtvolle an seiner Seite sagt gerade, strahlend selbstgewiss:

»Der Meeensch ist für mich ane Heraasfoaderung.«

Im Hof vor dem Café, in dem ich ein Glas Weißwein trinke, arbeiten zwei schmächtige Bauarbeiter mit der Schaufel. Sie heben eine Grube aus, schmal wie ein Grab. Das Erdreich betten sie auf eine blaue Plastikplane direkt neben dem Kübel mit den Stiefmütterchen. Sie könnten Brüder sein, aber nicht meine. Sie lehnten sogar schon auf die Schaufeln gestützt vor meinem Tisch und erzählten mir was. Vielleicht werde ich heute noch erfahren, dass einer MS hat oder fünf Kinder, dass eines behindert ist und die Frau des anderen trinkt. Wie kompensiert der Küchenchef täglich das Anlegen seiner Gastro-Uniform? Wo setzt man dem Mitgefühl eine Grenze?

Die beiden sind inzwischen in eine feinkörnigere Erdschicht vorgedrungen und kauern grübelnd vor dem Loch. Wie Schauspieler fahren sie sich mit den behandschuhten Händen über das Kinn, gestikulieren auch mal in die Grube, prüfen den Grund mit dem Spaten. Dahinter lassen sich zwei Mädchen von einem dritten fotografieren, wie sie in den Schalenbrunnen steigen. Die Ältere im schwarzen Fummel und mit blondem Pony schaut herüber, den Rocksaum über dem Wasser schlenkernd. Dass ihre blassen Beine bis zur Sliplinie sichtbar werden, ist dabei kein Nachteil, weiß sie doch, wie definiert diese Beine sind. Und es ist Sommer. Und sie weiß sich beobachtet.

Doch nichts, aber auch nichts davon bemerken die auf ihre Grube konzentrierten Erdarbeiter. Mein Privileg ist nicht der Wein, der eben zu Ende geht, sondern der Blick. Inzwischen ist der Rock des Mädchens nass, sie winkelt ein Bein ab, schlenkert übermütig, strahlt, wird immer kühner, weil sie einen Blick, irgendeinen Blick verlässlich auf sich fühlt. Der Wind hebt die Ränder der blauen Plane an. Den Mädchen fallen immer neue Positionen ein, sie arbeiten sich durch einen ganzen Pin-up-Kalender, und erst als sie beginnen, das Wasser mit geschlossenen Händen zu schöpfen und sich zuzuwerfen, als sich die Fotografin in Sicherheit bringt und ihre Gesichter vom Wasser glänzen, ist das Spiel endlich für niemanden mehr als für sie selbst.

Und, ja, denke ich, während sich die Arbeiter tiefer und tiefer in ihr Grab vorarbeiten, auch schwerfällige Melancholiker, die in Löchern wohnen und in der Zeitung die Wetterkarte, die Kontaktanzeigen und die Comics lesen, genau so stellen sie sich wahrscheinlich Frauen vor, hoch oben auf der Gangway, von wo sie denen da unten in ihrem Loch ganz persönlich und mit flügelschlagenden Fingern zuwinken. Na und? Sind sie deshalb Verlorene, Romanzen-Reiter? Die beiden jungen Frauen steigen gerade tropfnass aus dem Brunnen, und die beiden Arbeiter sind in das offene Bild nicht eingetreten, sie haben seine Oberfläche nicht mal durch einen Blick gekräuselt. Sie mästen ihre Phantasie an anderen Bildern. Wir Übrigen aber hatten eben ein glückliches, deshalb kurzes Leben.

Wenn er auf die Bühne geht, hat Daniel diesen Gang, der kein Schreiten sein will und doch weiß, dass es »Auftritt« heißt, was hier geschieht. Er steht im Halbrund der äußersten Bühnenmitte. Das Licht ist bei ihm, zweitausend Menschen sind es. Er hebt die Geige, sticht in See: »Kaddish« von Ravel, komplex, fasslich, virtuos und immer wieder pianissimo, vor allem aber in jedem Moment solo, vereinzelt und sich im Lauf der Bewegung immer stärker vereinzelnd. Ich sitze in der Kulisse, aus allem herausgetrieben in die Musik hinein, in den Strich des Bogens, der jetzt wie ein Luftzug über die Saiten kommt, wie der Hauch vor dem Regen. Der Feuerwehrmann neben mir aber kratzt sich das Bein, mit breitschaufeligen Nägeln über die Uniformhose, gegen den Rhythmus, hinein in den Hauch, und macht ihn so erst vollkommen.

Der Garderobier lehnt, das ist der letzte Rest seiner Selbstbewahrung, undiszipliniert an der Wand. Die Erniedrigung fühlt er: Der Stoff seiner Livree ist der gleiche, mit dem die Sitzmöbel im Speisesaal bezogen sind. Sein Kollege fühlt gerade nichts und sagt, als sei es ein einziges Wort:

»Die is mir lieber als all diese operierte Mumie vom Golfclub, gut, sie ist runzlig, is' a Problemtyp, aber sie ist der Typ leb's aus oder leb's nicht aus, dies ganze Tralala, weißt schon rucki zucki, oder nicht, aber hoppi galoppi und Mann in Sicht!«

Eine Frau, der die Zähne so stark aus dem Kiefer streben, dass die Oberlippe kaum darüber will, betrachtet das Tote auf ihrem Teller, dann sagt sie schnell:

»I don't like it.«

Unter ihrem Blick stirbt der Fisch ein zweites Mal. Seine knusprigen Augen verraten: Die Antipathie wird erwidert.

Eine Bewegung des Lebens, diese leere Geste des Abschiedwinkens, auf das keine Antwort folgt. Ins Leere gebettet sind diese Gesten, die nicht gesehen, nur vollzogen sein wollen. Sie lösen sich aus den sprachlosen Zonen, aus einem Weinen um verlorene Bilder, die einmal »wir« waren. Wir winken aus dem Traum, winken in eine diffuse Sehnsucht, winken, statt geliebt zu sein.

Der Taxifahrer ist abends manchmal sehr zerstreut. Je tiefer die Nacht wird, desto mehr denkt er an zu Hause, Afghanistan, die Steppe, die Menschen, die dort gerade erwachen. Es kommt auch vor, dass Fahrgäste, gerade nach Einbruch der Dunkelheit, ihren Kopf in den Wagen strecken, sein vollbärtiges, düsteres Gesicht sehen und lieber einen anderen Wagen nehmen.

»Nein!«

»Doch, doch. Ich kann es ihnen nicht verübeln.«

Einmal fährt er lange nach Mitternacht gedankenverloren heim, stellt den Wagen in der Tiefgarage ab, und erst als er sich umblickt, findet er auf der Rückbank, steif vor Schrecken, einen Fahrgast, den er dort vergessen hat. Der schüchterne Nachtschwärmer hatte geglaubt, er werde von einem Muslim entführt, und traute sich nicht, sich zu mucksen.

Vom Bürgersteig vor dem Hotel in Seoul wurde mir heute ein Taxi gerufen, in dem ein verdächtig munterer Alter saß, der sich meines Besuches verräterisch lautstark freute. Kaum sitze ich auf der Rückbank, brüllt er mich an:

»I teacher, you learn.«

Geistesabwesend denke ich noch, soll er machen, was er will, da brüllt er schon los:

»You say: Bring me there. Korea say: Ka tschu seo! You say: Ka tschu seo!«

Ich murmele den Silbenschmand einmal vor mich hin, da schlägt er mit der flachen Hand auf das Polster neben sich:

»Come, ten times: Ka tschu seo!«

Ich murmele es, um meine Ruhe zu kriegen. Er schlägt das Kissen wieder und zählt mit der Hand ab:

»Ka tschu seo! Louder!«

Ich steigere mich, schreie zehnmal: »Ka tschu seo.«

Seine Finger zählen es runter.

»Now: Give me a little discount: Korea say: Kaka tschu seo. You: Kaka tschu seo!«

Ich schreie es vor mich hin, er skandiert es wie einen Rap. Wir fahren in seinem Wagen durch Seoul und schreien uns an, er zählt mit den Fingern, schlägt auf den Sitz.

»Now: thank you. Korea say: Kam sa ham ni da! You: ten times: Kam sa ham ni da!«

Ich schreibe mir die Silben heimlich auf und lese sie ab, schreiend.

»Good. Good student. Many students I have, you best. Now: Nice to meet you: Pang kap semni da! You: ten times.«

Er kennt kein Mitleid, die Schreierei geht weiter.

»Good. Last lesson: Give me little discount, thank you.«

Auf meinem geheimen Zettel wimmelt es von Silben, aber ich kriege sie so schnell nicht mehr auf die Reihe, weil ich ihre Bedeutung längst vergessen, nur noch die Melodie im Kopf habe. Also schreie ich eine Folge von Silben unsortiert, aber gutwillig in den Wagen. Der Fahrer ist tiefenttäuscht.

»No! We start new.«

So geht es weiter, bis ich schweißgebadet aussteige. Ich werde vor dem Hotel kein Taxi mehr besteigen, hat er doch gesagt, er sei immer da und habe die nächste Lektion schon vorbereitet.

Im Historischen Museum suche ich gleich die Abteilung mit den kleinen Gaya-Tonfiguren, Grabbeigaben aus der Frühzeit Koreas, die als realistische Repräsentationen aller Lebensbereiche verstanden und auch so ausgestellt werden: eine Vitrine für Arbeit, eine für Tod, eine für Liebe. Nur in der Vitrine für »Pleasure« ist das Licht ausgefallen.

Auf der Rolltreppe kritzele ich in ein Notizbuch, die Treppe ruckt, die Schrift bricht nach oben aus, ich falle fast vornüber, schreibe aber weiter. Die Treppe kommt nicht an. Sie ist, während ich schrieb, abgestellt worden, sie steht also, und hinter mir warten fünf Koreaner schweigend, dass ich den Weg freimache. Das tue ich endlich, drehe mich zuvor aber glücklich um und schreie:

»Ka tschu seo.«

Doch das heißt nicht »nice to meet you«, sondern »bring me there«, und die auf der Rolltreppe schütteln ernst, aber ratlos den Kopf.

Alle haben ihre Ferne, eine Ferne, die dich vor sich her treibt, durch eine Flucht von Räumen. Weiter, weiter, durch eine Passage, die sich in einen Raum öffnet und dich entlässt. Dieser vollkommene Ort gibt sich mit keinem Horizont zufrieden. Zum Beispiel Chabarowsk, in Südostsibirien. Rot geht die Sonne unter, taucht in den Milchschaum des Winternebels.

»Sieht das schön aus!«, sage ich zum Taxifahrer.

»Ja«, erwidert er, »ich danke Ihnen.«

Er behandelt die sinkende Sonne wie ein Accessoire aus der Innenausstattung seiner Heimat, und er hat recht. Anderswo wäre sie anders untergegangen.

Städte werden gebaut auch aus Einsamkeit und Sehnsucht, die Architektur, die Verkehrsführung, die glatten, undurchlässigen Fassaden, sie sind Ausdruck der Vereinzelung. Dann der Park, die Kirche, die Promenade am Fluss, die Innenstadt mit historischen Anwandlungen, der Jahrmarkt – lauter Manifestationen des Verlangens. Das Verlangen wird Teil der Stadt, es gibt die Städte nicht ohne, und es gibt

Städter, die, ganz aus Einsamkeit und Verlangen bestehend, die Straßen durchstreifen.

In einem Park am Stadtrand dieser sibirischen Kleinstadt steht – gleich vor der Anlage, in der drei Rentiere Fotodienst tun – eine hohe Wand aus Pappmaché, in ihrer Mitte eine üppig mit Girlanden dekorierte Aussparung in Herzform. Davor posiert eine hochgewachsene Braut mit ihrem kleinen Bräutigam, seine Schuhe abgewetzt, der Anzug grau und erbärmlich. Sie lässt den Gatten auch rasch links liegen, unterhält sich aber gerne auf Englisch mit mir.

Nach einiger Zeit frage ich unverblümt, warum sie ausgerechnet am Tag ihrer Hochzeit die Geduld aufbringe, so lange mit mir zu reden.

»Aber nein«, ihr Gesicht unterstreicht das Entsetzen des Tonfalls. »Dies ist doch nicht meine Hochzeit!« Sie sei hier nur, um die Leute zu animieren, sich fotografieren zu lassen. »Wenn sie nämlich allein kommen, haben sie keine Freude am Bild. Gibt man ihnen aber eine Braut an die Seite, ist das etwas ganz anderes.«

Es sind Plastikschwäne auf dem Wasser. Nur die Gesichter der echten Bräute, wenn sie die falschen mustern, sind unverfälscht feindselig. Ich folge dem kleinen Bräutigam-Darsteller durch die Stadt. Er hat die Ausstrahlung eines Menschen, dem nichts passiert, dem eigentlich noch nie etwas passiert ist. Er ist unsichtbar, niemand fragt ihn nach der Uhrzeit, niemand nach dem Weg, vielleicht aus Angst vor der Berührung mit dem Nichts. Er selbst hat den Mitwirkenden seines Lebens wahrscheinlich selten ins Gesicht gesehen. Einmal sagte der Mann, an den er mich erinnert, zu mir:

»Warum soll ich mich umbringen, solange ich noch Geld habe?«

So einer ist er. Er geht dahin durch die fremde Stadt wie ein Mondsüchtiger.

Im fernen Osten Russlands, am Zusammenfluss von Amur und Ussuri, dreißig Kilometer vor der chinesischen Grenze, treffen sich drei Alte in einer Pagode am Ende eines städtischen Parks mit Blick über das grüne Tal. Der eine trägt Sandalen und eine blumenbestickte Umhängetasche, der Zweite bloß einen grauen Kittel zur Schiebermütze, der Dritte hat den Tod im Gesicht. Seine Augenhöhlen sind so dramatisch schwarz wie im Stummfilm. Mit verächtlicher Miene wirft er immer wieder die Hände in die Luft, als wolle er sie in den Himmel entlassen. Das Wort »Perestroika« ist es, das er wieder und wieder so lautstark straft. Das Verächtliche weicht nicht aus seinen Zügen, nicht einmal, als die aufgetakelte Alte in Violett erscheint, mit einem Plastikhandschuh und einer Strassbrosche im Dekolleté. Sie nimmt die anderen beiden Männer mit, als seien sie entweder ihre Freier oder als sei ihr Freigang beendet. Der mit den schwarzen Augenhöhlen bleibt zurück, redet weiter, schimpft in der Pagode auf und ab gehend auf Gorbatschow, auf den »Sekretär«. Er lacht auch höhnisch wie vor Publikum, bricht nur ab, um sich eine Zigarette anzuzünden, redet weiter, setzt die Zigarette gestisch pointiert ein, kommt auf mich zu, blickt mich nicht an. Ich denke, er will mich schlagen. Sollte es so sein, wird er seine Gründe haben. Er packt aber bloß mein Handgelenk, dreht meinen Arm, um das Zifferblatt meiner Uhr besser vor seine Augen bringen zu können, schleudert den Arm zurück, als sei er sinnlos wie die Perestroika, und trollt sich. Ich möchte nicht, dass er stirbt.

Gerade als sich die Wolkenbank kurz vor die Sonne schiebt, erlebt die Frau auf diesem sibirischen Rummelplatz ihren Sturz aus zwanzig Meter Höhe, während sich unten die Starkbiertypen mit den Bodybuilderkörpern vor dem Bikinimädchen am Hau-den-Lukas blamieren. Als sie es zum dritten Mal versucht haben, erhalten sie winzige Plüschbären, die sie ihren Freundinnen überreichen. Die Männer geben Erklärungen ab, die Maschine spottet, die Frauen lachen ein ungutes Lachen und wenden die Bären in den Händen wie Plüsch gewordene Manneskraft.

Die Frau auf dem Freefall-Tower, der Hauptattraktion des Jahrmarkts, wirkt dagegen in ihrem stummen Schrei, als habe sie eben ganz allein die himmlische Liebe gesehen.

Der Glasbläser aus Murano hatte das dicke rote Gesicht gehabt, das einem von den Etiketten der klostereigenen Liköre zuprostet. Er hatte gesagt: Man darf mit dem Glas nicht kämpfen, man muss mit ihm tanzen. Nun sitze ich auf einem Spielplatz in Chabarowsk vor einer weiten Rasenfläche unter Bäumen, darunter drei leere, grün abgeblätterte Gartenbänke im halben Zirkel, drei beschädigte Baumstammstücke, wie Abfall weggeworfen, aber elf bunte Schaukeln baumeln an den bunten Stangen. Weit hinten gehen drei Schaukelbretter im Wind immer noch auf und ab. Die Bewegung der Kinder, die in die Häuser liefen, ist an dem leeren Ort zurückgeblieben und lässt ihn leben.

Erfinden wir uns eine Dame mit einem Sonnenschirm. Sie sei soeben an meiner Parkbank vorübergegangen – warum? Um uns zu beschäftigen. Wir brauchen ja nur eine solche Gestalt, die Spannung ihrer Schritte, die Drehung des Schirms im Gehen, um ruhig tatenlos sein zu können. Sonst: Ja, es ist noch winterlich, die Enten kreischen, der Mantel muss bis obenhin zugeknöpft werden. Wo bist du hingekommen? In den Park, um allein zu sein.

Gerade wird es noch kühler. Die Dame gegenüber hat ihren Platz verlassen im Augenblick, da ich zu schreiben anfing. Als hätte ich sie fotografiert. Dabei schreibe ich nur, um nicht denken zu müssen. Warum in diesem Park? Weil ich ihn mit einem Bus erreichen konnte. Vergiss für einmal, dass ein Paar auf der Bank neben mir Platz nimmt. Sie sitzen begossen. Sie lieben nicht, sie frieren früh.

Wenn der Puls nicht regelmäßig schlüge, hätten wir eine andere Musik. Wenn ich den Schlaf lieben könnte, hätte ich die Hoffnung, einmal satt zu werden. Wenn sich das Träumen genießen ließe, gäbe es süchtige Träumer. Vielleicht ist der Erfolg eine Krise, in der die unbeschädigte Person ihren Prüfungen übergeben wird. Mit solchen Gedanken kommt man über den Winter.

Der Mann nebenan ist ein pessimistischer Schmuser und schwelgt in der Lethargie nach der Verführung. Seine Schwermut, das ist ein Ausruhen auf Enttäuschungen. Die Geliebte dagegen erleidet gerade glücklich den Moment, in dem das Gesicht nicht länger nur hübsch ist, sondern ausdrucksvoll.

Da bleibt sie, die schwebende, hinter dem Rücken des Mannes noch zögernde Hand der Frau, die ihn gleich fassen will, aber noch in der Geste bleibt, beim Verweilen in der Luft, das wie pantomimische Unschlüssigkeit ist, bevor sich der Arm um den Liebsten legt. Dieser ist einer, der sich in seinen Anzug verlaufen hat, einen mit grünmetalligen Pailletten schillernden Ballroom-Smoking.

Seine Augen waren lange in der Fremde gewesen. Damals wusste ich nicht, dass diese Fremde »Psychopharmaka« hieß, »Antidepressiva«. Das Leben ist falsch, weil es ihn in diesen Anzug geführt hat, dachte ich.

Der Mann aber und seine Frau, sie reden von zwei Seiten ins Leben. Ihre Perspektive heißt: »Dass mir das passieren musste!«, seine: »Dass ich das erleben durfte!«

Sie trägt Nuttenschmuck, also keinen Ehering, aber ineinandergeflochtene Silberstränge, irgendein Freundschafts- oder Anhänglichkeits-Insignium jedenfalls, eine ärmellose Tüpfelbluse, Jeans, meeresblau lackierte Fingernägel, spröde Haare, routiniert hochtoupiert und aufgeschäumt, trocken und splissig, aus Erfahrung sexy. Sie trägt einen BH, den man sehen soll, und schaut absichtlich abgebrüht. Die jahrelange Verachtung für den Freier lässt sie am unbeseeltesten erscheinen, wenn sie kess gucken will, kess ist ihre Routine. Ein Unterschenkel ist von Narben zerteilt wie ein Schweinerollbraten, diese frischen Narben verlaufen wie dunkelrote Bindfäden.

Der Schaffner tritt ins Abteil, empfiehlt heute Putensteak mit Rahmchampignons, das tut er immer.

Aber sie sagt übergangslos: »Da kriegt der Mann mit der Schweinelende ja bestimmt eine Erektion.« Das ist völlig unverständlich oder hat einen Vorlauf, aber der Schaffner trägt Birkenstocksandalen, einen Oberlippenbart mit Nikotinfärbung und kann sich in der Implosion seines Amüsements kaum mehr einkriegen. Indigniert verschwindet der Kopf der Führungskraft auf dem Nebensitz in einer Publikation über »Psychogenetische Ahnenkunde und Erlebnisprogrammierung«. Dieser Wirtschaftslenker würde gerne für seinen Nettoumsatz bewundert werden, wird aber für das Design seines Oberhemdes gerade allgemein verachtet.

In der Bahn senkt die Dame, mit der ich das Abteil auf der Strecke nach Berlin teile, ihr Journal und sagt – es klingt wie eine komplizierte Eröffnung im Schach: – »Die Cortes-See ist der nördlichste Brutplatz des Blaufußtölpels.« Mit ihr lässt sich reden.

Zehn Minuten später sind wir bei der Liebe, weil sie Abschied von ihr nehmen will. Der geliebte Mensch, sagt sie, sei ja doch bloß einer, der immer fehle, der immer zu wenig sei. Wozu die Berührung, wenn nicht, um nachzufühlen, ob der Geliebte noch da ist? Wozu der Kuss, wenn nicht, um sich noch mehr zu verdichten? Dieses dauernde ich-bin-da, ich-bin-noch-da, diese Beanspruchung von immer mehr Gegenwart! Ebenso ist es im Eros der

Rede, sage ich, diese sich übertreffende Kühnheit, ja, diese ganze Rappelköpfigkeit in der infinitesimalen Annäherung, bis man reinen Quatsch sagt, nur um die Nähe noch zu steigern: Und dann lege ich meine Hände in die deinen, und alles regnet ab, kommt nieder wie Staub und ist gut, wie zu Kinderzeiten alles, alles gut war, wenn auf die Wunde geblasen wurde und die Welt wiederkehren konnte.

Als wir die Reiseflughöhe unserer rhetorischen Emphase erreicht haben, öffnet sich die Abteiltür abrupt:

»Ja, sag einmal«, grätscht der Galan herein, tritt auf sie zu, die sich mühsam erhebt, und drängt ihr frontal seinen Körper auf. Die Wiedersehensfreude in ihrem Gesicht zerbricht wie ein Stück Keramik.

»Ja, sag einmal«, sagt er wieder und sucht zur Begrüßung mit der Hand schon ihre rechte Pobacke: »Ja, halli-hallo bei dem schönen Wedder, gell.«

Die Frau, die mich fesselt, als ich sie so schwarz-lila an der Seite ihres Sponsors in den Speisesaal treten sehe, wirkt wie ein Freudenmädchen. Wir lächeln, aber der Mann, der Pelz-Verschenker, sitzt zwischen uns, und ihr Pelz hängt am Kleiderhaken wie ihr eigener Leib zwischen den Regenjacken. Dieser Mann kommt über die Mahlzeit wie ein Abbruchunternehmer. Sie versucht ein langes Lächeln, ein sprechendes, aber vor Weinseligkeit lächelt nur die eine Seite ihres Mundes. Ihre Hände mit den hervortretenden Adern sind verschwenderisch goldberingt, ihre Nägel dagegen silbern lackiert. Zwischendurch scheint mir, als singe sie. Manchmal deckt sein Kopf ihr Gesicht so weitgehend ab, dass mir nur ein dunkles Auge bleibt, in das lächele ich. Sie forciert die Unterhaltung nicht um der Unterhaltung willen. Sie will das Bild der animierten Gesellschafterin erzeugen. Ihr Lachen stößt sich ab, einmal, zweimal, in ihrer Stimme ist etwas, als spreche sie vom Geld. Als sie geht, legt sie im Vorbeigehen ihre beringte Hand auf meine Schulter. Ich blicke auf. Ihre Augen sind nicht kühn, bloß betrunken, und meine Schulter braucht sie bloß, um nicht zu stürzen.

Die Gartentür steht offen, und noch zwischen den Büchern riecht man das frisch geschnittene Gras. Die Episode liegt in einer Zeit des Streunens. Darin entfernen sich auch die Vertrauten, und in der Halbdistanz, in der man ihre Silhouetten sieht, beunruhigen sie nicht. Aber es gibt die, die als Logierbesuch kommen und sich ausziehen und Freizeitkleidung anlegen, in der sie weiße Arme und Beine haben. Es gibt die geschiedenen, die alleinstehenden Mütter, die Ausgeblichenen, die wiederkehrenden frühesten Begegnungen.

Das Mögliche breitet sich aus, das Wirkliche liegt wie ein Urnenfriedhof da. Ich kontaminiere das

Leben anderer mit der Aussicht, es könne anders, könne vielsagender sein. Man könnte das innere Leben radikalisieren, etwas anzetteln. Ich kann in ihren Gesichtern lesen, dass sie den Weg nicht zu Ende gehen werden. Ist die Zeit abgelaufen oder die Kraft erschöpft, werden sie sich auf den Rückweg in die Niederlage machen.

»Wenn dir die innere Bestimmtheit abhandengekommen ist: lass dich verhaften«, sage ich.

Aber dieser Freund schwankt lieber. Er ist auch genügsamer und erwidert, unter dem Apfelbaum sitzend, in dem die Spatzen tschilpen:

»Ich habe keine Geliebte, bin aber in der Stimmung des Liebesbriefs. Kaum schreibe ich einen, wird es wichtig, dass es dämmert, dass ein Kind im Regen schaukelt, dass die Drosseln den Sommer herbeiflöten …«

»Es sind Spatzen.«

Als ich Henk am Mittag zu Hause besuche, sitzt er am Couchtisch vor dem laufenden Fernseher, isst Suppe, lässt den Löffel vor dem Mund schweben und bewegt ihn beim Atmen vor und zurück.

»Leg doch mal«, sagt er, »dieses Album auf, ›Chillout Forever‹.«

Am liebsten möchte er sich in der Musik verstecken. Im Fernsehen erklärt ein Priester Christus, kulminierend in dem Satz: »Jesus hatte keine Satellitenschüssel.« Wir lachen. Henk nimmt unser Lachen zurück und spricht zur Suppe:

»Gott ist tot, sagt sich so leicht. Er ist ja nicht der Einzige. Vor ihm starben ja schon eine ganze Menge Götter, einer nach dem anderen, die der Azteken, der Hellenen, der Langobarden.« Er lässt von der Suppe ab, lehnt sich zurück. »Ich wüsste gerne: Was wurde eigentlich aus den Gebeten für die Götter, an die niemand mehr glaubt? Was aus den Opfergaben für Dionysos und Apoll?«

Ich höre es, die Idee der vergeudeten Gebete hebt sich als ein Schwarm. Mir fällt auch der nepalesische Asket ein, der sagte, die Dämonen hätten es auch schwer im Leben, weil wir so viel beten. Vor einem Jahr noch saß Henk im Gefängnis. Er hatte eine Frau im Affekt erwürgt, zehn Jahre Haft hinter sich. »Komisch«, hatte er einmal zu mir gesagt, »dass ich immer so warme Hände habe.«

In der Haft stülpte er sich manchmal einen Pappkarton über den Kopf, um ein bisschen Privatheit zu haben. Ich sehe ihn vor mir, wie er sich aus dem Inneren des Kartons heraus Gedanken macht über den Verbleib von Gebeten.

Endlich wird es regnen. Dann geh ich hinaus, lasse die Tür offen stehen, und schon erreicht mich der Durchzug am Schläfenhaar. Nach aufsteigender, nasser Erdenbräune riecht es. In der Bibliothek hinter mir hebt und senkt sich die Dünung der Stimmen, drei Gruppen von Gerede schleichen sich in die Lektüre: auf der Terrasse zwei Mädchen, von denen das eine monoton einen Sachverhalt auf Portugiesisch entwickelt, gegen den das andere gedämpfte Einwürfe platziert. – Vom Empfang das glucksende Lachen der beiden Rezeptionistinnen, die schon so lange zusammenarbeiten, dass sich die Stimmen angepasst haben und ineinanderspielen wie eine Instrumentengruppe. – Schließlich die ältere Dame zu meiner Linken, die sich einen Text leise zweifelnd vorliest und den Basso ostinato bildet. Lange genug verfolgt, schon klingt alles wie vom Blatt gespielt. Satzende. In das Schweigen hinein flattert der erste einzelne, von der Lesenden skeptisch geflüsterte Satz:

»Diese Zeit hat nicht mal mehr ein Recht auf Melancholie!«

Jeder, der in der Nacht trunken über das Kopfsteinpflaster nach Hause geht und den Schatten betrachtet, der vor ihm nach Hause schwankt, und die Häuserwände, die zu beiden Seiten aufragen und die schlafenden Brüstchen der Vögel fühlt, die unter den Dachvorsprüngen sitzen, wie sie sich heben und senken und so weiter, der muss sich sagen, das bist du schon lange nicht mehr, sondern es ist die mitgeführte Vorstellung deiner selbst, du Geisel einer Neigung, in Sätzen zu sehen. Doch dann hat die Nachtbäckerei schon geöffnet, ich trete, satt wie ich bin, in den warmen Geruch des Gebäcks, kaufe zwei heiße Brioches und habe das Fassbare gleich als schmelzenden Zuckerguss an meinen Fingern.

Die Argentinierin ist in einen gerafften Designersack gewandet, der ihr steht. Ihre Hände ruhen starr auf dem Standmikrophon, während ihr Körper bei jedem vokalartistischen Angriff auf die hohen Lagen auf die Zehenspitzen steigt. Dann fällt die Rechte abwärts auf die Höhe der Taille, wo sie mit eingeklappten Fingern bleibt, als trage sie Sand, aber nein, sie ist unbeweglich, eine Kunsthand, blass und unflexibel, erstarrt in der unauffälligsten Position.

Schon steigt die Sängerin wieder auf die Zehenspitzen. Ihre Stimme, so dünn wie rauchig, ergießt sich in den Fluss der Big Band und geht darin unter, ein Instrument unter anderen. Aber als sie in den Aufschwung der Polka Correntina schwenkt, die an eine Toberei aus dem Balkan erinnert, da öffnet sich plötzlich die steife Hand, entfaltet sich in der Luft und fliegt, die rote Haarspange schickt einen Reflex hinterher, und die Musik jauchzt über der geglückten Animation.

Auf einem großen Platz in Santiago de Chile öffnet sich in der grauen Fassade eines Repräsentationsbaus ein düsterer Flur, zu Unrecht »Galería« genannt. Eine

Leibesöffnung ins Innere der Paläste ist er, unter die Haut von Bauten, die viel gesehen haben, aber keine Paläste mehr sind. Ein paar lichtlose Läden liegen hier, vergitterte Stuben der Philatelisten und Münzhändler, der Ticketschalter einer Theateragentur, ein staubiges Brautmodengeschäft, eine Fahrschule. Fährt man aber in der klapprigen Kabine des Aufzugs zwei Stockwerke tief in das Innenleben des Gebäudes, kommt man vor die blutrot gepolsterte, genagelte Tür eines Pornokinos. Man tritt ein. So lichtarm die Projektion, so gelb das Bild da tief unten schimmert, kann man nicht erkennen, ob der Saal gefüllt ist oder leer. Auch muckst sich nichts. Auch hält alles still wie im Gottesdienst. Aber sie sind alle, alle da. Die mit den Kunstlederwesten, den Berufsbekleidungshosen, den Holzfällerhemden, den Spiegelbrillen, den Rottweilergesichtern und dem schweren Atem – nicht der Selbstbefriedigung, sondern der Fettleibigkeit.

Der Pornofilm selbst ist ein Fresko, eine Tapisserie nach alten Vorbildern: Aus einer Perspektive von weit weg richtet die Kamera ihren göttlichen Blick auf ein Matratzenlager voller Nackter. »Orgie« heißt das in der Wirklichkeit, »Porno« heißt es in der Welt der Bilder. Dies hier aber ist ein Drittes.

Die Kamera bleibt regungslos, gebannt oder desinteressiert in ihrem Blick aus der Halbdistanz. Sie zoomt und sie schwenkt nicht. Es ist unter ihrem

Blick auch nur vage zu erkennen, welches Geschlecht dieser nackte Mensch dort hat, was Gesicht, was Schoß ist, wo ein Körper endet, wo der nächste beginnt, und welche Bizarrerie man dort vielleicht unter Nackten oder in blickdichten Strümpfen treibt. Diese Perspektive ist zu unpersönlich für die Begierde, zu zudringlich für die Analyse. Ein Madenhaufen sieht so aus oder ein Kunstwerk.

Nein, so ist die sexuelle Aktivität nie dargestellt worden, und ein derartiges Publikum hat die Kunst des Erotischen nie gefunden. Dass in diesem amphitheatralischen Keller gerade die erstaunlichste Ausstellung intimer Lieblosigkeit stattfindet, wird mir aber trotzdem erst bewusst, als der Mann neben mir ein Bonbon auswickelt, denn jetzt ist es im Knistern des Papiers so still wie im Schrecken nach dem Sündenfall.

Im Flugzeug von Santiago de Chile nach Balmaceda erzählt ein junger Mann von seiner Freundin, der schönen und dezenten, die immer Angst habe, zu viele Fragen zu stellen, speziell solche, die eine gefährliche Antwort nach sich ziehen könnten. Er redet mit Wärme und Diskretion von ihr, der drei Jahre Älteren mit der »großen Persönlichkeit«. Innerlich ist sie immer beschäftigt, sagt er, hat immer einen guten Gedanken, kann jeder Sache etwas Gutes abgewinnen.

»Ach …«

Er bewundert sie wie ein Mensch ohne Phantasie ein Märchen bewundert. Sie brauche ein unglaubliches Quantum Liebe, sagt er auch, denn ihre Meinung von sich selbst sei nicht die beste, dabei könne er sagen: Eine bessere Frau sei ihm nie begegnet.

»Als ich krank wurde, hat sie sich drei Tage freigenommen, um bei mir zu sein. Sie sieht sich im Fernsehen Formel-1-Rennen mit mir an, für mich. Sie hat ein so gutes Herz. Sie kann an keinem Bettler vorbeigehen. Sie malt so schön.«

Je länger er redet, desto klarer wird: Er fliegt nach Balmaceda, um sich von ihr zu trennen. Er hat eine Schlechtere gefunden. Nun probiert er an mir seinen Abschied aus, redet weiter, trennt sich mit jedem Satz.

In meinen Händen halte ich währenddessen einen blauen Umschlag ohne Absender, abgestempelt in Finnland. Darin lag nichts als ein unbeschriebenes, schneeweißes Blatt. Als der junge Mann das Thema wechseln will und fragt: »Ein Liebesbrief?«, höre ich mich sagen:

»Von meiner Verflossenen.«

Und er blickt auf das leere Papier, als habe er seine Wahrheit darauf gefunden.

Am Straßenrand, ausgesetzt im tiefsten Patagonien, steht dieser ratlose Städter, der aus Buenos Aires hereingeflogen kam und nun die eigene Erschöpfung bereist. Diese Reise hat er lange, und er hat sie mit seiner Liebsten geplant. Doch kurz vor der Abreise gab sie ihm den Laufpass. Jetzt reist er für sich allein und macht Fotos von Landschaften. Sie sind alle leer, zum Beleg für die eine, die hier fehlt. Seit sieben Stunden trampt er, sagt er. Kotzübel ist ihm vom Duft der Blumen am Weg.

In einer kleinen gekachelten Eckkneipe der chilenisch-argentinischen Grenzstadt Chile Chico brät der schwerhörige Wirt im weißen Unterhemd seine Spiegeleier zu mexikanischer Musik. Er rührt auch Instantkaffee an, winkt den klapprigen alten Gauchos vor der Tür: Ob sie Gehacktes wollen? Teigtaschen? Sie reden über einen, der gestern den »toten Hund« machte, das heißt, die Zeche prellte. Dann sind sie wieder bei der Vergangenheit, die auch mit den zerfetzten Fahnen zu tun hat, die an den hohen Masten rund um das erste Fährschiff knattern, das je den Lago General Carrera überquerte und hier ausgestellt liegt.

Es ist Sonntagmorgen in Chile Chico. Die Trunkenen der Nacht haben zwei zerbrochene Scheiben hinterlassen. Am Fähranlegeplatz sammeln sich versprengte Reisende, auch Heimkehrer, Bauern. Die mit den wiegenden Schritten sind jene, die es schon am längsten umtreibt und die im Laufen leben, mit geröteten Gesichtern, Menschen, die die Straßenkarte nicht anders ansehen als die Straße, die ihnen so lange vor Augen lag. Männer mit breitkrempigen Hüten sind das, Frauen mit großkarierten Flanellhemden, Alte, die mit dem Wanderstock aufs Wasser zeigen, auf die schneebedeckten Berge im benachbarten Argentinien, die Hochebenen, von denen die Schluchten und Schlünde abwärts laufen.

Das Fährschiff ist voll, kann nicht mehr Passagiere aufnehmen. Eine große Ratlosigkeit dehnt sich aus zwischen den verhinderten Reisenden, den Angehörigen, den Offiziellen, den Hoffenden von der Warteliste. Die Gruppe Einheimischer aber stellt sich im Halbkreis auf und lächelt ins Leben, die Frauen alle beleibt, die Männer alle ausgemergelt. Auch zu einem kleinen Monument mit der Aufschrift »Bienvenido a Chile Chico« gehen sie und schwenken fürs Foto scherzhaft ihre Kopfbedeckungen. Es sind dies die Bilder, die man in Jahrzehnten ratlos ansehen wird, weil man kaum noch jemanden von denen kennt, die hier schon nicht mehr jung waren. Man wird vielleicht die Tankstelle im Hintergrund erkennen, die »Copec« heißt, und zur Linken die Billettstation mit der Aufschrift »El Refugio«. Kinder kommen, um den Abreisenden beim Abreisen zuzusehen. Der saftige Wind ist so wohlschmeckend. Er weht dem Freund die Haare der Freundin waagerecht ins Gesicht.

Es kommt auch die Alte am Stock vom Anlegeplatz, mit der freien Hand gestützt auf den Enkel, den Abschied noch im Gesicht. Sie gehen alle mit diesem Gesicht, das innerlich einen Abschnitt überquert und ihn nicht lassen kann, diesen Abschnitt in der Zeit.

Es gibt jenen sentimentalen Moment, wenn man einen Menschen nach einer eher flüchtigen Berührung zurücklässt, ihn in seinen Möglichkeiten, in seinem Schön-Sein erlebt hat, nicht in seinen Grenzen, also so, wie er als Versprechen leben und überleben kann. Mir werden die Abschiede manchmal schwer im Gedanken an die Menschen, die bleiben, wieder hinter ihre Möglichkeiten zurückfallen und zurechtkommen werden. Manuel verschwindet hinter einem Hoftor mit zwei Hunden, die nur kommen, ihn aber nicht begrüßen. Lili wird sich einer Expedition anschließen und das Essen tragen. Ihre Adern werden auf den Unterarmen hervortreten und ihre Augen in der Anstrengung wieseln. Jetzt stehen sie im Zimmer und halten eine kleine Rede mit verteilten Rollen, haben einen Pisco Sour parat, aber kein Mittel gegen unsere Rührseligkeit, und sie bringen Sätze hervor von der Art der Brautväter, wenn sie sagen: »Ich habe keine Tochter verloren, sondern einen Sohn gewonnen.« Solche Sätze kehren in diesem Augenblick an ihren Ursprung zurück. Sie werden geboren, und es entgeht mir kein Wort.

Der Kopf des Kellners nähert sich:

»Und? Wie steht's?«

Er wird immer größer, der rasierte Schädel. Seine Kontaktfreude stößt auf meine Angst vor noch mehr Schluckauf, jetzt, sofort. Es funkelt das Halbrund der Hafenpromenade, der laue Wind atmet auf der Terrasse wie zur Ausbreitung aller Möglichkeiten, repräsentiert durch das Gesicht des Kellners, der auch Zuhälter ist, wenn ich will. Doch bin ich untauglich, das klackernde Spanisch ringsum spreche ich nicht, und die Bedienung mit dem riesigen Muttermal unter dem rechten Auge lächelt wahrscheinlich nicht meinet-, sondern des Muttermals wegen. Der Koch mit der hohen weißen Mütze raucht unterdessen vor der Brandung, und alle sind ein bisschen unordentlich heute, hier, in Antofagasta.

Das Leben, das der Fremde nicht abschütteln kann, und das Leben, das in der Fremde auf ihn gewartet hat, sie finden nicht zueinander. Die Fremde kapituliert vor seiner Fremde. Da wohnen Existenzen, damit er sie braucht, und er braucht sie nicht. Er flaniert nur, streift alles, berührt nichts. Das Trinkgeld ist eine Abfindung. Geh. Versuch nicht, mir etwas zu sein. Neu ist, dass der Poolwärter singt, dass die Korbmöbel auf dem Balkon aus Plastikstreifen geflochten wurden, dass die Hunde ins Wasser laufen und der Schlauch des Bademeisters zu kurz ist.

Eben habe ich begonnen zu reisen, drei geographische Punkte miteinander zu verbinden, besetzt von drei Städtenamen mit Charisma. Die Erwartung lebt auf und vergeht. Ich wünsche mir diese Orte nicht leicht, nicht voller sozialer Nachlässigkeit, ich wünsche mir ihr Unaussprechliches, ihre Bildrückseiten. Die Sonne scheint ins Zimmer, alles ist weiß, selbst die Geräusche sind weiß, auch wenn es sich hier um ein Stundenhotel handelt, und nur der Geruch der frisch getrockneten Wäsche aus dem Hof spricht statt derer, die hier wohnt und mir ihr Zimmer überließ. Wir waren uns nicht sympathisch, ihr Gesicht verhehlte es nicht, als sie ging. Desinteressiert waren wir und redeten so dahin. Es gelang. Das Gelingen ist an solchen Situationen das Langweiligste.

Ich war zufrieden über das Einsetzen von Kopfschmerzen, goss etwas Sekt darüber und setzte mich ans Fenster. Das ratternde Meer schob immer neue Abbruchränder an den Strand. Die Vergangenheit sah genauso aus. Zuletzt verschwand selbst das geöffnete Fenster in der Dämmerung.

Du könntest abreisen. Ich bin schon abgereist. Du könntest ans Meer fahren. Es liegt da. Wann beginnt die Ankunft? Wann der Frühling, der den gefrorenen Strom entfesselt? Du könntest allein sein. Was hast du? Draußen liegt die Landschaft, die so vollkommen die Idee der Ferne beschriftet. Dann klappt eine

Tür, Schritte nähern sich, weg das Meer, das Fenster, der Luftzug. Du könntest allein sein. Du bist es.

Als ich zum ersten Mal von der Atacamawüste hörte, war sie für mich mit der großen Hitze und dem Wort »Salpeter« verbunden. Als ich dort ankomme, ist ihr Kamelhaarton sanftmütig, ihre Hitze aggressiv. Sie will nicht mit Schwärmerei, sondern mit Empörung bereist werden. Einen Kilometer vor San Pedro de Atacama kommt mir auf einem Damenfahrrad eine Blondine entgegen. Sie ist im hellen Sonnenlicht gespenstisch. Mit euphorischem Gesicht und nackten weißen Beinen, nackten Armen radelt sie in die Wüste wie dem Sterben entgegen.

Ein vielleicht zehnjähriger Junge und seine blonde Mutter, offenbar eine Deutsche, sprechen auf dem Flughafen von Lima mit einer Peruanerin über Schokolade und Brot. Der Junge stimmt von Zeit zu Zeit den immer gleichen Kommentar an:

»Nein. Nein.«

Dann beginnt er ungeniert und auch unbehelligt zu onanieren. Dazu sagt er in Abständen:

»Immer dabei. Immer dabei.«

Der Mond kommt um Viertel nach fünf. Plötzlich färben sich die satt terrakotta-curryfarbenen Parkhausfassaden grau und grün, der Wind fährt ungemütlich über Darling Harbour. Die drei vierzigjährigen Freundinnen am Nachbartisch finden ihre Torten in der neuen Beleuchtung plötzlich deplatziert und blicken doch geradeaus auf sie.

Je inspirierter so eine Straßenmusikerin auftritt, desto größeren Abstand wahren die Passanten. Diese Sängerin steht im Anorak da, singt Koloraturen und nichts als diese. Manchmal fällt sie vor Anstrengung ins Hohlkreuz, dann wieder begleitet sie einen besonders schwer zu treffenden Ton durch einen Ausfallschritt wie beim Fechten. Für Fotos erstarrt sie, singt aber weiter, und manchen hohen Lauf balanciert sie auch auf der Nase wie eine Seehündin den Ball. Bindet sie gerade keine Aufmerksamkeit, schwingt sie in der Taille hinter den Spaziergängern her und schickt ihnen ihren Gesang mit auf den Weg. Reagiert gar niemand, flattern ihre Töne mitleiderregend durch die Luft wie Wimpel. Am erbarmungswürdigsten wird es, wenn sie einen einzelnen Jogger ansingt, ihm nachsingt.

Ich frage, was denn das sei, was sie da eben gesungen habe: »Semele«, sagt sie, es klingt wie »Salami«, »von Händel.« Sie hat den letzten Ton angehalten, wie um den donnernd einfallenden Applaus zu stimulieren. Aber nur ein Kleinkind klatscht im Weggehen, und selbst das klingt ironisch. Sie kriegt das Seelenvolle nicht aus ihrem Gesicht, das hier so unförmig wirkt, dieses Seelenvolle, mit dem sie sich der Kunst nähert. Es imprägniert sie nicht nur hier, sondern überall gegen das Ironische der Außenwelt. Sie ist eine Mystikerin und frohlockt für die Kunst. Mehr als der Schmelz der wie durch blasiges Glas dringenden Arien bannt mich die Ausstellung der schönen, selbstbewussten Unvernunft.

Das Kartoffelgesicht der Fünfzigjährigen, die über die längste Zeit ihres Lebens vierzig war, hat sich zu lange in der Sonne befunden. Dann noch der Nachmittagswein. Dann noch der Mann mit der Baskenmütze ihr gegenüber. Ach, ihre Augen werden ganz schmal, während sie ein paar Blicke an ihm ausprobiert: Mit dir ist es anders ... mit dir könnte ich ... ich könnte es mal krachen lassen mit dir ... Prompt will er sie mit einer Spargelspitze füttern. Sie formt ihre Zunge zum Schinkenröllchen, er schiebt den Spargel hinein, sie lachen unterdrückt schweinisch.

»Du bist ja eine ganz Schlimme.«

Sie legt den Kopf in den Nacken. Er kann sich nicht sattsehen an ihrem Schlimm-Sein.

Einem Kind wird auf seinen Wunsch von der Schaffnerin im Zug der Schuh zugebunden.

»Das tut weh«, sagt das Kind.

»Verstehe«, sagt die Schaffnerin, »und dabei habe ich dich noch nicht mal berührt.« Sie lässt sich an der Seite des Mädchens nieder. »Was meinst du, wenn ein Mann mit seinem Atem eine Glasvase bläst – wo bleibt sein Atem?«

Beide schauen der Frage nach und sich dabei gespannt in die Augen, wer zuckt zuerst, wer antwortet? Als sie beide lachen, sieht es aus, als lache die Kleine zum ersten Mal im Leben auf eine schwesterliche Weise.

Isabel ruft an. Nach Jahren im Ausland, ist sie auf der Durchreise in ein anderes Ausland. Allein durch den Klang ihrer Stimme zieht sie mich in einen Strom der Bilder: Sie legt ihren Kopf in die Armbeuge, dreht sich an der Straßenecke zur x-ten Verabschiedung um, sie rollt ihre Strümpfe am Bein abwärts, lacht ohne Grund.

»Wollen wir uns sehen?«, frage ich.

»Langsam, nicht so schnell«, ist ihre Antwort.

Sie will wissen, ob ich noch reise, noch schreibe, Kinder habe, woran ich arbeite, was ich aus meinem Fenster sehe, was ich heute anhabe … Ich gebe Auskunft.

»Wollen wir uns sehen?«, frage ich wieder.

»Gib mir eine Stunde«, erwidert sie atemlos.

Es folgt der leere Tag, an dem ich durch die Kälte spazieren und anschließend einen Liebesbrief schreiben darf.

Der Redner in der Fußgängerzone hat alles wohl erwogen. Er steht erhöht, faltet zum Auftakt langsam die Zeitung zusammen. Man weiß nicht, folgt nun Humoristisches, Theatralisches, Pantomimisches, dann hebt er mit dem barocken Schwall eines verlorenen Abraham a Santa Clara an:

»Es beginnt damit, dass man sagt, das ist nicht mehr meine Zeitung. Es endet damit, dass man sagt, das ist nicht mehr meine Zeit. Welche Zeit?«

Im Hintergrund spielt jemand »Human Nature« auf der Harfe.

»Ich glaube nicht an die Macht des Zufalls, ich glaube an seine Ohnmacht. Und an unser Verschwinden. Der Mensch wird keine Rolle mehr spielen, nicht, was er ist, nicht, was er gilt, nicht, ob er einzig und verdienstvoll, ob er voller Würde ist. Man wird ihn gar nicht mehr erkennen, und was man erkennt, wird einen nicht interessieren. Was er sagt, wird man nicht glauben, wenn er appelliert, wird man nur seine Funktionen hören, wenn er stirbt, wird man ihm nachrufen, aber lieber im Zorn. Die, an denen man sich reibt, werden die Letzten sein, die man noch erkennen kann. Aber nur solange die Schuppe vom Scheitel fällt … die Knechte von Rom …«

Es geht noch lange so weiter, es kann noch lange so weitergehen, denn er ist im Recht, und Recht ist genug da, und die Sprachmacht donnert. Allein eine Frau auf einer Bank hört ihm zu. Aber wie!, imitiert sie doch dauernd den der Werbung abgeschauten Zusammenhang von Genießen und Augenschließen.

Die persische Großmutter meiner Freundin Fatma kommt aus Teheran und wartet, bis die Tochter von der Arbeit heimkehrt. Immer bringt die Tochter etwas mit, etwas, das der Mutter Deutschland erklären soll. Manchmal hat die Mutter auch tagsüber das Fernsehprogramm durchsucht, aber verängstigt meist schnell wieder ausgeschaltet.

»Die schreien ja nur.«

Die Tochter beschwichtigt: »Das ist Deutsch.«

»Warum zanken die sich denn immer?«

»Das klingt nur so. Die hören sich auch so an, wenn sie freundlich sein wollen.«

»Was die nur immer reden«, wundert sich die Großmutter. »Wer so viel redet, hat mehr Gelegenheit, einsam zu sein.«

Der Winter zieht ein im Hinterhof, und wir ändern uns. Im Sommer sehen wir Nachbarn uns noch alle oft an den Fenstern. Man hängt heraus, Stimmen und Musik sammeln sich in dem Trichter. Das Mädchen von gegenüber sitzt immer hoch oben auf dem Fensterbrett und isst Honigbrote, im weißen Hemd, mit nackt baumelnden Beinen. Die Mutter schimpft von innen. Das ändert nichts. Manche Fenster bleiben immer offen, die Wohnungen verständigen sich untereinander, mal durch Geräusche, mal durch Gerüche. Wir werfen uns Blicke zu, wir haben so eine Solidarität des Zusammenlebens. Einige von uns sind sich auf den Straßen nie begegnet, aber von Rückfront zu Rückfront haben wir uns angelächelt.

Dann kommt der Herbst, und man verliert sich. Die Fenster werden zu Rückseiten. Sturm tobt, Schnee taumelt in unseren Schacht herab, färbt die Mauerfluchten pastellen. Er wird tauen, vereisen, tropfen, neuer Schnee wird sich dick und weißblond darüberlegen, und zwischendurch färbt die Asche die Luft rosé.

Die Gesichter haben sich zurückgezogen. Im Lichtschein sieht man jetzt manchmal eine Gestalt hinter der Gardine auf und ab gehen mit winterlicher Miene. Nie wieder wurde das Mädchen mit den Honigbroten gesehen. Allmählich vergisst man die Leute im Hof, und erst wenn die Frühlingssonne herauskommt, tauchen wie winterharte Blütenknospen die Gesichter am Fenster auf. Da sind wir wieder, sagen ihre Züge, indem sie sich in die Luft recken. Sie sind die alten unter neuen Frisuren, aufsteigend aus anderen Halsausschnitten, das Blühen und Welken neuerlich interpretierend, bereit, wieder in den Sommer ihres Lebens zu schwärmen.

Im Abteil mir gegenüber schläft ein Mädchen mit großen, leicht vortretenden Augen. Selbst schlafend hat sie ein Stummfilmgesicht. Dann treten weitere Gesichter heraus, und dauernd wird sie eine andere. Als es dämmert, nehmen die Metamorphosen dramatische Ausmaße an. Jetzt kann ich das Mädchen gar nicht mehr identifizieren, das vor Stunden noch all dies zusammenhielt. Dauernd ist es im Werden, und aus dem Werden heraus schwirrt es ins Geisterhafte. Der Zugchef sagt die Station an. Und ihr Gesicht, das jetzt aus dem Schlaf heraufdämmert, wirkt wie eines, das aus dem Spiegel der Badewanne taucht und die Brust der Mutter sieht oder einen Herbstwald.

Im Zug auf dem Weg nach Wien warte ich auf Dinge, die die Situation einer Bahnfahrt nach Österreich ausdrücken. Einer, der neben seinem Hund sprintet, einer, der in die Ferne davonläuft, einer, der mit dem bremsenden Zug Schritt halten möchte, einer, der im hohen Gras am Wegrand steht und seinen Hut geraderückt. Dann lange kein Mensch. Ein vom Vogeldreck besprenkelter Güterwagen, gelbe Kieshaufen auf dem ungepflasterten Bahnsteig. Dann einer mit Gummistiefeln in einem Bach, dann ein Gesicht mit nur einem Brillenbügel über dem Ohr. Dann ein Vogelschwarm, in der Luft aufgehängt wie ein Mobile, dann eine über die Hügelkuppe verschwindende Kuhherde, dann drei Frauen, Arm in Arm vor einem Schaf, eine Frau mit Kopftuch in einem Baum, ein

Junge, der auf der Holzbank mit der Linken Repetitionen übt, drei Pferde, die in ein Unterholz dringen, ein Mädchen, das einem Zeppelin nachsieht. Sie haben Anschluss zum Nahverkehrszug nach Waging um 11 Uhr 4 auf Gleis 1.

Das Motiv des Laufens, das Motiv des Stehens, das Motiv des Verschwindens, das Motiv der Erscheinung in der Luft, die Struktur von Singular, die Dreizahl, Mehrzahl, der verlassene Raum, das Aufsehen, die Tätigkeit der Hand, die Farbe, das Poetisch-Sinnlose an den Vorgängen, ihre Aura, der Textzusammenhang des Ausdrucks: Jetzt bist du dran, jetzt du, jetzt du, alles sieht zugleich in seine Situation und in den Blick, der vorübergeht. Alles lässt sich für einen Augenblick lesen, in einem intimen Füreinandersein zwischen dem Gegenstand und seinem Betrachter. Nenn mich nicht »Gegenstand«, sagt der Bildinhalt, nenn mich nicht »Bildinhalt«, sagen Wasser, Bauer, Frau, Hand, Vogel, denn jetzt, in diesem Moment, stelle ich mich doch in einen genießbaren Zusammenhang und spreche von der Schönheit der Feldarbeit, der Müdigkeit des Reisens, der interessanten Vereinzelung der Ruinen, der Ästhetik der Armut, dem Hochglanz der Schwerindustrien, dem Ankommen, dem Scheiden.

Sie hat ein Gesicht wie das Meer. Eigentlich passiert darin nicht viel Neues. Trotzdem kann man nicht aufhören hinzustarren. Ich sehe sie an, beteiligt, aber nicht begierig, mich von ihrer widerborstigen Schönheit einfangen zu lassen. Ich sehe sie froh an. Denn denken wir an einen, der ihr verfallen ist, für den alles von ihr abhängt – wie ausgeliefert ist er ihrer Schönheit und Willkür. Wie sehr müsste er sich ihre Schönheit sogar wegwünschen, er, der sie doch auch ohne liebte.

Sie nähert sich dem Bett und ist ganz feierlich:

»Jetzt bekommst du –« Pause. »Mich.«

Sie schlägt die Decke zurück, mit der Hand, die eben noch beschäftigt gewesen war, das Brathuhn zu zerreißen – sie hatte das gefledderte Fleisch angesehen, dann in meinen Augen geforscht, ob ich es ihr durchgehen ließe: doch, mein Blick war wohl beruhigend: nur zu, und schon hatte sie es zerfetzt, das Huhn mit der elastischen Haut, die gegen die Finger schnellte. Jetzt liegt sie da als Odaliske, dieselbe Linke ist es, die die Decke zurückschlägt, unter der sie jetzt nackt ist, der Beckenschwung steigt hoch, und die Scham liegt im Schatten, und ihre Augen sagen, dass sie weiß, es ist alles gut, sie braucht den Blick nicht zu fürchten, der verweilt, und sie sagt:

»Bedien dich!«

Und das Tageslicht streut. Und die Schatten wachsen.

»Du sollst mich haben«, hatte sie damals gesagt, als es klang wie im Märchen: »Heute in einem Herbst.«

Das war damals. Sie hatte nach Apricot und geraspelten Nüssen geduftet, und ich wollte das Jahr eilen sehen, sie umarmen, in die Luft werfen und ihrem Kondensstreifen nachsehen.

Im Speisewagen lächelt die hübsche Frau. Ihr verlebter Begleiter, den sie allenfalls toleriert, produziert dazu das Stereotyp des Lächelnden. Das kleine Mädchen der Frau kennt den Unterschied nicht zwischen »Bedienung« und »Bedingung«. Es sagt: »In diesem Wagen ist Selbstbedingung.« Die Mutter sagt, das stimmt nicht. Das Mädchen fragt: »Und was ist Bedingung?« Die Mutter sagt: »Dazu bist du noch zu klein.« Der Begleiter droht: »Auf dem nächsten Bahnhof sperren wir dich in den Keller.« Das Mädchen beginnt laut italienisch zu zählen. Es hat den Begleiter längst abgeschrieben. Der akkurate junge Beamte am Nebentisch lässt sich ein entsetzliches Mahl zusammenstellen und schließt ab: »Das passt schon.« Euphorische Aufwallung bei dem Gedanken: Ich werde wieder andere Menschen kennenlernen, unvorhersehbare. Hinter mir verwendet ein Herr, über Johann Strauss sprechend, gerade den Begriff »tragische Schönheit«. Die junge Mutter kramt inzwischen in ihrer Handtasche. Das Kind sagt: »Also Selbstbedingung ist hier.«

Als sie in der Badewanne liegt, packe ich den Koffer mit meinen Sachen, lege ihren Hausschlüssel auf den Tisch und verschwinde. Mir ist schlecht vor Enttäuschung. Ich quartiere mich in einem Hotel ein. Leder in Bettnähe hat immer etwas Schweinisches. Ich fliehe ins Bahnhofsrestaurant, zu den vereinten Nationen beim Bier, beim Kartenspiel, beim Palaver. Der Mann an meinem Tisch macht sich Notizen zu einem kritischen Essay über »Bonanza« und »die Familie als Agentur«. Er erläutert mir seinen Ansatz auch mit dem Satz: »Hop Sings proletarisches Selbstverständnis wird konsequent verhindert.«

Der Bauch tut mir weh, ich haste hinaus, kaufe eine Zeitung voller Blockletttern-Gesichter, lese einen Artikel unter der Überschrift: »Wie geil macht Halbfettmargarine?«, höre einen Mann am Nebentisch zu seiner Begleitung sagen: »Das Knuspern meines Weißbrots wird Musik in Ihren Ohren sein.« Die alte Frau hat es einem Illustrierten-Persönlichkeitstest überlassen, ihr zu sagen, wer sie ist. Nun senkt sie das Magazin, noch befangen von den Resultaten. Bei allem, was man über sich weiß, es gibt immer noch einen Rest, den man den Zeitschriften zu wissen überlässt.

Alle sieben Sekunden wird in diesem Land eine Straftat begangen. Also jetzt wieder.

Mein Tisch ist groß und hell. Immer wieder setzen sich hier Menschen nieder, einzeln oder in Paaren und Grüppchen. Ein Mann an der Schmalseite erzählt von einer Nah-Tod-Erfahrung: »Es war gleißend hell, und dahinter rumpelte es.« Eine alte Ehefrau empört sich über ihren Gatten mit den Worten: »Und dann finde ich ihn auch noch über ausgezogenen Bildern!« Ihre Zuhörerin zählt als Antwort Dinge auf, die es nicht mehr gibt: Anstand, Demut, Respekt. Sie bekommt von ihrer Freundin in allem Recht, und die setzt hinzu: »Wo sind nur die Butterbrote hin?« Und die beiden sind gleich bei den Zeiten, als man die Rinden der Brote, waren sie trocken geworden, mit Butter bestrich und wie eine Delikatesse aß und die Bücklinge noch aus der Tonne fischte mit hölzernen Zangen, und als man so vieles noch lose kaufte. Das Murmeln ihrer Konversation treibt mich in die Selbstvergessenheit, und als ein Mann an unseren Tisch tritt, sich in einen Stuhl sacken, den Ober kommen lässt und draufgängerisch schaut und sagt: »Eine Flasche Weißwein für sechs Personen«, da sage ich gleich: »Ich bin dabei«, und auch die beiden Dämchen nicken. Es ist der Augenblick, in dem ich den Abschied unter die Leute bringe.

Im Gebirge, über einer Bucht des Lago Maggiore, dessen Tiefstand die Ufergräser meterweit aus der flachen Lauge herauswachsen lässt, liegt hoch zwischen Bäumen und Felsbrocken ein Hotel. Der nächste Ort kilometerweit weg, die Landschaft zu arm, zu herb, um zu locken. Das Hotel ist natürlich geschlossen, wie vernagelt. Sechs Stockwerke hoch Schweigen. Der Müll vergangener Gastlichkeiten ist auf der Rückseite noch gelagert und auch der Schrott der Maschinen, die einmal dazu da waren, fette Speisen für verwöhnte Gäste zuzubereiten und sie von jungen Kellnern auf die Terrasse tragen zu lassen, mit Blick auf den See.

Der Wind stößt gegen das angelehnte Portal. Hier war ich vor Jahren glücklich. Diese überflüssigen Tonnengewölbe und verschwenderischen Stuckaturen! Verdunstet sind die Kotflecken der Herrenhunde, die Fenster des Concierges vermauert. Vor Jahren brannten die Lichter noch in eigenen Nischen. Damals war dies ein Raum, gefüllt von Erwartung, kein Durchgang. Inzwischen hinterlassen die Entrümpler und Bestatter ihre Firmenadressen auf der Innenseite des Portals. Vergilbte Interessenbekundungen, symbolische, sagen sie doch eigentlich und unisono: Es ist vorbei.

Heute kursiert der Tipp vielleicht noch, die Nummer steht noch im Telefonbuch, aber hinter dem ruinierten Palast weidet ein Schäfer seine Herde, nahe am Abgrund zum abendlichen See. Ein Mutterschaf mit blauer Markierung im Fell hat soeben geworfen, das Lamm schrie sogleich, als es die Zitze nicht fand. Gravitätisch nähert sich ihm die Mutter, reicht die Zitze an, und das Junge nuckelt befriedet. Der Mutter hängen unterdessen Blutzotteln am After herab, und ein Stück Eingeweide schlenkert zwischen den Hinterbeinen, von Haut und Sehnen und blauen Adern überzogen.

Ich erinnere mich der Stelle, wo ich Kind war. Dort rufe ich an. Doch es ist niemand da.

Es ist die Trauer, die Individuen hervorbringt. Also versammelt die Frau in diesem Straßencafé zwar lächelnd vier Tauben auf dem ausgestreckten Arm. Aus einem unbekannten Grund fällt dazu aber die Träne aus ihrem Auge, rollt über ihren Angora-Pullover, lässt nichts zurück, krümmt bloß die äußersten Härchen und reist weiter, bis hinab in den Schoß. Da zerplatzt sie, im Tal des Schoßes. Die Frau ist ganz Charme ohne Körper. Die Träne stammt nicht aus ihren Augen, sondern aus ihrem Gemüt.

Da sitze ich also wieder im sechsten Stock des Turiner Stadtpalais. Es ist Winter, das Fenster kann trotzdem offen stehen, so lieblich wie dieser Winter ist, und nicht die Luft allein, vor allem das Licht lasse ich ein, das in Pastell von den Hügeln aus über die spätnachmittägliche Stadt dringt. Ich lese, der amerikanische Musiker La Monte Young schrieb eine Komposition, die nichts ist als die Beobachtung eines Schmetterlings, der im Zimmer herumfliegt. Musik, so gesehen, ist die Betrachtung von etwas. Schon bei

Bach und Bill Evans ist es ergreifend, wenn die Musik die Stille organisiert, sie sogar steigert. Wenn Musik sogar die Betrachtung von Ideen sein kann, wäre dann Nichtklang vielleicht auch Musik? Unter Delphinen, Walen, Wölfen, im Dschungel, im Wasser, in der Luft – überall soll also nicht allein Mitteilung, sondern Musik sein? Gibt es denn auch eine Architektur der Luft?

Solche Fragen stellt meine Lektüre. Da setzt vor dem Fenster Straßenmusik ein, erst die Ziehharmonika, gespielt im Zirkusstil, dann eine effekthascherische Trommel, ein Schellenkranz, eine Trompete, eine Posaune sogar, die humoristische Effekte erzeugt. Hinein dringt das Klatschen des Publikums. Das Ensemble hat den Charme alter Wanderzirkus-Kapellen. Manchmal hetzt es asthmatisch einem Höhepunkt zu, setzt ab, setzt wieder ein und ist gleich bei den Weinseligen, wenn sie mit tränenverschmiertem Gesicht vor sich hin spielen.

Das Drama aber liegt nicht in der Musik, es liegt in ihren Pausen. Auch wenn in diesen Pausen der Artist vielleicht auf das oberste Ende einer Leiter steigt, die er selbst hält, auch wenn er humoristisch abstürzt oder einen Salto schafft, die Musik setzt sich doch im Schweigen fort, sie ist noch in der Luft. Ihr Ausblenden ist auch ihr Glück und sagt, dass sie Platz macht, um wiederkehren zu können.

Auf der Bühne sind schon die ersten Eleven auf Zehenspitzen schwebend in Rosé vorübergeschwirrt, da drängt sich noch eine alte Verspätete durch die Reihen des Zuschauerraums, ihrem Sitz entgegenfallend, wobei sie den Zunächstsitzenden mit mehreren Gliedmaßen über Gesichter und Körper fährt. Während sie noch ihre Regenjoppe ablegt, hat sie schon ein Ohr für kleine Geräusche im Publikum und fährt sofort hinein: »Silenzio!« Die oft halb pantomimischen Vorgänge auf der Bühne quittiert sie durch kleine Schnalzgeräusche, atmet auch mal indigniert aus, hat zu jedem Vorgang ein Urteil parat.

Zum Schluss der Vorstellung klatscht sie sich die rissigen Hände rot und will gar nicht aufhören, sie ruft auch dazwischen, klatscht und ruft und klatscht und betrachtet am Ende des Abends zufrieden ihre roten Handteller. Zuletzt sehe ich sie im Foyer, die zerklatschten Hände auf den Köpfen eines Mädchens, eines Jungen, die gekommen sind, sie sicher nach Hause zu führen.

Ich setze mich vor die Tür unter die Arkaden. Eine junge Frau hat ihre Kissenfüllung voll Haar im Mahagoni-Ton gefärbt. Auf und ab trägt sie sie vor dem Café, auf und ab. Sie hat ein Gesicht, das früh Augenringe kriegt, eines wie aus der Reklame für Talika-Wimpernwuchscreme. Zu ihrem kleinen Hund sagt sie abwechselnd »Du bleibst hier!« und »Bleibst du hier!«. Der Mann, den ich auf das Sprühende in ihr aufmerksam machen will, sagt:

»Also entschuldigen Sie, aber mit dem Gesicht ist es doch schon vorbei, eh es begonnen hat.«

Im selben Café stehe ich ein wenig später am Waschtisch vor den Toiletten. Die Frau neben mir prüft lange die eigene Erscheinung im Spiegel.

»Wissen Sie, was ich oft denke, wenn ich mein Gesicht so betrachte?«

»Und?«

»Noch, denke ich. Noch.«

Unter den Arkaden des Corso kommt mir unter schreienden Grüßen, eifrigen Handzeichen, viel Gefuchtel eine Alte entgegen, greift meinen Arm und zieht mich an sich:

»Alle sind verrückt heute«, zischt sie feucht in mein Ohr, »und ich bin auch nicht besser.«

Sie lacht wiehernd, ich lache so dezent, wie ich muss, wir lachen, weil unsere Gesichter nicht weiterwissen. Überlegen streicht sie sich ihre schwarzen Strähnen aus der Stirn, lacht mich weiter herrlich an mit einem Mund voller Freundlichkeit und ohne Zähne, und da wir nicht immer weiterlachen können, bittet sie mich um Kleingeld. Ich gebe ihr einige Münzen, da packt sie meine Rechte, küsst mir den Rücken des Mittelfingers heiß und trocken und steckt ihn sich anschließend in den missratenen, armen Mund wie um umzurühren. Mittendrin schütteln wir uns beide ab.

Die junge Reiseleiterin in den »Uffizien« hält meistens sogar während ihrer Erklärungen den Knirps hoch, verständlich, angesichts all der Besucherherden und der Migrationen von Bild zu Bild. Einmal wird sie auf so einer Promenade von einem Gentleman angesprochen. Er gehört zwar nicht zu ihrer Gruppe, aber seine Frage ist gut: Ob es nicht sein könne, fragt er, dass das Werk »De divina proportione« des Luca Pacioli eigentlich nicht von diesem stamme, sondern ihm vielmehr vom blinden Piero della Francesca diktiert worden sei, so dass es Pacioli nach dessen Tod unter eigenem Namen publiziert habe? Sie argumentiert, den Schirm in der Höhe, die Gruppe folgt blind. Der Mann gefällt der Führerin, sie gefällt ihm. Das ist der Grund für seine Frage. Das ist der Grund für ihre raumgreifende Antwort. Zehn Minuten später findet sie sich in der flämischen Abteilung wieder, die Gruppe ist ihr noch immer folgsam auf den Fersen. Ihr Blick, als sie die lächelnden Augen des Mannes sieht, der seine eigene Wirkung bewundert, ihr Blick, als sie die Gesichter der Touristen einsammelt, ihr Blick, als sie zum Portinari-Altar des Hugo van der Goes aufblickt und die Angst der Hirten auf dem Felde vor dem Verkündigungsengel nachbuchstabiert, das ist der Blick derer, für die die Liebe ein In-die-Irre-Gehen bedeutet.

Wie edel, diese Gewänder in Piero della Francescas »Anbetung des Heiligen Kreuzes«, diese schweren Brokate, in Komplementärtönen angeordnet. Wie Weihnachtsfiguren aus dem Erzgebirge sammeln sie sich um die Königin von Saba, und schön ist beides: dass sie stehen wie der Wald, der fromm und lichterheilig wird, und dass man weiß, aus der Zukunft wird der Atem des Barock, werden die Windhosen des Manierismus kommen. Sie werden die Textilien erfassen und in die Lüfte heben, sie werden eine Leichtigkeit und Stofflichkeit und eine Anziehung durch den Himmel in die Welt bringen, die alles erfassen und aus den Götzen Menschen machen und ihnen einen anderen Teint verleihen wird. Das ist schön, das ist traurig, denn mit dem großen Atem kommt ein neues Temperament in die Welt und besiegelt das Ende der statischen Götzen, die man erst dann wahrhaft anstaunen kann, wenn sie überwunden sind und also die Sehnsucht nach Erdenschwere entstanden sein wird.

Ich komme zurück in meine Pension, da sitzen sie vor dem offenen Gastraum an der Straße, der Wirt und zwei Gäste, und feiern die unverbrauchte Zeit ab: Ich muss dabeisein, auch trinken, bald kommt ein anderer noch mit randloser Rundbrille, der sich dazusetzen und streiten muss. Sein Gesicht kennt nur zwei Gestimmtheiten: die restloser Heiterkeit, freundlichsten, zärtlichsten Lachens oder die des vergrübelten Sorgens, bekümmerten Vor-sich-hin-Blickens.

Sie sprechen vom Wein, vom Frühling, vom Schach, von der Poesie und der Sprache. Da alle nicht mehr trinken wollen, trinkt allein der Hausherr noch und verschwindet dazu immer wieder hinter dem Küchenvorhang, von wo die Geräusche des Trinkens in den Gastraum gluckern. Dann kehrt er streitend zurück, nennt »Don Camillo« das größte Buch der Weltgeschichte, »voller Satire, voller Wahrheit«. Dann zieht der mit der grünen Brille ein anderes Buch hervor und schlägt sich mit diesem mehrfach in den Handteller:

»Hölderlin? Sagt Ihnen was?«

Ich setze hymnisch ein. Weg wischt er meine Rede.

»Für mich ist dies der größte Geist seit zwei Jahrhunderten.«

Gewichtig sagt er dies, duldet keinen Widerspruch, blättert durch seine Gedanken und durch sein Buch. Kein anderer Dichter – er nennt ein paar deutsche, englische, italienische – komme an diesen Namen heran, was den Geist, die Höhe, die »grandezza« angehe.

»Sein Name bedeutet kleiner Holunder«, sage ich.

»Eh!«, ruft der Bebrillte, als könne es nicht anders sein. Der gute Hausvater ist inzwischen wieder hinter dem Vorhang verschwunden, hat getrunken und tritt hervor. Dies ist seine Comedia: »In questa città«, legt er los, seine Rhetorik ist große Gebärde samt theatralischen Pausen, ins Nichts geschleuderten Grimassen. Es ist ein Lebensgefühl, das nie vergisst, sich selbst neben der Sache zu fühlen, und zuletzt wirft der trunkene Rhetor die Faust vor die eigene Brust und bekennt: Ein Kritiker sei er, das ja, aber ein Kritiker aus Liebe!

Auf der Straße gehen Frauen vorbei, die wie nasse Pferde riechen. Der Geräuschteppich ist erst noch der des Divertimentos, dann flattern Stimmen im Abend, von denen auch der Name des kleinen Holunders auf und davon getragen wird.

Aus manchen Dörfern im abruzzesischen Gran-Sasso-Massiv haben sich die Jugendlichen ganz zurückgezogen. Sie suchen ihr Glück in der Stadt, sagen die Alten, die sie nicht hindern wollen und können, und die selbst kein Glück mehr dort haben, wo sie es ehemals suchten. Jetzt ist nur noch die Hälfte der Häuser an der Dorfstraße bewohnt, und nur über die Hälfte ihrer Strecke brennt noch die Straßenbeleuchtung. In den aufgegebenen, lichtlosen Häusern aber haben sich die »Vu-cumpra«-Leute niedergelassen, wie die afrikanischen Flüchtlinge heißen, die auf den

Märkten geschnitzte Tiere aus der Savanne anbieten und nicht mal das »vuoi comprare« richtig über die Lippen bringen. In diesen Gebirgsdörfern ist so eine eigene Kultur entstanden zwischen den alten Bauern und den jungen Afrikanern. Einmal habe ich einen Greis mit einem jungen schwarzen Hünen Hand in Hand über einen Feldweg kommen sehen. Es war das Ideal eines Feldwegs, das Ideal eines Paares.

Morgens sitze ich allein am Meer und springe mit den Augen von Wellenkamm zu Wellenkamm. Ich nehme die Wellen in dem Augenblick, wenn sie knicken über einem hohl gefressenen Bauch. All diese vergeudete Wucht, die kaum jemand wahrnehmen will. Ich auch nicht, denn als ich sie beschreiben möchte, fehlt mir jedes Wort. Hinter dem Gebüsch steht trotz der frühen Stunde ein regloser Mann und isst Pizza bianca. Das Meer spült zwei zusammengehörige gelbe Plastiksandalen an, bemüht, sie nicht zu trennen. Sonst nichts. Ich setze mich auf meine Sandalen und schreibe mit einem Stock, um Jahre verspätet, ein Paar Initialen in den Sand. Da nichts passiert und da wegen des schlechten Wetters auch die Fischer nicht eintreffen, von denen ich Fisch hatte kaufen wollen, gehe ich wieder ins Strandhaus und koche dünnen Kaffee. Je länger nichts passiert, desto stärker fühlt es sich an, als hätte ich Geburtstag.

Dann Kinderstimmen vor der Tür. Wahrscheinlich ist Sara darunter, die nicht schwimmt, wenn der Regen das Meer über Nacht abgekühlt hat. Sara, das neunjährige Turiner Mädchen, zart und ernst, ist vielleicht zu jung für Konversation, aber immer geneigt, Fragen zu beantworten. Das tut sie mit Aufrichtigkeit und antiquierten Formulierungen wie »Das habe ich andere sagen hören«, »So soll es sich zugetragen haben«. Ich sehe ihr ernst ins Gesicht, und so blickt sie zurück.

Nachts war der Strom ausgefallen, da hatte es heftig an der Tür gedonnert. Als ich öffnete, war sie es gewesen, die eine Taschenlampe brachte, offensichtlich stolz, Lichtbringerin zu sein. Seltsame Diskrepanz, dies heftige Klopfen und ihre zarte, in das Dunkel hineinlächelnde Gestalt, scheu und stolz. Ihr gegenüber verlieren die an Zauber, die schon geworden sind, was sie noch verspricht. Sie könnte es immer weiter versprechen.

In der Frühe sitze ich wieder am Strand und erwarte die Heimkehr der Fischer. Der Sand ist nass und klumpig vom Tau. Er beansprucht nur einen schmalen Streifen vor dem Bahndamm mit seinen schneidend durchrasenden Reisezügen und der Schnellstraße dahinter mit ihren schweren Lastwagen. Überall Geschwindigkeiten, stetig synchronisiert. Weiter weg kämpft ein zottiger Schäferhund gegen den leichten Wellengang an, um ein Fischerboot zu erreichen, das sich dem Ufer nähert. Der Fischer, ein kräftiger Mann, stapft schon an Land, an der Seite einer spröden, gegerbten Frau. Gefangen haben sie wenig. Aber ein paar kleine Schollen und ein halbes Pfund Sardellen kann ich haben.

Stunden später ist der Sand wieder rieselfähig. Die letzten Badegäste des Jahres verteilen sich in kleinen Gruppen über den Strand: ein gebeugter Alter in roter Hose, ein paar Jugendliche, die einen Tierkadaver inspizieren, die schöne Turinerin, die aus den Wellen springt, ihren Jungen an der Hand, und die notorischen Alten, die, von keiner Langeweile gestreift, unter den Olivenbäumen zum Schwadronieren zusammenkommen. So blicke ich in den spätreifen Sommer: Ja, wir sind alle in Auflösung.

Die frisierten Bräute stehen aufgebrezelt in den Grünanlagen und machen ein Gesicht, das noch Jahrzehnte später als »Glück« durchgehen soll. Dies ist die Ursituation, auf der sich die Zeit niederlassen wird. Das Kleid, der Schmuck, die Pose, die fotografische Technik, sie alle werden den Verfall anziehen, aber durch sie hindurch wird dieses stehende Lächeln dringen, zusammengehalten von der Energie, mit der es allein der Zeit trotzen wollte.

Das Trauungszimmer im Bürgermeisteramt Dornstetten dekorieren Fotokopien der Hochzeitsbilder von Vermählten aus vielen Jahren: die Greisinnen-Bräute, die noch aus dem 19. Jahrhundert kommen, tragen einen langen Schleier, und der Bräutigam krampft in der Hand den Zylinder. Die Wirtschaftswunderpaare blicken schon rasant, die dann folgenden haben die Disco im Blick und bringen der Hochzeit sogar Ironie entgegen. Sie haben sich leger auf dem Kopfsteinpflaster vor dem geschmückten Fenster aufgestellt. Trotzdem stecken die Stengel der Blumen noch in einer Manschette aus Seidenpapier. Jetzt werden die Frauen stärker, und, ja, auch unternehmungslustiger werden sie und bringen das Korrektiv der Welt auf die Welt: die Empörbaren.

Die Frau an meiner Seite hat jedenfalls den ersten Gipfel gerade erreicht: geliebt zu werden. Den zweiten hat sie schon ins Auge gefasst: zu wissen, dass sie nicht mehr geliebt wird. Zwischendurch wird sie die Freiheit genießen, die sich einstellt, wenn eine Beziehung das Bedrohliche eingebüßt hat.

Wir haben uns einmal geliebt. Heute sind wir angejahrt, und die Fähigkeit zu lieben ist es auch. Wir sehen uns auf die Symptome, sitzen im braunen Blütenschnee, den der Nachmittagswind vom Apfelbaum treibt. Es wäre nichts ohne das Klappern eines Esslöffels auf dem Grund einer Dessertschale, es kommt von einem Balkon weiter weg, wo eine ältere Frau steht, die in ihre Welt sieht, den Löffel im Mund, sie zieht ihn so heftig wieder heraus, als mache sie sich augenblicklich an die Radikalisierung ihres Lebens. Wir sind zu glücklich erschöpft dazu.

Auf einer Landzunge Madeiras hoch über dem Atlantik gebaut, behauptet der Hotelbau seine Aussichtsposition als ein opulentes Felsennest. Durch die geöffneten Fenster blickt man über das von Sonnenfächern gestreichelte Meer. Davor liegt ein Steg mit Liegestühlen, die sich zwischen den Rhododendren verteilen. Die Sträucher haben ihre Blütenfarben auf die Livree der Kellner abgestimmt. Ein wenig abseits streckt sich in dieser Höhe, fünfzig Meter über dem Ozean, noch der Pool, auf dessen Grund ein einsamer automatischer Reiniger am langen Schlauch seine Bahnen fährt, gewunden wie die eines Holzwurms. Kein Mensch weit und breit.

Das Hotel treibt den Luxus bis zu einem Punkt, wo er nicht mehr steigerbar ist, und fällt dabei zurück in jene Imperfektion, die man als »liebenswürdigen Charme« bezeichnet. Denn es ist niemandem aufgefallen, dass da noch ein Kalender aus dem letzten Jahr hängt, dass ein Hund die Korbmöbel angefressen und das Gartenmäuerchen Pilze angesetzt hat. Der Kellner heißt Juvenal, sein Bursche Necatius. Auch sie kommen offenbar aus Jahrhunderten des Hohen Stils. Die Kellnerin auf der Sonnenterrasse allerdings ist noch nicht lange im Dienst auf Madeira, die Sprache beherrscht sie nicht flüssig. So tritt sie immer an den Tisch und fragt: »Was gibt's?« Die Gäste beschweren sich. Sie versteht die Gäste nicht.

Aber das Meer, aber der ewige Frühling, aber die Vegetation, die so gerne »tropisch« heißt, sich aber nicht so anfühlt, und das nachmittägliche Klappern der Kuchengabeln und Tassen auf dem Porzellan, das sich gegen die Brandung durchsetzt! Aber die feuchtwarme Luft und die alternden Liebespaare in den Winkeln des terrassierten, gut beschirmten Gartens! Und diese dumme Liebe zur Welt morgens um sieben, wenn der Tag durch die offene Tür duftet und die Stunden noch zahllos wirken. Dann steht plötzlich die Vorstellung eines Buches da, in dessen Zeilen man hineinlaufen könnte, die Vorstellung einer Musik entsteht, die sich schon aufgemacht hat, um eines Tages zu erscheinen und zu erschüttern, und von Bildern, die den Schutt der anderen Bilder hinter sich lassen, um einen ersten Blick zu öffnen. Ja, es ist noch früh, gut lebt es sich im Versprechen.

Das schottische Ehepaar krault auf gleicher Höhe rückwärts. Das Meer hat sich verfinstert, während die Sonne immer noch gleißend über die Wasseroberfläche des Pools funkelt. Und einmal küssen sie sich sogar im Wasser, wozu die Frau umständlich ihre

Taucherbrille abnimmt. Ihr Gesicht ist dabei furchtbar freundlich. Während sie ihren drahtigen Mann über den Wasserspiegel hebt, schrumpft er in ihren Armen, wird kurz ein Kind und gewinnt erst durch einen robusten Kuss auf ihre mit Chlor benetzten Lippen seine Männlichkeit zurück.

Da steigt sie aus dem Wasser und fahndet nach dem weißen Frotteetuch, das sie anschließend um ihre großen Oberschenkel windet. Sie holt sich den Kopf des Mannes mit beiden Händen. Er kämpft mit sich, macht ein Gesicht wie der Gourmet, der im Hähnchenknochen auf eine frische Blutader gestoßen ist. Dann küsst er los.

Im Hafen von Rafina: Noch bevor sie sitzen, verhandeln die Männer mit dem Ober über das, was sie essen werden, zum Beispiel einen kleinen Fisch mit energischer Rückengräte in Knoblauchpaste. Der Ober, mit meiner Bestellung zufrieden, legt mir kurz die Hand auf die Schulter, tut es wieder, als er zwischen den Tischen durchgeht, das Tablett mit dem Ouzo zu den Männern balancierend. Eine große rote Vodafone-Fähre legt an. Der Ober möchte jetzt den nächsten Gang mit mir besprechen, er geht Fische durch, Namen und Geschmäcker reproduzierend. Am Nebentisch ein melancholischer Knabe ohne Hinterkopf, dauernd wehmütig, aus Bassett-Augen in die Welt blickend. Sein Begleiter, ein Wichtigtuer, hat nur Augen für sein Mobiltelefon. Da steht der Dritte am Tisch, ein Alter, auf. Als er am Pier nichts Interessantes findet, setzt er sich wieder. Das Schiff, das ich nehmen soll, die »Express Aphrodite«, läuft ein. Ich habe mir noch einen kleinen Schoko-Osterhasen in den Mund gestopft, den mir eine Freundin in Zürich ins Gepäck geschmuggelt hatte. Dann stehe ich auf. Im Fernsehen Wackelbilder mit Rettungsbooten, hohem Seegang, herangezoomten Schwimmwesten, Rettungsringen. So ein schöner Tag, irgendwo ein katastrophaler. Dann Augenzeugen, die das Haar aus der Stirn streichen. Der melancholische Junge lächelt plötzlich so unsicher, als habe er es noch nicht richtig geübt. Er hat einen Gang wie vom Lastentragen und besteigt jetzt an der Seite der anderen einen dreckbespritzten Jeep. Die Ouzo-Trinker werden mit ihren kleinen gebackenen Fischen nicht fertig. Sie pellen die Panierung ab. Ein Losverkäufer mit Schiebermütze geht unermüdlich und erfolglos von Tisch zu Tisch. Er ist zu jung für diese Art Arbeit. Er bringt kein Glück. Der Geruch von gebackenem Fisch und Toilette kommt durch die Luft. Er nimmt etwas mit aus den Haaren aller. Der Ober stellt mir ein halbes Kilo Weißwein in der Karaffe auf den Tisch. Seine Hand liegt glücklich wieder auf meiner Schulter, während er zu den Ouzo-Trinkern hinüberflachst, mir zwischendurch zuzwinkert auf den Worten: »Was bleibt mir übrig?« Da aber kräht schon wieder

der Sonderling in der Ecke des Lokals, kräht nun schon zum zweiten Mal:

»Herr Ober, bringen Sie mir etwas Präzises, bitte!«

Ich bin mehrere hundert Meter an einer Felswand hochgestiegen, in eine große Klosteranlage eingetreten, habe den gelblichen Schädel des heiligen Pantaleon in seinem silbernen Schrein gesehen. Der Abt mit der Orgelstimme hat Mokka aufgesetzt, von draußen hörte ich eine Stimme deutlich sagen:

»Da hat der Herr der Silbermöwe gesagt, sie solle weiterziehen.«

In der Bucht schwimmt kein Mensch. Der zweite Mönch mit dem verinnerlichten Gesicht hat ausdruckslos eine Geschichte erzählt, ohne Anfang und ohne Ende. Der Dritte zündet sich seine schon angerauchte Zigarette an und geht in die fallenden Aschenflocken hinein. Draußen sehe ich einem Vogel mit Startschwierigkeiten zu. Von hier oben betrachtet, hat alles das Gesicht des Rückzugs.

Die Frau, die aus dem Wasser taucht, ihre Arme über dem Beckenrand verschränkt, hochblickt, mit Wassertropfen auf den Schultern, blinzelt, der Blick ist noch nicht an Land.

Sie schlendert zum Tischchen, streckt sich, angelt sich ihre Zigaretten, lehnt sich zurück, wringt die blonde Strähne links vom Kopf in einer Faust. Im

Lack ihres Zeigefingers glimmt der Widerschein der sterbenden Zigarette, und der Pool sieht aus, als werde er in diesem Moment von einem Kind mit Buntstift ausgemalt. Was ich in der Welt der Pornographie geleistet habe, sagt ihr Gesicht, ist viel zu wenig gewürdigt worden.

Der emeritierte serbische Professor für Veterinärmedizin steht am Fenster, wo die Epochen ineinander und gegeneinander gebaut haben oder sich die kalte Schulter zeigen. Er spricht von den Zeiten, als der Schüler, der den Lehrer im Tischtennis schlug, gute Noten in Mathematik bekam. Gegen seine Frau, die eine muntere Royalistin ist und heute Einwände formuliert gegen Franzosen, Amerikaner und Sozialisten, setzt er sich leise zur Wehr. Der englischen Sprache bedient er sich mit fast asiatischem Gestus. Von großer Güte ist er, einer von Altersgebrechlichkeit ungedämpften Intelligenz und zartem Gewissen. Lässt er, seiner Gebrechlichkeit wegen, ein Glas fallen oder versucht, den Wein aus der noch verschlossenen Flasche einzugießen, schämt er sich wie ein Knabe, dabei funkelt sein Verstand abseits der ausgetretenen Wege der Konversation. Wo seine Frau die großen Linien der serbischen Politik drastisch und parteiisch, dabei rhapsodisch und mit sympathischer Leidenschaft entwirft, ist er ein beherrschter Pädagoge, wenn auch ein fatalistischer.

»Und die serbische Dichtung?«, frage ich. Der Sohn mischt sich ein, sagt: Ein Belgrader Straßendichter, bekannt seit Jahrzehnten und als Original verehrt, dichtete:

»Ich sitze auf dem Heuhaufen und sehe deine Titten wachsen.«

Ratlosigkeit ringsum. Der Sohn fügt hinzu, fatalistisch wie sein Vater:

»Im Serbischen reimt sich das.«

Der Sommerhimmel ist unentschlossen, als wir die Mietswohnung der Eltern verlassen, einen Bau im Speckgürtel Belgrads, die Wände voller Ikonen. Weihrauch hat sie gefirnisst, ebenso wie den geräucherten Käse auf unseren Tellern, vom König, von Tito, von Djindjić war lautstark die Rede. Jetzt treten wir hinaus, unter den wankelmütigen Himmel, passieren die Ruinen aus dem letzten Krieg, und einmal stürzt sogar eine barbusige Frau, eine Verstörte, auf das Trottoir und redet die Kreuzung an. Wir erreichen den Fluss. Tropisch wirkt er, wie von Mangrovenwäldern gesäumt. Abwärts laufen wir, weiter abwärts, bis über die Asphaltgrenze hinaus, den Fußweg entlang, bis zu einem Lokal, das erhöht an der Böschung liegt wie ein gestrandetes Schiff. Alles ist offen. Der Himmel schimmert wie Milchglas, Mücken tanzen. Wir sind die Ersten im Restaurant.

Auf der Speisekarte werden die Mahlzeiten, aber

auch die Kellner und Kellnerinnen beschrieben und angeboten. Wir wählen die Redselige. Aber sie hat heute frei. Wir erhalten die Sachliche. Andere Gäste rücken an, Wein kommt, Musiker besetzen die kleine Empore, »bandstand« genannt. Wir essen nostalgisch jugoslawisch. Dann erheben sich hinter uns plötzlich die Bravsten, ein Pfeifenraucher und seine gebatikte Geliebte, und beginnen zwischen den Tischen mit schleppenden Schritten, weit ausholenden Gesten zu tanzen, ambitioniert, aber selbstvergessen.

Es müsste peinlich sein, schrecklich sogar, bis unter die Haut entblößend, wäre der Raum nicht so voller Einverständnis. Ja, im ganzen Saal ist jetzt nichts als Zustimmung für die exaltierten, arrhythmischen, unaufgeräumten Schwünge. Als von einer dieser artistischen Wendungen dann auch noch Glas und Flasche vom Tisch gefegt werden und alles herbeistürzt, um dem Tanz rasch zu seiner Fortsetzung zu verhelfen, so als sei er ein Werk, eine Kostbarkeit, zu deren Vollendung jeder beitragen möchte, da ist der gemeinsame Nenner dieser kollektiven Bewunderung im Angesicht der Pleite die Menschenliebe, die Daseinsfreude.

Als ich im Sommer von Belgrad an einem kleinen Markt sitze und Orangen schäle, setzt sich ein Zwanzigjähriger dazu, ein serbischer Rapper. Er erklärt mir seine Musik:

»Ich bin kein Amerikaner, ich meine es ernst. Meine Themen sind traurig, sie sind politisch. Ich beschäftige mich nicht mit Frauen, Pistolen und Gold. Damit habe ich mich nie beschäftigt, und ich mache nicht solche Gesten, solche hier …« – er spreizt die Finger und stößt sie rhythmisch in die Luft vor sich. »Ich rede auch nicht so komisch – ey, motherfucker! Das sind alles Ablenkungen. Darum geht es nicht. Meine Themen sind traurig, ich bin ernst.«

Seine Augen blicken dem Ernst seiner Themen hinterher. Er ist politisch. Jetzt hat er es gesagt. Dann geht er die Straße herunter, über den frischgefegten Bürgersteig, eine halbe Orange in der Rechten. Seine halbhohen Hosen schlenkern um seine Beine, und seine Waden sind so dünn, so zart, als ginge da noch ein Kind zum Spielen, in all seinem Ernst.

In einem serbischen Supermarkt läuft seit einer halben Stunde »Sweet Home Alabama«. Die deutsche Schlagzeugerin der Rockgruppe »The Gummiband« steht zwischen den Regalen und hat eben den Satz hervorgebracht:

»Wir vegetieren in der Realität des Menschen.«

Jetzt vergleicht sie die Sonnenöle und wendet sich an eine Frau im Kittel:

»Hätten Sie dieses Produkt auch in deutscher Sprache?« Sie bekommt es und dankt: »Da fällt einem ein Stein vom Herzen. Eine ganze Last fällt einem da vom Herzen.«

Auf ihrem Kleid ziehen die Wolken. Auf ihrem Unterarm sträuben sich die Härchen.

»Schön«, sage ich.

»Was meinst du?«

»Dein Unterarm zum Beispiel ist schön.«

»Was soll denn daran schön sein?«, fragt sie und dreht ihn. Er ist auf der abgewandten Seite so deutlich mit Adern gemasert, dass man denken kann, dem Körper in seine Kabelage zu sehen.

»Auch schön«, sage ich, mich darüber hinwegsetzend. Wo das Gefühl einmal ist, da ist es schön.

Das Pelzmantel-Exil. Eine Weißhaarige mit einer Pagenfrisur wie Prinz Eisenherz wandelt durch die Lobby, als trage sie ihr persönliches Bayreuth mit sich. Der Barpianist in der Ecke löst gerade alles Wirkliche in einen Zustand von Gedankenverlorenheit auf. In Luxushotels, sagt eine Robuste, gibt es oft nur zweierlei: Geheimräte und Fressen. Beide haben Perlmuttknöpfe am Schlitz ihrer Unterhosen. Ich verlängere den Blick der Professionellen in den Saal mit der Frage: Welches Menschenbild hat die Raubkatze? Liebe? Du sollst es geben, ich will es haben. Abwesend ist die Regung mit dem Namen: Du wirst mir fehlen.

Der alte Kellner hat ein faszinierend gemischtes, verderbtes Gesicht, in dem die Schatten vergangener Exzesse durcheinandertauchen.

»Ach, der Wein«, sagt er, »eine magische Pflanze! Alles nimmt sie aus dem Boden auf, die Mineralien, den Ton, das Jod. Ja, die Rebe ist eine Alchimistin, sie braut sich alles zusammen. Eine Kirsche dagegen bleibt immer bloß eine Kirsche. Sie schmeckt, wie sie schmeckt. Der Boden ist ihr ganz egal.«

Er beschreibt den Wein, wie er sich selbst beschreiben würde. Dann geht er zur Beschreibung des Essens über, das er sich am letzten Ruhetag für sich selbst zubereitet hat, die Kaninchen-Ravioli mit Pfeffer, gerösteten Pinien und Gianduja.

»Ich nahm ein besonderes Kaninchen, eines mit dem feinsten Haar, damit werden Trommeln bespannt.«

»Für sich allein haben Sie das gekocht?«

»Für mich und meine Verlobte. Wissen Sie, ich bin lieber nur verlobt. Verheiratet möchte ich nie sein, verlobt ist ideal für mich.«

»Und Ihre Verlobte hat sich damit abgefunden?«

»Verzeihen Sie, wir Männer, wir sagen unsere Gefühle wie in einer Fremdsprache, nicht wahr? Sie sitzt nicht, wir wissen so ganz genau nicht … der Mann sagt nicht, was er fühlt, er sagt, was er sagen kann.« Er lacht: »Meine Verlobte ist eine Muttersprachlerin im Fühlen. Sie kann das alles wunderbar sagen, und bisweilen spricht sie fließend an mir vorbei. Darauf möchte ich nicht verzichten.«

Er verschwindet in der Küche, kommt zehn Minuten später mit einer besonderen, gefüllten Olivenart wieder an den Tisch, die er testet, indem er in meinem Gesicht die Ausbreitung ihres Aromas verfolgt. Minuten später ist er abermals am Tisch:

»Ich will ehrlich mit Ihnen sein: Wissen Sie, in der Liebe finde ich nicht die Liebe gut. Ich mag sie eher als Liebeslied oder Liebesfilm. Die Liebe, wie ich sie kenne, ist nichts für mich.«

Dieser merkwürdige Mann. Ich sehe ihn in der Livree die Flügeltür aufstoßen, nachdem er auch diesen Satz serviert hat wie ein Gericht. Beim nächsten Gang ist er dann plötzlich stiller.

»Ich muss mich entschuldigen. Was ich eben sagte, war nicht ganz passend.«

»Was meinen Sie mit ›nicht ganz passend‹?«

»Das mit der Kirsche, das hätte ich nicht sagen sollen.«

Die alte Frau im Haus, die von einer Reise heimkehrt, ein »Mitbringsel« hat, sie möchte mich ansehen, wie ich es auspacke, das Schächtelchen mit der Goldkordel darum, mit goldener Schreibschrift versehen: »Spezialitäten aus F.« Ich streiche das geblümte Papierchen fürsorglich glatt. Sie soll denken, dass ich es wiederverwenden möchte.

»Pastetchen«, sagt sie, das Wort schmeckend mit leuchtenden Witwen-Augen, die bis in die Tiefe ihrer Kindheit hinein froh sind über alles: die Delikatesse, die Goldkordel, meine Augen, das Wort. Als ich die Schatulle öffne, ist das Pastetchen eine Lage Eischnee, gepresst zwischen Eiswaffelblätter, samt griesig verspachtelter Nougatcreme. Mir wird ganz anders angesichts des Verrats an den Augen der Alten. Aber in ihrem Blick ist die Freude wieder intakt, unberührt von dem, was mit der Zeit aus den Versprechen und den Pastetchen geworden ist.

Manchmal ist auch eine Stimme vor dem Fenster, die zitternd, zitternd wie Leibwäsche auf der Leine danach schreit, man möge den Hund, man möge jetzt sofort, hindern müsse man ihn, mit allen Mitteln, jetzt hier, direkt in den Hof, ob man ihn nicht hindern könne, den Hund, mitten in den Hof zu wursten. Dann mischt sich wie eine Streicher-Kaskade die Stimme des Frauchens ein mit »freilichselbstverständlichnatürlich«, »jawosindwirdenn«, »jawashabenwirdennda?«. Aber der Hund hat sich auf die Hinterpfoten herabgelassen und schaut mit dem abwesendsten Ausdruck der Welt in die Ferne, dann unglücklich ins Nichts, dann zieht er eine Schnute. Dann nestelt das dicke Mädchen an seiner Seite eine Schnur aus der Tasche und peitscht aus dem Hund den minutenlang unter dem gehobenen Schwanz stopfenden Köttel, der endlich, unter einer übermenschlichen Anstrengung der Ringmuskulatur und mit einem Keuchen aus Schmerz und Triumph, auf das Pflaster geschleudert wird. Doch sie schlägt den Hund weiter mit dieser ganz wirkungslosen Schnur und der Chorhemd-Innigkeit im Gesicht, in dem das Ekstatische der Rechtsausübung zur Katharsis der Affektentladung und Lösung tritt, sie schlägt in die Ermüdung der Affekte hinein, tut es ohne Gegenüber, ohne Objekt, ohne Betrachter. Ob man denn nicht endlich, setzt die Stimme wieder ein, nicht endlich, endlich den Hund, diesen furchtbaren Hund hindern könne …

Im Regen des Victoria Park ein riesiger zottiger Hund, der unter den Büschen durch das Laub stöbert. Sein Fell trieft schon, wird aber immer noch nasser durch das Wasser, das von den Zweigen und Blättern tropft. Sterben nicht die Schafe im Regen Patagoniens, weil das Fell zu nass, zu schwer wird, sich die Tiere erkälten und siechen? Die Erde schmatzt unter den Pfoten, die Nase sabbert durch das Gras, und als ein Windstoß durch den blühenden Flieder fährt, regnen Blütenblätter und Tropfen auf das nasse Fell herab. Der Hund erstarrt in seiner Bewegung und pisst in breitem Strahl mitten in die Pfütze unter seinem Bauchfell. Dieses Strotzen vor Vitalität und Übertreibung, dieses Bersten des Bildes ist der Moment, da es sich selbst überschreitet und Inbegriff wird.

Allmählich hebt der Mann an meiner Seite, von drei Gläsern Strongbow benebelt, den Kopf zu einem Foto über der Bar, auf dem man eine indische Teepflückerin bei der Arbeit sieht. Ihr grünbraunes Gesicht lässt sich zwischen den Blättern kaum richtig erkennen. Die Plantage hat die Frau so völlig aufgenommen wie in tierischer Mimikry. Knapp über dem Horizont steht die Sonne ernst und ocker. Gleich wird die Pflückerin mit ihr untergegangen sein.

»Das ist das schönste Bild, das ich seit einem Jahr gesehen habe«, teilt mir mein Nachbar mit.

Dann fängt er an dieser Theke ganz leise zu singen an, wozu er sich die Hände an die Ohren presst, damit er sich besser hören kann.

Einmal sitze ich in einem Londoner Hinterhof und schreibe. Zwischen halb elf und elf haben die Kinder in der benachbarten Schule ihre erste Pause. Über diese halbe Stunde füllt sich der Hof, füllen sich die Schluchten der benachbarten Straßen mit der Kakophonie der Rufe, Pfiffe, des Gellens und Krakeelens. Doch an diesem Tag dringt mitten aus dieser Brandung ein einzelner isolierter Schrei, ein Schrei ohne Geschlecht, ein Klang mehr, der in sich steht, ein autonomer, ganz in der Produktion seiner hohen Phonstärke erschöpfter Schrei, einer, dem man weder Zorn noch Warnung, weder Empörung noch Freude anhören kann, eine Hervorbringung von Schallwellen, die aus einem Rachen aufsteigen wie eine Säule – einer Fanfare, einem akustischen Schneidbrenner ähnlich –, ein ausdrucksloser Schrei also, der gerade durch die ihm innewohnende Stille eindrücklich wirkt. Ich beschreibe ihn jetzt nicht richtig, weil ich ihm eine Interessantheit zufüge, die er nicht hatte. Als er mich aber in meinen Gedanken aufschreckt, ist es, als sei ich auf ein Grundelement gestoßen, eine Tonlosigkeit in allen nicht allein sprachlichen oder musikalischen, sondern in buchstäblich sämtlichen Anstrengungen. Die Indifferenz im Ausdruck lässt sich vielleicht durch den Inhalt der Äußerung kaschieren, kann aber das Äußern selbst nicht erklären. Dieser Schrei kommt wie ein Phantomschmerz in die Welt und streicht dahin über das Gesicht einer Mondlandschaft.

Mrs Fritton hat das Foto einer schönen jungen Frau an der Wand, ist aber diese schöne junge Frau auf dem Foto nie gewesen. So graziös und lieblich war sie nie, die heute völlig humorlose, verwackelte Eigenbrötlerin, die sich vor ungelösten Problemen an allen zehn Fingern die Nägel abkaut und sich die winzigen fettigen Pickelchen im Ausschnitt zu hell abdeckt. Ihr Mund ist – möglicherweise eine Folge jahrelanger Selbstbeobachtung – in einer Grimasse der Missbilligung stehengeblieben und erinnert an Paul Klees Konzept der »expressiven Linie«. Wenn sie vom Leben jemals etwas zu erwarten hatte, ist diese Zeit jedenfalls vorbei.

Das kleine Mädchen von nebenan klingelt, sagt: »Mrs Fritton, ich habe die Madonna gesehen.«

»Wo?«

»Auf einem Brief.«

»Woran hast du sie erkannt?«

»Am Heiligenschein.«

»Zeig.«

Das Mädchen bringt den Umschlag. Mrs Fritton sagt:

»Das ist keine Madonna, das ist Queen Mum. Und das um ihren Kopf ist kein Heiligenschein, sondern ein Poststempel.«

»Hach, wie öde«, ruft das Mädchen, an dem das Wunder wieder mal vorübergegangen ist. Denn Mrs Fritton hat unbemerkt gelächelt.

In der nächtlichen Flughafenhalle: Die Maschine aus Tokio ist um eine Stunde verspätet. Alle warten übermüdet. Das einzig Lebendige ist die junge Frau in der weißen, kurzärmeligen Bluse, die durch ihr Telefon lebt. Sie gestikuliert, grimassiert, begleitet das Gehörte mimisch, ohne sich eines Betrachters bewusst zu sein. Sie telefoniert ohne Pause, steht auf, holt sich telefonierend Wasser, lächelt, meint aber niemanden von denen, die sie anblickt, zupft am Saum ihrer Bluse.

Ich erwarte den Moment, in dem sie sich mit sich selbst wird beschäftigen müssen. Ende des Telefonats. Sie angelt sich ein Döschen Pomade aus der Handtasche, fettet sich die Lippen ein. So also ist ihre Beziehung zum eigenen Körper: pragmatisch, aber geschmeidig. Sie beginnt das vierte Telefonat, klingt geschäftlich, zieht die Brauen zusammen, lässt den Blick durch den Raum schweifen, als überprüfe sie die Anwesenheit einer Schulklasse, räkelt sich auf der flexiblen Lehne, streckt ihre nicht kleine Brust heraus, streift die Jeans glatt, ist nicht einverstanden mit dem, was sie hört, missbilligt sogar, kapituliert, und wenn schon.

Nur sie allein lebt in dieser Halle. Wir anderen haben es ihr überlassen, einen Existenzbeweis für uns zu erbringen. Gläser klingen, im hinteren Teil der Halle wird etwas auf Englisch durchgesagt, ein Signalton dudelt. Sie starrt erst auf das Display, zieht die Brauen hoch, dann beugt sie sich in die Stimme eines offenbar Monologisierenden, sieht böse verdüstert dem Reinigungswagen entgegen, knetet ihr Portemonnaie mit beringten Fingern, gähnt im Reden, lässt die Fingerspitze mehrfach auf die Zeitung stoßen, neigt den Kopf zum Hörer wie zu einem Kissen, beugt sich weit vor und blickt, weiter telefonierend, zurück in das eigene Dekolleté.

Eine Stunde später wird ein übernächtigter junger Mann durch die Schleuse kommen. Sie wird Anlauf nehmen und mit beiden Beinen in seine Taille springen. Gleichzeitig setzen sich ihre Lippen auf den seinen ab und verlassen sie nicht. Sie küsst ihn, und sie küsst ihn. Sie ist eine andere jetzt, sie küsst ihn. Der Mann sagt:

»Ich möchte …« Sie schneidet ihm das Wort ab: »Du möchtest gar nichts. Ich bin die Frau.«

Eine Hotelhalle, gesehen durch den stummgeschalteten Fernseher. Auf dem Schirm der Reporter mit orangefarbener Notfalljacke, der in Gummistiefeln in einem Hochwasser steht und mit professioneller Erregung die Wasserstände kommentiert. Allerdings stumm. Aus dem Gerät blickt er auf eine Sitzgruppe, in der ganz allein eine Japanerin sitzt und weint, hat sie doch eben erfahren, dass ihre kleine Tochter, taub geboren, nicht für immer taub sein muss. Die ganze Welt des Hörbaren entsteht im selben Moment noch einmal neu vor den Ohren der Mutter.

Ein rüstiger Alter ist aufrecht im Ruinenmeer von Fukushima gestrandet. Bis zum Horizont ist seine Welt von Trümmern bedeckt. Er ist klein, er ist alt, er muss sagen, was um alles in der Welt er hier will, und er sagt:

»Ich suche meinen Personalausweis.«

Während andere wirken, als hätten ihnen erst die Erwartungen der Welt das Weinen beigebracht, steht er und hält sich dabei an seinem Lächeln fest, als sei dies, bis zum Fund des Ausweises, seine Identität.

Ich lehne lange nach Mitternacht, ein Rekonvaleszent des Jetlags, am Fenster eines Hotels in Tokio. Im rechten Winkel zu meinem Zimmer, aber weiter weg, steht hinter der Verglasung eine Frau meines Alters. Wir mustern uns. Mehrmals stellen wir uns in den nächsten Nächten in die Fenster, wie um uns gegenseitig zu betrachten. Zeichen machen wir nicht. Wir fühlen uns wie zwei einander gegenüberhängende Bilder im Museum. Eines Nachts entschließe ich mich, zu ihr zu gehen. Da kommt sie mir auf dem Flur entgegen. Wir schreiten aneinander vorbei und neigen nur die Köpfe. Das wird unsere letzte Begegnung sein. Seither rede ich mir ein, sie habe im selben Moment zu mir gewollt.

Eine Stewardess gesteht mir in 11 000 Meter Höhe verschwörerisch, auf Langstreckenflügen höre sie Stimmen in den Wolken.

»Es sind die Toten, die da reden«, sagt sie, »aber sie tun es nur über Meeren und Wüsten.«

Ich lächele.

»Das Universum lacht nicht«, raunt sie.

Ich sitze mit einem Freund im Taxi, schweigend. Er beginnt, sich mit dem Fahrer zu unterhalten. Der

Dialog wird zum Geräusch unter Geräuschen. Bevor wir aussteigen, werden sie beide jeweils eine spezifische Aussage getan haben, und beide werden versickert sein.

Der alte Taxifahrer hat gesagt: »Ich bin von meiner Mentalität her sehr mit der Vergangenheit verbunden. Ich brauche meine Dolomiten.«

Der Freund: »Meine Mutter lernt immer neue Fremdsprachen. Das liebt sie. Ich wünschte, ich wäre eine dieser Fremdsprachen.«

Sie spricht von dem, was sie ihren »cauchemar« nennt. Ich hatte es nachsehen müssen, »cauchemar: der Albtraum«. Ihr »cauchemar« ist die Metapher für alles. Ihr Leben, ihr nervöses Temperament, ihr fahriger Charakter, ihre zügellose Rechthaberei, ihre finanziellen Verhältnisse, ihre Unfähigkeit, bei der Sache zu bleiben, ihre Radikalität in allem, ihre Eltern nicht zu vergessen, die Liebhaber noch obendrauf, dann die Freundinnen, es ist alles der Ausdruck des Gleichen: der »cauchemar«. Es sitzt auf ihr wie ein Unhold in der Malerei, wie der Incubus oder der Gnom im Fantasyfilm. Im Foyer eines großen Bürogebäudes spricht sie wieder von diesem »cauchemar«, seinen neuen Metamorphosen im Älterwerden. Während sie redet, geht sie zu der niedrigen Heizung, hebt das Bein, setzt es auf dem Heizkörper ab, lüftet den Rock und lässt die Heizungsluft darunterströmen. Es ist diese Schamlosigkeit, zu der der »cauchemar« berechtigt. In ihr umarme ich auch den Albtraum.

»Heute gehe ich nicht mit dir ins Bett«, sagt sie, »heute singe ich dir ein Chanson.« Spricht's, stellt sich im Matrosenpyjama neben das Bett und intoniert wirklich:

»Schau mich bitte nicht so an …«, ganz zart mit einem voller Inbrunst herausgeschmetterten Refrain: »La vie en rose.« Es ist rückhaltlos und doch nicht peinlich, gibt es doch diesen Moment im Moment, den man aushalten muss wie die Nadel auf dem Nerv. Aber diesen Moment gibt es im Lied auch. Warum soll es ihn also nicht außerhalb seiner geben?

Wir treffen uns vielleicht nicht in der Liebe. Aber wir arbeiten beharrlich an der Leerstelle, die wir hinterlassen haben wollen, wenn wir getrennt sein werden. Wochen später bringt sie das brieflich auf den Begriff: »Ich vernimmerwiedersehne mich.«

Die Freunde gehen nach und nach. Um zwei hat der letzte seinen Mantel genommen, die Tür klappt. Zu viel Rauch, zu viel Gerede im Raum. Sie kommt wortlos, ich liege bäuchlings auf dem Teppich. Sie öffnet die Fenster, löscht das Licht, zündet zwei Kerzen an, streckt sich der Länge nach auf meinem Rücken aus. Wir liegen stumm. Keine Tritte auf der Treppe mehr, kein Auto draußen auf dem Kopfsteinpflaster, alles schweigt oder stellt sich still. Es ist eine Stimmung wie auf Klees »Engel im Werden«. Eine Weile nur, dann hebt sie wie ahnungsvoll den Kopf und sagt dumpf in den nächtlichen Kerzenschein hinein:

»Lil Dagover ist tot!«

Im Schatten der Bahnlinie, im Schatten der Küstenstraße auch, liegt in Kapstadt der Strand der Einheimischen mit seinen bunten Badekabinen, mit den Familienrudeln unter Sonnenschirmen. Sie kommen mit Steppdecken und Ballons, Halbwüchsige gehen auf den Händen, Mütter stillen, Dreijährige tragen aufwendige Flechtfrisuren und kämpfen mit den Gummistrippen ihrer Taucherbrillen. Im Wasser brüten die massigen Vater-Bullen mit Frotteehandtüchern um die Schultern und betrachten die Wellen wie die abendlichen Fernsehnachrichten, und Mädchen staksen mit abgespreizten Fingern in die kleinsten Wellen.

Ein Frauenzirkel hat sich abseits gebildet. Man trinkt Cola mit dem Strohhalm und blickt von Zeit zu Zeit besorgt auf die beiden fettleibigen Knaben, die auf der äußersten Klippenspitze der Brandung trotzen, von Kopf bis Fuß von der Gischt eingeschäumt. Vom Verkehr der Straße kein Mucks, so laut ist der Ozean, durch dessen Brausen nur die Vogel- und die Kinderschreie schneiden. Weiter draußen schaukeln die dunklen Köpfe der Algenbüschel auf den Wogen. Ein trauriger weißer Terrier. Eine Alte mit Badehandtuch, von den Umrissen eines Cannabisblatts eingehüllt. Der Zug schreit in den Schienen, ein halbwüchsiges Mädchen mit protzendem Busen balanciert auf einem Ball hinter ihm her, so scheint es. Sie wird, als sie abspringt, mit Applaus bedacht, wirft den Ball in die Wogen, wirft sich hinterher. Es gibt auch kleine Schönheiten mit Zahnstocherbeinen und Korkenzieherlocken, zwei muslimische Mädchen in voller Montur, nie gehend, immer schreitend, schon der blauen Muschelsplitter wegen.

Dann nimmt sich der Schatten die Bucht, verdunkelt die Farben, kühlt die Temperamente, alle scheinen jetzt langsamer zu werden wie die Eidechsen im Spätsommer, sehen nur hinaus oder vor sich, selbst wenn sie reden, immer vor sich, auf das Meer zu, denn dieses oder die Schatten, sie holen jeden Einzelnen heim. Allein die Alten gestikulieren nun noch, als müssten sie ihren Platz behaupten, mit jeder in die Luft gestochenen Geste Präsenz behaupten, und das Mädchen, das auf dem Ball balancierte, wirft Nüsse in die Luft und fängt sie mit dem Mund.

Der Zug fährt an: alles beginnt! Das Gefühl dazu heißt: große Ferien! Früher saß ich in Fahrtrichtung, hungrig, alles zuerst zu sehen, was kam. Später saß ich gegen die Fahrtrichtung, um von allem Abschied zu nehmen, was ging. Heute springe ich hin und her und genieße das Dazwischen. Zufrieden, keinen Einfluss mehr zu haben, freue ich mich, dass sich ein Ziel nähert, dass es Beschleunigung gibt, dass das Klopfen des Zugs den Soundtrack der Reise skandiert und ich mich erinnere: Große Ferien!

Ich gehe durch einen Wald, und es ist ein kaputter Wald. Niemand kann froh sein, ihn kaputt zu sehen. Ich gehe aber durch den Wald und bin froh, weil er schon früher kaputt gewesen war und weil ich doch an einem kaputten Wald Kind war, nur kaputtes Unterholz kannte und aussterbende Vögel wie den Pirol, den Wiedehopf. Meine Heimat liegt also in einem Verfallszustand der Natur, in einer Agonie der Arten. Der Traum vom Wald wie er war, von der Wiederkehr des romantischen deutschen Waldes, macht mich zum Heimatvertriebenen. Ich bin ein Kind von Rumpelstilzchen und Holzwirtschaft. Ich habe mich auch bei der Natur auf Kompromisse eingestellt. Als ich nach Jahren zurückkehrte in meinen Wald, war alles richtig. Die Fichten standen freudlos, der Waldsaum war schütter, und über ihm lag ein Herbst schön wie in Hölderlins Gedichten aus der Wahnsinnszeit.

Sie war ein Mädchen und fühlte: Jetzt komme ich allmählich in das Alter für den ersten Kuss. Sie erhielt ihn. Und einige mehr. Dann viele. Sie lag im Bett und dachte: Wie lange dauert es, bis man im eigenen Leben heimisch wird? Wie lange, bis man ein Ich hinter sein Küssen bringt? Wie lange, bis man in all dem tauglich geworden ist, dann reif?

Dann erhielt sie so dahingeküsste Küsse. Dann routinierte. Dann versiegte der Strom.

Als sie das Alter kommen fühlt, hat sie ihren Leib stillgelegt. Da erreicht sie plötzlich wieder so ein erster Kuss. Ich bin dabei, als sie die Augen aufreißt und fragt:

»Ist das nicht ein bisschen übertrieben?«

Als hätte sie nie ihren Knacks erlebt, fühlt sie nun, wie es in ihr taut und wieder zu fließen beginnt. Der Mann sucht ihren Duft, er nennt sie »Dulcinea«. Sie schließt die Augen wieder und sagt:

»Ich schmelze.«

Der Mann hält das für Lust. Er hat ja keine Ahnung.

Dieser gut Sechzigjährige, dessen Finger selbstvergessen am Fransensaum des Tischdeckchens spielen, ist ein Mann, der sich immer tiefer in die Unsichtbarkeit zurückzieht, und niemand merkt es. Immer neue Schichten Firnis lassen ihn dunkeln, dann verschwinden. Niemand blickt mehr tiefer in ihn hinein, niemand treibt so viel Aufwand. Wem sollte also auffallen, dass er darunter ein Eigenleben führt, frisch und heftig?

Die Frau an seiner Seite, zwanzig Jahre jünger, schenkt ihm ein Lächeln im Bewusstsein, dass es verschenkt ist. Er hat Bluthochdruck und die entsprechende Gesichtsfarbe. Dieser hat seine Frau auch offenbar die Tönung ihres Haars angepasst. Die Leute sagen: Die beiden passen zusammen.

Mich blickt sie an wie eine Frau, die weiß, dass es Patina nicht ohne Trägermedium gibt. Ich soll merken, wie gerne sie der Zeit ihr Gesicht zur Verfügung stellt, denn es gibt eine Reife der Patina, die macht aus ihr das Schönste überhaupt, wie es auch einen Verfall ohne Aura gibt, der ist bloß wie eine Verfinsterung und dann wie ein Wegraffen. Und sie öffnet den Mund und spricht:

»Schröder sagte, er habe alle meine Filme gesehen und mochte sie sehr, besonders die frühen.«

Der Ehemann sagt leise: »Du überschätzt dich.«

»Ich überschätze ja nicht nur mich«, erwidert sie. »Ich überschätze alle!«

Das beginnende Flügelschlagen der Vögel in den Wipfeln klingt, als habe jemand zwei Hände voll Erbsen zwischen die Blätter geworfen. Der Versuch, die Jahreszeiten persönlich zu nehmen, löst sie in Lebensgeschichte auf. Da war dieser lindgrüne Hauch in den Bäumen, die sich aus dem Spätwinter in den frühen Frühling reckten, die Zeit, als die Fäustlinge zu Hause blieben, die Zeit, als die Magnolien ausschlugen, die Drosseln auf den Teppichstangen sangen und die Birken Gelb tragen wollten, die Zeit, in der man die Herbst-Drachen in den Baumkronen vergaß, und das Jahr geht, als sei der Rückzug die leiseste seiner Bewegungsformen. Es schleicht sich weg im Schnee, ganz, als müsse es das Geräusch, das es beim Kommen gemacht hat, beim Gehen nicht noch einmal machen.

Sie finden sich jenseits der fünfzig, nehmen ihre zu mächtigen, gebrauchten, abgearbeiteten Körper, die bei niemandem mehr Hingabe auslösen, an und entwickeln ein eigenes Begehren gerade für sie. Es ist die Geschichte zweier Wale, die stranden, sich finden, wieder stranden, sich wieder finden. Etwas in ihrem unfrischen Blick füreinander ist reif verknallt. Wenn ihre Hände sich finden, steuern sie immerzu ihr erstes Mal an. Wieder sein, schwärmt er, und träumt den Traum dessen, der nie war. Sie hat, ganz am Anfang, diesen traurigen Satz zu ihm gesagt, der ihn weckte:

»In der Welt der Liebe vermisst man mich nicht.« Und er hat, verspätet zwar, aber immer noch schlagfertig, erwidert:

»Meinen Sie etwa, das Leben, das ich führe, gelte mir selbst?«

So fing alles an. Als er gestorben ist, hat sie für ihren Kummer keinen Ausdruck. Aber einmal sagt sie auf einer Osterreise zu einer Frau an der Hotelbar:

»Zum Amüsieren war das ein Mann, der fehlt.«

Laura, eine sprühende, sich in Begeisterungen wie in Empörungen verzehrende Frau, arbeitet in einer Forschungsgruppe über die Heiterkeit des Alters, über jene Alten, die gegen Ende des Lebens alles freundlich betrachten und in Milde und Wohlgefallen auflösen. Sie misst sogar die Hirnströme dieser Glücklichen und isoliert die Kraftfelder ihrer sinnlosen Begeisterung. Während sie erzählt, hört ihr ein Beau zu. Dann sagt er:

»Das Alter macht mir keine Sorgen. Da werden die Frauen, die mich heute einschüchtern, ihren Charme stillgelegt haben. Da werden die Greise, zu denen ich immer aufgesehen habe, Gleichaltrige sein. Ich werde sie alle duzen, und wir werden uns einig sein im Wissen wie im Nichtverstehen.«

»Du träumst, du redest dir das ein«, sagt sie. »Aber in den Himmel der Worte kommen wir nicht.«

Auf den Gesichtern der Greise liegt das Licht anders als auf dem der Jungen. In den Falten bricht es sich, fragmentiert seinen Fluss, macht die Haut zu Asphalt. Die Jungen dagegen sehen immer aus wie gebadet, wie im Mattglanz von »Hollywood Frost«, im Gelee der Zivilisation.

Die Hand dieser alten Frau, so durchscheinend blau geädert sie erscheint, ist in 4711 eingelegt und könnte aus Duftschichten bestehen. Nimmt man sie in die eigene Hand, verschiebt sich die Haut über dem Gewebe wie Blütenblätter einer welken Knospe. Aber in der eigenen Hand bleibt danach der Duft so intensiv zurück, dass es ist, als habe man etwas von dieser Hand mitgenommen.

In Italien kaufte ich früher immer Ansichtskarten mit dem Motiv »Kind über Geburtstagstorte«, ein Motiv, das in den fünfziger Jahren geboren wurde. Deshalb liegt noch der Wirtschaftswundergeist über den Fotos, mit all den neuen Waren, die man sich schenken konnte, die Farben zu grell und ohne Feinabstufungen. Echtes Ektachrome eben. Die Kinder sehen in ihrem Geburtstagsglück manchmal beseelt, manchmal schauspielerisch stimuliert, manchmal verlegen, vierschrötig oder sogar abwehrend aus. Ich kaufte jedes dieser alten, immer liegengebliebenen Motive, das ich fand, und liebte schon das Quietschen des Drehständers, den staubigen Film auf der Oberfläche, die Pappe dick und schmutzig und mit einer Lackschicht, die abblätterte wie Gelatine. Inzwischen hat das Leben manchem dieser Kinder wohl ein Loch in die Pauke gemacht. Sie sind steinalt oder tot. Überlebt aber hat auf den Postkarten ihre antiquarische Daseinsbegeisterung, ein eigenes Kapitel aus der Geschichte der Gefühle, ihr Jauchzen in alten Farben.

Wenn in den Jahresrückblicken der Schwarz-Weiß-Teppich aus den Fotos der über das Jahr Verstorbenen erscheint, dann führt zwar Rührseligkeit die Regie, doch trotzdem erhält hier ein Werk, welches auch immer es ist, seine letzte Würdigung, und in dem einen Foto des Menschen, der hier für sein Werk steht, blitzt ein Temperament auf, eine jedem Betrachter zugewandte Seite. Man ist diesem Menschen gut, weil er diesen Akkord von Bildern zusammenklingen lässt, und man fühlt die Arbeit, die es machte, das zu sein: die Lächelnde, der Scheiternde, Ringende, die Peripherie unserer Aufmerksamkeit Abschreitende, Unterhaltende, die sie jetzt gerade, auf ihre Weise, zum letzten Mal sind.

Vier Menschen in einem Gastraum können den Blick vom Fernsehschirm nicht wenden. Die ehrgeizige Moderatorin sagt gerade mit der Stimme, die Bedeutungsvolles vorwegnimmt: »Alter hat ja immer auch mit lange her zu tun.« Alle vier stoßen sich von dem törichten Satz ab und kommen auf sich selbst zurück.

Der Alte an meiner Seite sagt:

»Große Klappe, kleines Innenleben. Wenn ich dir sage, ich altere gern, dann heißt das, weil ich gern die Welt verbrauche.«

»Und Sie sind sich bewusst, dass jetzt jede Phantasie einen Schwung besitzt, mit dem sie nicht zurückkommen wird?«

Der Junge am Nebentisch sagt zu seinem Mädchen:

»Küss mich.«

Sie erwidert: »Warum?«

Ihm fällt keine Antwort ein. Also küsst sie ihn. Anschließend fragt sie:

»Bist du traurig oder langweilst du dich bloß?«

»Wie soll ich mich langweilen, wenn ich traurig bin?«

Dann tritt ein hübsches Gesicht in den Raum, und alle sind plötzlich, vom Hübschen allein, angeregt und beschenkt. Selbst der bittere Alte lächelt herbstlich. Klar, seine ausgeleierten Lippen dürsten nach Frühling.

Eine Frau jenseits der siebzig, breit geworden, vierschrötig, aber mit einem großzügig geschnittenen, freigebig lachenden Gesicht, unterhält von der Rückbank eines Busses aus die Umsitzenden. Bald kann man nicht mehr erkennen, wer der eigentliche Adressat ihrer Erzählungen war, denn nun redet sie zu allen.

»Im Krieg«, sagt sie, »wurde ich im Lazarett eingesetzt. Ich hatte meinen Erste-Hilfe-Kurs gemacht mit allem Pipapo, mehr nicht. Trotzdem hab ich nach Wochen schon die Spritzen gesetzt, gegen Tetanus, Rückenschmerzen, zur Impfung, alle diese Sachen.«

Die Umsitzenden sehen nicht aus wie die dankbaren Abnehmer von Kriegsgeschichten, aber die Frau gefällt ihnen, die leichte süddeutsche Dialektfärbung der Stimme tut es.

»Spritzen zu setzen ist nicht schwer. Wenn man die rechte Pobacke in vier Viertel teilt, muss man nur sorgen, dass man immer in das Viertel oben rechts reinsticht. Da kann man den nervus ischiatus nicht treffen und macht nichts falsch.«

Mit der Hand teilt sie vor unseren Augen die Pobacke in vier Viertel, ehe sie dann die Spritze in das Karree oben rechts hämmert.

»Ich mache das schon Wochen, da kriege ich raus, dass die mich in dem Lazarett heimlich ›die Heilige‹ nennen.« »Warum?«, frage ich. »Na, sagen sie: Sie sind doch die Einzige, die sich vor dem Arsch bekreuzigt, ehe sie reinsticht!«

In dem einsetzenden Gelächter sind alle gleich. Jeder ist auf der Seite des Lachens. Ich kenne Männer, deren Glück es ist, Frauen zum Lachen zu bringen. Diese Frau bringt, wie ich erst jetzt bemerke, ringsum nur die Männer zum Lachen, und in der milden Zufriedenheit, mit der sie der Wirkung ihrer

Pointe folgt, kann man ein Wohlgefühl erkennen, das vom Vertrauen auf die Geschichte, vom richtigen Erzählen der Geschichte, von der überraschenden Verwendung des Wortes »Arsch« ausgeht. Sie lacht wie eine Verschwörerin, nur ohne Verschwörung.

Da ist eine Greisin auf dem Bürgersteig. Sie kommt fast jeden Tag, gestützt auf ihren Rollator. Alle fünfzig Meter rastet sie und sitzt in ihrem Gerät, die Sträucher anblickend, die Autos, die Fassaden, eine nach der anderen. Dann hustet sie in ihr Taschentuch. Dann prüft sie das Erhustete im Taschentuch. Und wieder die Sträucher, die Amsel über ihrem Kopf. Als ich herauskomme, um ihr ein Glas Wasser anzubieten, lacht sie ein überraschend junges Lachen, sagt nichts, zieht ein Messer aus der Tasche und schält sich ganz langsam einen Apfel.

»Ein Glas Wasser brauche ich keineswegs«, sagt sie gedehnt und bedankt sich, die Schalen trudeln auf das Pflaster, ihr linker Fuß kickt sie weg. »Ich mache ja nur eine kleine Pause.«

»Wie jung Sie sind«, sage ich impulsiv. Ihr Lachen steigt noch einmal, während die letzten Schalen fallen, und sie holt tatsächlich diesen Satz aus ihrem Gedächtnis, ohne eine Spur mimischer Koketterie:

»Der Kopf ein Kind, das Übrige ein Bräutchen.«

Nur ein einziges Mal ist an diesem Abend das alte, festlich gekleidete Paar beim Paar: als die Gläser sich in der Luft und die Blicke sich über ihnen treffen im Stillstehen einer Geste, die wohl seit vierzig Ehejahren identisch, aber nie bewusstlos vollzogen wurde. Sie ist die Fuge, in die das Leben immer wieder fällt. Und jemand macht ein Foto. Die Frau seufzt: »The way we were.« Schon in seiner Entstehung ist dieses Foto schwarz-weiß und wird Jahrzehnte später auf einem Flohmarkt überblättert von einem, der denkt: Auch ihr ward am Leben. Und von da an trifft sie nie wieder ein Blick.

Als der große Venezianer stirbt, ist er fast hundert Jahre alt. Noch einmal macht er sich daran, eine Pietà auf die Leinwand zu bringen, eine schwere, vom Tode bezirzte, gelb-braun verstandene, heute wie unter Harz liegende Komposition aus zwei Leibern. Keine Ornamentik, keine Nuancenschleckerei, bloß stiller Bombasmus, und weil er stirbt, geraten Tizian die Körper unter dem Pinsel zu etwas zwischen Fleisch und Stein, zwischen Muskel und Marmor. So erstarren sie, so erstarrt der Maler, so verlangsamt sein Werk und kommt zum Stehen.

»No«, sagt die Reisende nach kurzer Exkursion in die Tiefe der Komposition zur Tochter, »it's too busy for me.«

Manchmal dringen die Alten am Ende ihres Lebens wirklich in eine Schlichtheit vor, die wie geläutert wirkt, wie eine letzte Klärung. Jedenfalls sprechen sie gern in Sentenzen, und ihre Erkenntnisse sammeln sich in einfachen Geschichten. Ein Alter sitzt neben mir auf einer Bank im Bahnhof und sagt:

»Als ich zum ersten Mal von zu Hause wegfuhr, sah ich mein Zuhause zum ersten Mal. Sah die Kirche, den Hügel, den Waldrand, hatte ein Bild und eine Vorstellung von dem, wo ich herkam. So geht es mir mit der Rolle, die ich im Leben einnehme. Man muss es lassen, um begreifen zu können, welche Rolle man spielte.«

Dass er mir das sagen möchte, beweist, dass er es noch nicht gelassen hat, das Leben.

Zweimal begegne ich dem Verkäufer im Zug, einmal an der Spitze, einmal im vorletzten Waggon. Vorne ruft er: »Jemand Eis?«, am Ende des Zuges: »Niemand Eis?«

Die neunjährige Tochter sitzt am Bett des Vaters und stickt.

»Was soll das werden?«, fragt der Vater.

»Mein Sterbehemd«, sagt die Tochter. Er übergeht es.

»Und wenn es fertig ist, was fängst du dann an?«

»Dein Sterbehemd.«

Er lässt es geschehen, hebt aber plötzlich den Kopf und will wissen:

»Wo ist der Mond? Warum kann ich von hier aus den Mond nicht sehen?«

»Aber Papa, du suchst ihn auf der falschen Seite des Himmels.«

Eine Freundin verliert ihre Mutter allmählich. Diese liegt im Bett in der immergleichen Rückenlage, bewegt die Hände nicht und hat sich innerlich schon in die Agonie gewendet. Die Freundin flüstert nachts am Telefon wie ein Geständnis:

»Ich entwickele eine seltsame Vorliebe dafür, berührt zu werden. Ich gehe durch die Menge und rempele Leute an, nur um sie zu fühlen. Könntest du mich, wenn wir uns wiedersehen, vielleicht einmal berühren?«

Zwei Wochen später sinkt sie am Grab der Mutter von Arm zu Arm. In ihrem Gesicht ist neben der Verzweiflung auch verzweifeltes Behagen.

Ich trete in den feuchten Atem der Kirche. Da liegt der Freund, nach örtlichem Brauch im offenen Sarg aufgebahrt, gleich beim Altar. Unvorbereitet wie ich bin, ihn so zu sehen, bleibe ich im Mittelgang stehen. Sein Schnäuzer fehlt, sein letztes Lachen ist nackt. Er liebte eine kleine leichtlebige Syrerin wie ein Schuljunge, unbeholfen und hoffnungslos. Sie spaßte. Er formulierte Lebensregeln. Da wurde er ihr lästig, und sie wünschte keinen Kontakt mehr. Er verlor seine Arbeit, dann seine Abfindung, entwarf die Speisekarte und den Internet-Auftritt des griechischen Lokals um die Ecke. Man bezahlte ihn in Ouzo. Er wurde Trinker, stürzte die Treppe herab, lag zwei Tage da, ohne dass ihn jemand vermisste. Seine Mutter steht am Grab, klein, grau und hustend. Als ich sie in ihrer Wohnung besuche, hat die Gardisettegardine eine gelbliche Farbe von all dem Husten. Sie hört auch jetzt nicht auf, den Sohn zu ermahnen. Das hält sie am Leben, ein so anderes Leben als jenes, das mich auf der Straße glücklich wieder in Empfang nimmt, weil ich dreifach entkommen bin: seinem Tod, meiner Pietät, ihrem Überleben.

Saras Großmutter hat inzwischen ihr Leben vergessen, und selbst die alten Fotos schaut sie an wie blinde Fenster. Doch an die »Iphigenie« kann sie sich noch Wort für Wort erinnern und schreckt manchmal hoch aus den Kissen und sagt Dinge wie: »Zeuch fort, eitles Blendwerk!« Als sie stirbt, fährt sie, als alle schon denken, sie sei gegangen, aus den Kissen auf mit der letzten Frage ihres Lebens: »Wo hängt die Mona Lisa?«

Am Ende der Dorfstraße, kurz bevor sie sich in eine Senke schlängelt und dann wieder zum Wald aufsteigt, liegen »Sarglager« und »Trauerhilfe« einer alteingesessenen Familie, die hier laut Urkunde seit Jahrzehnten ein »Bestattungsunternehmen im Fachverband des Deutschen Bestattungsgewerbes e.V.« betreibt. Die Urkunde ist Teil der Schaufensterauslage und komplettiert ein Arrangement aus einem Korn-Ähren-Gebinde, einer sterbensmüde erbleichten Hortensie, einer Kerze mit schweren Stearin-Tränen auf der Flanke, einer Bibel mit Goldschnitt, daneben ein Evangelienbuch, aufgeschlagen beim Kapitel »Von dem Tode und dem Sterben« mit dem Anfang: »Herzlich lieb hab ich dich mein Heiland«, benachbart zwei holzgerahmte Sinnsprüche und der Schriftzug »Pietät«.

Der Freund, den ich begleite, hat seine Mutter verloren. Es war ihr Wunsch, dass der Trauerfall in die Hände des nachbarlichen Bestatters gelegt würde. Der tritt im schwarzen Anzug an die Theke und klappt den in Flanell gebundenen Aktenordner auf mit den Worten:

»Gut, dann lassen Sie mich Ihnen mal den Sterbefall verhackstücken.«

»Und jetzt«, hatte die alte Freundin einer Freundin der Familie gesagt, »möchte ich gerne mal meinen Kopf auf deine Schulter legen.«

»Sicher«, hatte die Freundin geantwortet, »aber warum willst du das tun?«

»Weil meine Mutter es bei ihrer Freundin auch so gemacht hat, als sie starb«, sagt die Alte, legt den Kopf ab und tut wirklich ihren letzten Atemzug.

Als ich im letzten Telefonat mit einer sterbenden Freundin sage: »Ich küsse dich«, erwidert sie: »Ja, ich küsse dich auch. Und mich küsse ich auch.«

Was ist schlimmer: Wie sie stirbt oder wie das Leben weitergeht?

Ich frage die Mutter: »Was macht sie?«

»Ach, jetzt konzentriert sie sich eigentlich hauptsächlich aufs Atmen. Ich habe sie gefragt: Hast du Angst vor dem Sterben? Nein, hat sie erwidert, das halte ich aus.«

Welches von allen setzt sich durch als das letzte Bild vor unserem Tod? Warum nicht dieser winzige Flughafen auf Eua, im Königreich Tonga, wo die Flugzeuge sicherheitshalber auf dem Gras neben der holprigen Landebahn ausrollen, wo Hibiskus und Geranien, Palmen und Kavasträucher ihre Blüten und Zweige dem Achtsitzer entgegenstrecken. Das »Terminal« ist nur ein Kasten, eine Kabine bloß in Blau und mit der handgemalten Aufschrift »Check in«. Ihr Giebel ist hölzern und rot angemalt, und auf zwei Bänken schlafen schwergewichtige Angestellte. Dem Abfertigungsbeamten fehlen fast alle Zähne, und ein Junge läuft in Selbstgesprächen immer rund um die Sträucher. Der Pilot lässt sich vor Antritt des Fluges bar bezahlen. Ich habe Vanille im Gepäck und warte in ihrem Hauch.

Da sitzt diese alte Frau und erzählt mir ernst, wie sie neulich abends an ihrem Fenster saß, und da stand der Tod unter den Bäumen und schaute sie an. Ohne Regung schaute er sie an, und sie blickte lange geduldig zurück. Sie wusste gleich, dass es ihr Tod war, hielt aber seinen Blick aus, bis er ganz langsam über die menschenleere Straße davonschlenderte.

»Er wird wiederkommen«, sagt sie. »Aber jetzt kenne ich schon mal seine Augen.«

Ich sitze wieder am Bett der Freundin, die sterben wird. Erst seit ein paar Wochen haben ihre Augen den Ausdruck der Sterbenden. Er ist wie Hunger. Aus ihrem Bett geht der Blisck in Baumwipfel, dahinter Hügel. Ich sage ihr, dass sie Glück hat, in das Wiegen der Wipfel zu sehen. Sie fühlt keine Wipfel und kein Glück. Ich habe Musik mitgebracht. Sie wird sie nicht hören. Und Kunstbücher. Sie wird sie nicht aufschlagen. Sie ist zu müde von der Krankheit, zu schamhaft, von ihrem Glauben zu sprechen.

Ich soll erzählen, das Leben einlassen, und ich erzähle, raffe die Tagesreste zusammen, gehe durch die gemeinsame Vergangenheit, verlaufe mich bis in die Zeitung. An der Banalität der Geschichten soll sie merken, dass ich nicht für den letzten Abschied rede.

Sie schließt die Augen. Ich werde leiser, schweige. Ihre Augen öffnen sich sofort. Ich setze abermals an, spreche lange und monoton. Längst sind ihre Augen wieder geschlossen. Doch ich spreche. Erst als ich sicher bin, dass sie schläft, lasse ich die Sätze hängen, betrachte ihr Gesicht. Sie lässt es geschehen, öffnet die Augen nicht, aber ihre Lippen flüstern unmissverständlich: »Weiter!«

Danksagung

Dass das Phänomen mit dem Namen »Momentum« auch in der Werbung bekannt ist, verrät sich nicht zuletzt in dem Werk mit dem identischen Titel von Holger Jung und Jean-Remy von Matt. Ich danke den beiden Autoren für die Erlaubnis, mein Buch unter dem Namen zu veröffentlichen, unter dem ich es immer gedacht hatte.

Ich danke den Mitarbeiterinnen und Mitarbeitern des S. Fischer Verlags, die die Entstehung auch dieses Buches auf so vielfältig unterstützende Weise begleitet haben und mir seit Jahren ein verlegerisches Zuhause geben.

Ich danke Julia Wittgens für ihre langjährige Begleitung meiner Arbeit.

Besonders danke ich allen, die in diesem Buch vorkommen.

Roger Willemsen

Roger Willemsen
Deutschlandreise
Band 16023

Wochenlang reiste Roger Willemsen mit dem Zug durch Deutschland, von Konstanz nach Kap Arkona, von Bonn nach Berlin. Aus seinen Begegnungen mit Menschen unterschiedlicher Art entsteht das facettenreiche Bild eines Landes. Mit wachem Blick entdeckt er das Wesentliche im Alltäglichen und das Typische im Zufälligen – das Glück und Unglück des ganz normalen Lebens.

»Was ist das für ein Buch, ein Sachbuch? Nein, das ist viel mehr, das ist eine grandios erzählte Reise ins Innerste eines Landes, das unser Land ist, bereist von einem Autor, der Klischees nicht auf den Leim geht, vor Obrigkeiten und ihren Vorschriften nicht in die Knie bricht und der Menschen so zuhören und sie so beschreiben kann, dass wir in ihr Herz sehen. Das können nur die Dichter. Willemsen ist einer.«
Elke Heidenreich

»Willemsens exakte Portraits von Deutschen gehören zum Besten, was man in diesem Genre lesen kann.«
Frankfurter Allgemeine Zeitung

Fischer Taschenbuch Verlag

Roger Willemsen
Gute Tage
Begegnungen mit Menschen und Orten
Band 16520

In Arafats Badezimmer – In einem nordindischen Kloster mit dem Dalai Lama – In der Badewanne von John le Carré – Mit John Malkovich auf der Burg des Marquis de Sade – In den Gemächern Margaret Thatchers – Auf der Verbannungsinsel von Mikis Theodorakis – Im Dschungel unterwegs mit einem Orang-Utan – In der Harald Schmidt Show – Mit einem japanischen Konzernchef in der Geisha Bar – In Vivienne Westwoods Werkstatt – Auf der Suche nach Jean Seberg in Paris – Sinead O'Connor mit Elbblick – Mit Tina Turner an der Côte d'Azur – In einem Boot mit Michel Piccoli – Mit Papa Wemba im Krieg von Kinshasa – Bei Jane Birkin daheim – In der Bar von Henry Millers letzter Frau – Mittagessen mit einem »Kannibalen« – Am Sterbebett von Timothy Leary – Im Gespräch mit zwei Kosmonauten im Weltraum – Vor einem »Monster« in der Berliner »Charité«

Fischer Taschenbuch Verlag

Roger Willemsen

Afghanische Reise

Band 17339

Nur wenige Monate nachdem in Afghanistan eine über 25-jährige Kriegsgeschichte zu Ende ging, begleitet Roger Willemsen eine afghanische Freundin auf ihrem Weg in die Heimat: von Kabul nach Kunduz und durch die Steppe zum legendenumwobenen Oxus, dem Grenzfluss zu Tadschikistan – die abenteuerliche Reise durch ein erwachendes Land.

»Willemsen begegnet allen mit entwaffnender Neugier und Offenheit, ganz gleich ob Frontsoldat oder General, Drogenschmuggler oder Nomade, Menschenrechtlerin oder ehemaliger Mudschahed. Dass er sich dabei manchmal eine fast kindliche Naivität bewahrt, macht ihn umso mehr zum klugen Beobachter. Reiseliteratur vom Feinsten.«

stern

Fischer Taschenbuch Verlag

Roger Willemsen
Hier spricht Guantánamo
Interviews mit Ex-Häftlingen
Band 17458

Roger Willemsen hat mit fünf ehemaligen Guantánamo-Häftlingen ausführliche Gespräche geführt. Sie alle sind keine Terroristen, sondern Opfer amerikanischer Politik. Sie sprechen über die Zustände in Guantánamo und anderen Lagern, über ihre Gefangennahme und Verhörpraktiken, über ihr Leben nach der Entlassung und die Aussichtslosigkeit, gehört zu werden – erschütternde Originaltöne aus einer geheimgehaltenen Welt.

»Ich fordere jeden Journalisten dringend auf,
sich da unten selbst ein Bild davon zu machen,
wie die Gefangenen behandelt werden.«
George W. Bush

»Ich wäre glücklich gewesen,
wenn sie uns hingerichtet hätten.«
Abdulsalam Daeef, ehemaliger Häftlingssprecher

Fischer Taschenbuch Verlag

Roger Willemsen

Kleine Lichter

Band 17044

Seit sechs Monaten liegt der Geliebte im Koma, jetzt bespricht Valerie Kassetten, die ihn wieder ins Leben zurückführen, zurückverführen, sollen. Nun, wo es um alles geht, ist alles in ihrer Sprache Liebe. Zwischen Wien, wo sie liebt, und Tokio, wo sie arbeitet, hin und her gerissen, beschwört Valerie die eigene Liebesgeschichte noch einmal herauf und zeichnet die Veränderung ihrer Gefühle akribisch nach – bis zu dem Punkt, an dem sie fast überwunden scheinen.
In seinem literarischen Debüt nähert sich Roger Willemsen so leidenschaftlich wie klug, so innig wie genau dem Phänomen der Liebe. Er erzählt nicht nur eine Geschichte an der Bruchstelle zwischen Leben und Tod, sondern erkundet behutsam das Wesen und die Sprache der Liebe selbst.

»Kultbuch für Liebespaare.«
Norddeutscher Rundfunk

Fischer Taschenbuch Verlag

Roger Willemsen

Bangkok Noir

Band 18147

Etwa drei Monate lang lebte Roger Willemsen in Bangkok, verließ sein Zimmer am frühen Abend und kehrte im Morgengrauen zurück. In den Nächten durchstreifte er die Stadt: die Nachtclubs, Karaokebars und Massagesalons, die Kickbox-Studios, Nachtmärkte, Tempel und Baustellen. Er besuchte Wahrsager, Tätowierer und Aura-Fotografen, den Amulett-Markt, den Jahrmarkt der Gastarbeiter, das Straßenkino. Er aß bei den Insektenverkäufern, fand die geheimen Schlafplätze der Elefanten und kampierte unter den Demonstranten gegen die Regierung. Er fand Zugang zu Nobel-Clubs, aber ebenso zu den Glücksspielern aus den Armen-Wohnblocks.

»Der Intellektuelle im Sündenbabel moralisiert nicht, er philosophiert. Ist Beobachter und Akteur. Und das macht diese Reise durch die Nacht zu einem literarischen Leuchtfeuer.«
Stern

»Eine Rhapsodie in Schwarz, ein überwältigender Gesang in Prosa auf Glück und Elend im asiatischen Metropolis.«
Frankfurter Allgemeine Zeitung

Fischer Taschenbuch Verlag

Roger Willemsen

Die Enden der Welt

Band 17988

Auf fünf Erdteilen war Roger Willemsen unterwegs, um seine ganz persönlichen Enden der Welt zu finden. Manchmal waren es die großen geographischen: das Kap in Südafrika, Patagonien, der Himalaja, die Südsee, der Nordpol. Manchmal waren es aber auch ganz einzigartige, individuelle Endpunkte: ein Bordellflur in Bombay, ein Bett in Minsk, ein Fresko des Jüngsten Gerichts in Orvieto, eine Behörde im Kongo. Immer aber geht es in diesen grandiosen literarischen Reisebildern auch um ein Enden in anderem Sinn: um ein Ende der Liebe und des Begehrens, der Illusionen, der Ordnung und Verständigung. Um das Ende des Lebens – und um den Neubeginn.

»Willemsen hat seine Leser beglückt,
vielleicht sogar verändert.«
Susanne Mayer, Die Zeit

»Fulminant«
Daniel Haas, Frankfurter Allgemeine Zeitung

Fischer Taschenbuch Verlag